天地人间

（三）

蒋世荣　著

CFP 中国电影出版社

图书在版编目（CIP）数据

天地人间. 3／蒋世荣著. -- 北京：中国电影出版社，2015. 12
ISBN 978-7-106-04335-3

Ⅰ. ①天… Ⅱ. ①蒋… Ⅲ. ①诗集-中国-当代
Ⅳ. ①I227

中国版本图书馆 CIP 数据核字（2016）第 013539 号

责任编辑：贾　伟
出版策划：葛风芹
封面设计：北京墨知缘文化传媒有限公司
责任校对：门立伟
责任印制：庞敬峰

天地人间. 3
蒋世荣　著

出版发行　中国电影出版社（北京北三环东路 22 号）邮编 100029
电话：64296664（总编室）　64216278（发行部）
Email：cfpygb@126. com
经　　销　新华书店
印　　刷　北京京华虎彩印刷有限公司
版　　次　2016 年 4 月第 1 版　2016 年 4 月第 1 次印刷
规　　格　开本/787×1000 毫米　1/16
印张/34　字数/260 千字

书　　号　ISBN 978-7-106-04335-3/I·1064
定　　价　46.00 元

序

蒋世荣诗集《天地人间（三）》是他的四本诗集的合集。该诗集的特点：

一，内容十分广泛，题材很新颖，他把二十世纪发生的惊天动地的大事，用叙事诗的体裁写成史诗，震撼人们的灵魂。第一件大事是二十世纪发生过两次世界大战，第一次世界大战，一九一四年八月由德皇威廉二世发动，这次战争持续了四年之久，伤亡四千多万，死去了二千多万人。二战是一战的续集，是由德国纳粹头头希特勒发动，从一九三九年一直打到一九四五年，持续了六年之久，在战争中伤亡一亿多，死亡了五千五百多万人。两次世界大战，给人类带来空前的灾难，是人们永远挥之不去的伤痛。一九四五年八月，美国在日本投下了两颗原子弹，从此人类的头顶上悬着一把达摩克利斯核剑，人们一直生活在核武器的阴影中。二十世纪血淋淋的战争史实，应警钟长鸣！二十世纪苏联的兴衰史使人们难以忘怀的第二件大事，苏联只存在七十多年就轰然倒塌，给人们留下了一个悲喜交加的图腾。苏美在二战后一直进行着冷战，因为双方有确保毁灭对方的核均势，阻止了大规模的世界战争。美国总统里根与罗马教皇结成搞垮苏联的神圣联盟，更重要的是内因，戈尔巴乔夫的新思维搞垮了苏联，戈尔巴乔夫是埋葬苏联的掘墓人，叶利钦给苏联送上了绞刑。苏联解体后，世界格局发生了深刻的变化，这是我们要仔细研究和认真对待的事情。二十世纪第三件大事是“创世大爆炸”，它认为在一百四十亿年前，在一个没有时间空间和物质的一个点上，一个原始原子“砰”的一声，在万亿分之一秒的时间内炸出一个宇宙来，这无中生有凭空创造一个宇宙，只是上帝才有这种神通。“创世大爆炸”与“上帝创世说”一脉相承。作者认为所有星系的中心都有一个质量巨大的黑洞，这个黑洞就是母核，黑洞母核吸纳死亡的物质与恒星，产生新的恒星，一批恒星死亡，又一批恒星产生，生生死死，死死生生，火凤凰的悲喜剧铸就了宇宙的永恒。该诗集还有一部分抒情诗，抒发情感，感悟人生，抒情中带有思考，读起来妙趣横生。

二，该诗集的体裁具有多样性。作者“洋为中用”“古为今用”，他借鉴国外史诗，把二十世纪发生的大事，用叙事诗的体裁写成史诗，特别是《世纪战争》，它的每一首独特成诗，一战和二战部分也可以单独各成一首诗，一战与二战结合起来《世纪战争》就是一首完整的长篇史诗，构思是多么的巧妙新颖。叙事诗体裁是我国古体诗的弱项，史诗更是弱项中的弱项。作者的史诗题材宏大，规模惊人。抒情诗是我国古体诗的主流。《天地人间（三)》采用我国古今诗词的一切形式，不拘格律，用现代汉语写诗词。作者特别喜爱不拘格律的词的形式的长短句，因为有组织的变化产生美，人的感官喜欢变化，讨厌千篇一律，错杂能产生悦耳动听，给心灵以快乐。作者在他的诗作里写了大量这类像词一样的自由诗，欢快跳跃，活泼清新。

三，该诗集具有时代气息。时代的雄风吹绿了作者的激情，在诗人的吟咏中透视着诗人所处时代的变幻风云。我们的地球很不安宁，作者以忧国忧民忧人类的心情，抒写一战二战史诗，对未来的世界战争进行认真思考，为人类地久天长大声疾呼，表现出对人类对祖国的无限热爱，贴近时代和人民，面向未来，催人奋进。对诗歌的民族化、大众化一直是作者的追求。民族诗人具有生他养他这块大地的胎记，社会赋予爱和恨，忧伤和激情，对社会和人生感慨至深，反映人民群众的呼声，真诚流露，形式与内容相辅相成。

写诗要有丰富思想感情，文字的功力，经多见广的阅历，思想境界的高度。我国的现代诗还比较寂寞，还必须努力探索，望作者继续沿着民族化、大众化的道路，为现代诗的发展开拓前进！

是为序。

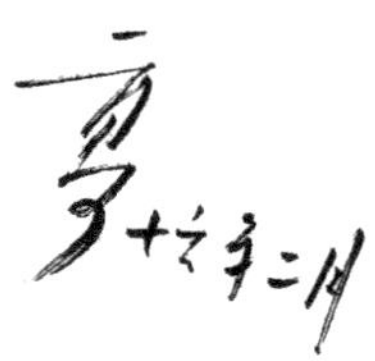

自 序

作家是历史的秘书，我要用叙事诗体把二十世纪发生的惊心动魄的大事写成史诗，客观地描写二十世纪扣人心弦的历史，熔铸于诗中，报国济世，忧国忧民忧人类，尽自己的社会责任。

二十世纪发生过两次世界大战，通常称为世纪战争，它是人类永远挥之不去的伤痛。第一次世界大战是一九一四年八月由德皇威廉二世发动，这次战争持续了四年之久。在战争中伤亡四千多万，死了两千多万人。连发连射的机关枪是一战的发明，飞机、坦克、潜艇、毒气和无线电技术都在一战中得到了首次使用。一战的武器与当时的生产力水平相适用，使战争变得更加残酷与血腥。

二战是一战的续集。一九三三年希特勒登上了德国权力的顶峰，决心为一战的失败复仇，要用大炮轰碎欧洲。他和日意两国都有同样的侵略野心，结成了轴心国，发动了第二次世界战争。第二次世界大战是人类历史上最残忍的一场战争。亿万男女拿起武器，血战陆地，沙漠争雄，追逐海洋，鏖战长空。这场战争伤亡一亿多，死了五千五百多万人。第二次世界大战，雷达，喷气式发动机，火箭和原子弹都起了作用。一九四五年八月，美国在日本投下了两颗原子弹，从此人类一直生活在蘑菇云的阴影中。

经过两次世界大战的浩劫，痛定思痛，要认真总结二十世纪残酷战争的沉痛教训，认真思考和应对未来战争。一个忘记惨痛的民族还会遭到战争的惨痛，一个不能忏悔的民族还会发动战争，一个觉醒的民族将是不可战胜。二十世纪血淋淋的战争史实，人类永远不要忘记原子弹的恐怖和战争的血腥，应警钟长鸣！

二十世纪苏联的兴衰史是人们难以忘怀的惊天动地大事，苏联存在短短七十多年就轰然解体，它在历史的天空镂刻一道深深的烙痕，给人类留下一个喜悲交加的图腾。

苏联和美国在二战后是世界上两个超级大国，进行冷战，苏美在这一时期进行对抗，战争箭在弦上，却一直引而未发，因为双方确保毁灭对方的核均势阻止了战争的爆发。

二战后，两大阵营在朝鲜和越南进行了两次局部战争。均以美国的失败而告终。一九八二年六月美国总统里根和罗马教皇结成神圣联盟。企图联手搞垮苏联集团，但苏联领导人戈尔巴乔夫的新思维帮助了里根，堡垒往往从内部攻破，他是苏联灭亡的掘墓人，他引发了一场埋葬苏联，也埋葬自己的雪崩。叶利钦给苏联送上了绞刑。

苏联解体后，世界格局发生了深刻的变化，引人深思。社会制度的变化不是一朝一夕，它是一个漫长而曲折的过程。历史的进步本身充斥着矛盾。它包含着失败与成功。两种制度的碰撞不会只引发一次地震，几次地震之后，一个新大陆将会在地球上彻底诞生。

对待宇宙观，历来就存在两种绝然不同的理论，现代流行的“宇宙模型”是“创世大爆炸”理论。它认为一百四十亿年前的一个瞬间，在一个没有时间、空间和物质的点上，一个“原始原子”“砰”的一声，在万亿分之一秒的时间里，炸出一个宇宙来。这个理论是二十世纪形成的宇宙学正统理论。我认为这个理论与“上帝创世说”一脉相承，它违背了物理和化学的基本定律。

据天文学家观察，宇宙中有一千二百五十亿个像银河系一样的星系，我们的银河系在其中是中等。银河系的质量相当于二万亿个太阳的质量，太阳的质量是二十四亿亿吨。你算算银河系有多少质量？再算算宇宙有多少质量？这仅仅是可见物质，有人说可见物质只占宇宙质量的10%，暗物质占90%的比重。宇宙物质是可见物质和暗物质的总和，它的质量谁能算得清？宇宙怎么会由一个没有质量的小小原子无中生有地爆炸而成？它的质能从何处而来，只有上帝才有这个神通。

宇宙是不以人们意志为转移的客观世界，按照自身法则处于永恒运动中。所有星系中都存在一个巨大的超级黑洞。星系黑洞就是母核，它在不断地产生新的恒星。黑洞吸进通过它周围的所有物质，连光也不能穿行。宇宙中死亡的物质在黑洞中汇聚，不断产生新的恒星。由于黑洞母核的作用，在宇宙空间大舞台上，一批恒星死亡，又一批恒星诞生。生生死死，死死生生，火凤凰的悲喜剧无止境地铸造着宇宙的永恒。

物质的永恒运动，从微观到宏观，从基本粒子到万物之灵，人是最高级的物质运动形态，思维的最高形式的物质运动。人的存在是宇宙的奇迹，只有人的存在，宇宙才有意义，唯有人才能认知和解读宇宙的空灵。我们有缘在地球上相逢，沐浴着阳光温馨，我们要使物质进化的最高花朵，在地球上万古长青！

这部诗集还有一部分短小精悍的抒情诗，抒情诗是中国古体诗的主流。中国诗歌的发展不可能离开传统，要传承古诗词的优良传统，以此为根基再去创新，对诗歌艺术形式进行民族化和大众化的探索，要用现代汉语写诗，采用诗词的一切形式。作为我本人更钟情于长短句，特别是那种不讲格律的词的形式，欢快跳跃，活泼清新，悦耳动听，用它抒发情感，感悟人生，抒情中带有思考，读起来妙趣横生。

由于我水平有限，诗集中必有许多不妥之处，恳望同仁和读者不吝赐教，我十分感激拜谢。

作者：蒋世荣

目　录

第一部分　世纪战争

战争乌云笼罩着欧洲 …… 3
萨拉热窝的枪声引爆了欧洲的火药桶 …… 5
宁可玉碎 不为瓦全 …… 6
沙皇尼古拉二世沉没在革命洪流中 …… 8
奥斯曼帝国彻底葬入洪流 …… 13
保加利亚国王的美梦成泡影 …… 15
维也纳的落日 …… 16
黑色幽灵在海洋中游荡 …… 19
日德兰大海战 …… 21
化学武器 …… 23
空军 …… 24
坦克 …… 25
一战在西欧决雌雄 …… 27
第二次世界大战 …… 40
阿道夫·希特勒 …… 45
慕尼黑协定 …… 49
第二次世界大战首先在波兰打响 …… 51
希特勒的脸上堆满狰狞的笑容 …… 52

敦刻尔克大撤退 …… 55
希特勒的“海狮”行动 …… 56
夺取巴尔干 …… 57
北非战场 …… 58
进军意大利 …… 61
墨索里尼之死 …… 63
纳粹德国进攻苏联 …… 64
莫斯科保卫战 …… 67
列宁格勒九百天大围困 …… 69
斯大林格勒大会战 …… 71
库尔斯克大搏斗 …… 73
诺曼底登陆 …… 74
希特勒与世界轴心 …… 78
阿登战役 …… 79
纳粹德国遭受火刑 …… 81
易北河会师 …… 82
纳粹大屠杀 …… 84
攻克柏林 …… 88
日本 …… 91
九·一八事变 …… 93
淞沪抗战 …… 95
华北危机 …… 96
西安事变 …… 98
七七卢沟桥事变 …… 101
日军铁蹄将整个华北蹂躏 …… 103
京沪沦陷 …… 105
徐州失守 …… 109
武汉广州陷落 …… 112
汪精卫叛国投敌 …… 115
八路军新四军战斗在沦陷区中 …… 117
东北抗日联军 …… 123

中国远征军 …………………………………………………………… 128
日军在中国的细菌战 …………………………………………………… 132
相持阶段国统区的抗战 ………………………………………………… 134
战火洗礼的中国 ………………………………………………………… 143
太平洋战争 ……………………………………………………………… 147
火烧东京 ………………………………………………………………… 152
苏联对日作战 …………………………………………………………… 154
原子弹 …………………………………………………………………… 156
落日 ……………………………………………………………………… 160
殖民帝国的帷幕最终落下 ……………………………………………… 165
战争 ……………………………………………………………………… 168

第二部分　世纪碰撞

世纪碰撞 ………………………………………………………………… 179
戈尔巴乔夫是埋葬苏联的掘墓人 ……………………………………… 188
叶利钦给苏联判了死刑 ………………………………………………… 191
八·一九事件 …………………………………………………………… 193
闪烁在二十世纪的历史天空 …………………………………………… 197
美国总统里根与罗马教皇的神圣联盟 ………………………………… 201
东欧巨变 ………………………………………………………………… 203
柏林墙倒塌 ……………………………………………………………… 205
齐奥塞斯库 ……………………………………………………………… 208
昂纳克 …………………………………………………………………… 209
日夫科夫 ………………………………………………………………… 213
南斯拉夫分崩离析 ……………………………………………………… 216
波黑战争 ………………………………………………………………… 218
科索沃战争 ……………………………………………………………… 222
米洛舍维奇 ……………………………………………………………… 226
叶利钦风雷激荡的八年执政 …………………………………………… 229
贫富的鸿沟越来越深 …………………………………………………… 236

马克思主义 …………………………………………………… 239
古巴风云 ……………………………………………………… 243
切·格瓦拉 …………………………………………………… 246
尼基塔·赫鲁晓夫 …………………………………………… 249
朝鲜战争 ……………………………………………………… 253
越南战争 ……………………………………………………… 277
地球很不安宁 ………………………………………………… 291

第三部分　宇宙永恒

宇宙永恒 ……………………………………………………… 297
时　间 ………………………………………………………… 305
物　质 ………………………………………………………… 307
物质运动 ……………………………………………………… 311
火凤凰 ………………………………………………………… 314
银河系 ………………………………………………………… 315
太阳 …………………………………………………………… 318
太阳系 ………………………………………………………… 321
地球母亲 ……………………………………………………… 328
解读生命天书 ………………………………………………… 334
遗传基因 ……………………………………………………… 339
干细胞 ………………………………………………………… 343
游荡在生物圈中的幽灵 ……………………………………… 346
最早来到地球上的居民 ……………………………………… 349
大地披上绿色盛装 …………………………………………… 353
大脑 …………………………………………………………… 359
千奇百怪的动物依偎着地球母亲 …………………………… 366
物质进化的最高花朵 ………………………………………… 374
印度洋大海啸 ………………………………………………… 382
汶川大地震 …………………………………………………… 388
不要使地球回到地老天荒 …………………………………… 399

第四部分　同唱人间风流

同唱人间风流 …… 407
共度好时光 …… 407
肩挑理想希望 …… 408
红玫瑰 …… 408
永生的心事 …… 408
涌动渴望的心灵 …… 409
把白日梦做得熟透 …… 409
迎春花 …… 409
沧桑 …… 410
灵感 …… 410
体验 …… 411
晚春漫步 …… 411
诗人之爱 …… 412
风 …… 412
荣枯随缘而定 …… 412
故乡情 …… 413
言自己所言 …… 413
清明感怀 …… 413
沧海横流 …… 414
弹起梦幻的琴弦 …… 415
我们要善待生命 …… 415
血液在涌动 …… 416
参观曲阜孔子故里有感 …… 416
曲阜周公庙 …… 420
水泊梁山沉思 …… 420
有感宋真宗 …… 421
登岱顶有感 …… 422
蚊虫 …… 423

弥勒佛 …………………………………………………………… 423
立志 ……………………………………………………………… 424
心愿 ……………………………………………………………… 424
过黄粱梦镇 ……………………………………………………… 424
郑元盛卖官 ……………………………………………………… 425
石缝里的生命 …………………………………………………… 425
磨砺内心 ………………………………………………………… 426
爱和恨 …………………………………………………………… 426
时间 ……………………………………………………………… 426
与诗友竹林采风 ………………………………………………… 427
造就自己的精气神 ……………………………………………… 428
有缘留下的是扣人心弦的诗情 ………………………………… 428
用诗行打动人们的心灵 ………………………………………… 429
人生恨短思永恒 ………………………………………………… 429
微笑面对乾坤 …………………………………………………… 429
生命信息可遥感 ………………………………………………… 430
谈笑论人生 ……………………………………………………… 430
春兰秋菊 ………………………………………………………… 430
星星 ……………………………………………………………… 431
武汉琴台游 ……………………………………………………… 431
恐惊水中神 ……………………………………………………… 432
让帷帐落去 ……………………………………………………… 432
飞来梦幻琴声 …………………………………………………… 432
使人沸腾 ………………………………………………………… 433
涌动渴望 ………………………………………………………… 433
领悟天地的恢宏 ………………………………………………… 434
惜别 ……………………………………………………………… 434
绿染万种感情 …………………………………………………… 434
迸发出惊心动魄的激情 ………………………………………… 435
人过五十不算老 ………………………………………………… 435
酿出清爽甘甜的香醇 …………………………………………… 436

人生旅途 …… 436
梵高 …… 437
酒醉 …… 437
磨砺内心 …… 437
游洛阳龙门 …… 438
彭雪枫纪念馆 …… 438
游普陀山不肯去观音院 …… 438
汤阴羑里城偈周文王 …… 439
鸡公山气压嵩衡 …… 439
游随州厉山 …… 439
澳门回归有感 …… 440
登泰山 …… 441
鲁地感言 …… 441
寻墨翟 …… 442
千古一帝 …… 444
领悟宇宙 …… 444
邯郸学步 …… 444
赵括 …… 445
将相和 …… 445
李牧 …… 446
邯郸怀古 …… 446
月季花 …… 448
无花果 …… 448
咏桂 …… 449
玉簪花 …… 449
空谷幽兰 …… 449
红玫瑰 …… 450
涌动渴望的心灵 …… 450
喜迎新千年 …… 450
激发灵感的幻想 …… 451
四月 …… 451

奉献 …… 451
选择漂泊 …… 452
唤醒沉睡的梦 …… 452
麦收时节 …… 452
侧身听潮音 …… 453
金菊慰人心 …… 453
莫学苦行憎 …… 453
唤醒沉睡的灵魂 …… 454
我们有缘相逢在地球上 …… 454
别让吹牛者得牛 …… 455
磨砺心中的斩邪刀 …… 455
外来和尚好念经 …… 456
花拳绣腿求升程 …… 456
殚精竭虑浮名中 …… 456
警惕太空中的野鬼游魂 …… 457
做人的分水岭 …… 457
去追求澄明朗照的明天 …… 458
在天地人间寻梦 …… 458
寻找玄机和底蕴 …… 459
智慧的晨光照射征程 …… 459
圆好新千年的梦 …… 459
赠李娜 …… 460
艺术和科学是孪生兄弟 …… 461
期望着收获熟透了的心灵 …… 462
迸发出圣洁的激情 …… 462
鲜花馈赠有心人 …… 462
生命信息可遥感 …… 463
遥寄 …… 463
去追求完整的人生 …… 463
翻腾着无尽的苦辣酸甜 …… 464
人人都应献出真诚 …… 464

观武当金童玉女峰 …………………………………… 465
化作五彩云 …………………………………………… 465
江水已没鹦鹉洲 ……………………………………… 465
宜兴碧鲜庵思梁祝 …………………………………… 466
一路狂奔到终程 ……………………………………… 466
一道到大海采珠 ……………………………………… 466
仍需荡漾真情 ………………………………………… 466
爱情鸟 ………………………………………………… 467
献上一片赤诚 ………………………………………… 470
在激流中激起智慧闪电 ……………………………… 471
浇一路甘甜 …………………………………………… 471
梦幻成真趣 …………………………………………… 472
情郁于中 ……………………………………………… 472
拨动奇思异想的心弦 ………………………………… 472
燕南飞 ………………………………………………… 473
渴望回到桃花盛开的季节 …………………………… 473
永久的伤痛 …………………………………………… 474
顽石 …………………………………………………… 474
双眸 …………………………………………………… 474
一朵红杜鹃 …………………………………………… 475
请拿出你的通行证 …………………………………… 475
哀莫大于心死 ………………………………………… 475
我渴望一生追求 ……………………………………… 476
镜中自己 ……………………………………………… 476
拥抱春天 ……………………………………………… 477
洛阳金谷园清凉台 …………………………………… 477
新郑望母台 …………………………………………… 478
镇平菩提寺 …………………………………………… 478
故宫珍妃井 …………………………………………… 478
游颐和园长廊 ………………………………………… 479
舟山群岛行 …………………………………………… 479

观苏州灵岩山西施馆娃宫有感 …… 479
晋祠难老泉 …… 480
唐碑亭 …… 480
圣母殿 …… 480
飘飘似仙神 …… 480
观颐楼有感 …… 481
泰山观日出 …… 481
鲁壁藏书有感 …… 482
悲孔继涑 …… 482
北风 …… 482
蝉 …… 482
感悟多彩人生 …… 483
都不在万紫千红中斗俏 …… 483
未来掌握在自已手中 …… 484
谋事在人 …… 484
玫瑰花蕾 …… 484
几回魂梦与君同 …… 485
梦与真情共鸣 …… 485
与时代的脉博一起跳动 …… 485
激荡时代最强音 …… 486
犹如大江奔腾 …… 486
关注人世红尘 …… 487
七仙女 …… 487
嫦娥心 …… 488
牛郎织女 …… 488
合欢花 …… 489
郁金香 …… 490
柏拉图式爱情 …… 490
百合花 …… 490
红豆 …… 491
蔷薇花 …… 491

康乃馨 …… 492
三月三日情人节 …… 492
大理蝴蝶泉 …… 493
摩梭人的阿注走婚 …… 494
志当存高远 …… 494
黄果树瀑布 …… 495
萧史弄玉 …… 495
撒满天空 …… 496
逆境使人奋进 …… 497
笑对人生 …… 497
手 …… 497
柳 …… 498
海棠 …… 498
天台神游 …… 498
人生在世 …… 499
司马相如与卓文君 …… 499
李之仪与杨姝 …… 500
梁祝 …… 501
大理三道茶 …… 501
大理古城 …… 502
祟圣寺三塔 …… 502
云南石林 …… 503
羡慕年轻 …… 504
年轻真好 …… 504
春笋 …… 504
忘忧草 …… 505
孔雀 …… 505
石砾中的青草 …… 505
红梅 …… 506
宝玉市場 …… 506
和氏璧二首 …… 507

志存高远 …… 507
荡舟莲湖 …… 507
中秋感言 …… 508
感悟生命 …… 508
爱情充实了人生 …… 509
人生是一場旅行 …… 510
人生是舞台 …… 511
人生是一本书 …… 511
幸福与苦难的人生 …… 512
金钱与人生 …… 513
人生五味杂陈 …… 514
成功与失败 …… 514
正直与诚信 …… 515
感悟乐观 …… 516
感悟平凡 …… 516
心态 …… 517
人生境界 …… 517
人的气质 …… 518
气质美女 …… 518
自信 …… 519
人生缘分 …… 519
心动不如行动 …… 520
高调做事低调做人 …… 521
人生如水 …… 521
人生若只如初见 …… 522
无欲则刚 …… 523

第一部分 世纪战争

战争乌云笼罩着欧洲

二十世纪，
两次世界大战为什么爆发在欧洲？
它是资本主义的发源地，
帝国主义本性就是侵略，扩张和掠夺，
狗啃骨头必然会引起狗咬狗。

一四九二年哥伦布横渡大西洋到达美洲，
一四九八年伽马绕过好望角到达印度，
殖民地的民脂民膏大量流向欧洲。
十七世纪英国资产阶级革命成功，
十八世纪首先实现了产业革命，
英国殖民地溅洒四大洋，
遍布六大洲，
成为日不落的国家，
殖民地大于一百倍英国本土。
法国到一七九四年，
彻底完成了资产阶级革命，
它建立起第二个海外帝国，
殖民地比本土大二十倍，
西非、印度支那和南太平洋归它所有。
当资本主义在欧洲蓬勃发展时，
俄罗斯还是一个农奴制国家，
彼得一世的改革使沙俄强大，
沙皇俄国向东西南北扩张，
二十世纪初已经拥有二千二百万平方公里的土地，
横跨欧亚两大洲。
一七〇一年腓特烈一世加冕为普鲁士国王，
经过百年努力，

走上了统一道路。
在威廉一世领导下，
德军三战三捷。
一八七一年威廉一世在法国凡尔赛宫加冕为德国皇帝，
气势汹汹的普鲁士士兵骄横地游行于巴黎街头。
一八九〇年德皇威廉二世亲自执政，
叫嚷要为德国人争夺太阳下的地盘，
把德国这艘船领进了布满暗礁的航路。
奥地利日耳曼人和匈牙利人是这个二元帝国的基础，
奥国人悠闲自在，
泡着咖啡馆，
跳着华尔兹，
喝着美酒。
英法德俄奥是欧洲的五雄，
按照利益攸关组成了军事联盟，
协约国与同盟国两大集团剑拔弩张，
准备大打出手。

德国人制定了希里芬计划，
要在四至六周把法国制服，
希里芬计划确实是一掷乾坤的豪赌。
法国制定了十七号计划，
将取道梅因斯直捣德国首都。
巨无霸俄罗斯，
一台压路机要碾碎德国的国土。
英国依仗它的海军第一，
与协约国并肩战斗。
奥国的战略目标，
占领塞尔维亚领土。
双方都认为自己能打败对手。
政治家试图通过国家联盟达成一种均势，

反而成了集团争斗。
它使欧洲变成了一个大火药桶，
磨刀霍霍的战神在频频招手，
战争乌云笼罩着欧洲。

萨拉热窝的枪声引爆了欧洲的火药桶

奥国皇太子斐迪南主张建立“大奥合众国”，
引起了塞尔维亚的仇恨。
奥匈帝国的南斯拉夫人有七百万，
塞尔维亚发誓要解放他们，
如果斐迪南的目标实现，
大塞尔维亚主义就要落空。
这种强烈的民族意识驱使，
便决定对斐迪南采取暗杀行动。

一九一四年六月斐迪南决定到萨拉热窝视察，
黑衣党认为这个机会千载难逢，。
六月二十八日皇太子前往萨市，
有六名刺客潜伏在沿途中。
在斐迪南前往市会堂的路上，
一颗炸弹误中了他后面的副车，
炸伤了几个人。

斐迪南要到医院去看望挨炸的病人。
所有刺客不是逃跑就是被捕，
只有普林西波仍在路旁的人群中。
斐迪南汽车走到普林西波身边突然停下，
司机走错了方向，
为了倒车不得不停。
刺客与斐迪南夫妇面面相对，

“砰”“砰”两枪就干掉了斐迪南夫妇。

萨拉热窝的枪声令全球震惊，
世界各地的同情电报像雪片似地飞到奥国皇宫。
奥国皇帝认为清算塞尔维亚的良机到了，
坐失他国同情。
德皇威廉二世认为谋杀一位王子，
奥匈帝国应给他们以教训。
英国主和派采取了调解活动。
奥国拒绝调解，
一意孤行。

一九一四年七月七日奥国拒绝塞尔维亚答复，
七月二十八日向塞尔维亚宣战，
德皇采取支持行动。
倾刻间宣战书洒满了欧洲天空。
一九一四年八月四日德军进攻比利时边界，
打响了第一次世界大战的枪声。
世界上最强大的军队开始互相残杀，
整个欧洲硝烟弥漫，
血雨腥风。

宁可玉碎 不为瓦全

一九一四年八月四日上午，
第一批德军越过比利时边界，
第一次世界大战首先在这里打响。
比利时国王亚尔培，
战斗得理直气壮，
宁可玉碎，
不为瓦全，

要与祖国共存亡。
第一战就是列日战场，
列日要塞位于缪斯河左岸一个高地上。
周围三十公里都是炮台，
所有兵器和人员都隐藏在地下，
一夫当关，
万夫难闯。
八月四日，
德军从东南北三个方向进攻列日，
大量死伤。
八月五日，
德军进攻列日东边的四座炮台，
使德军的尸体堆成几米高的人墙。
八月五日夜间，
德军十四旅的旅长阵亡，
随军前进的鲁道夫主动接管了指挥权，
机智勇敢地在要塞内横冲直撞。
八月六日，
一架齐柏林飞艇飞来轰城，
开创空中战争的新篇章。
八月十二日，
德军调来巨大贝塔炮，
列日一座座炮台被击毁，
八月十六日，
德国艰难地打胜了第一次世界大战的第一仗。

打破了比利时国门，
德国佬凶似豺狼。
世界把德皇威廉二世，
刻画成杀人不眨眼的魔王，
人们最难忘记的是他们在卢万城的罪恶，

卢万中世纪的图书馆，
德军一把火焚毁了那里世界级的珍藏。

八月二十日，
比利时首都布鲁塞尔失守。
国王退到安特卫普，
仍坚持抵抗。
一九一四年十月初，
国王从安特卫普撤退，
固守伊塞尔河一块狭小的地方，
不气馁，
不投降，
挺起自己民族的脊梁。

沙皇尼古拉二世沉没在革命洪流中

俄国沙皇在一战动员令签字时说，
我的赌注就是身家性命。
一战结果是沙俄所在的协约国取得了胜利，
而沙皇尼古拉二世却家破国亡，
沉没在革命的洪流中。

战争伊始，
俄国人尚未准备就绪，
就分两路大举兴兵。
一九一四年八月十二日拂晓，
西北集团军第一军团的前锋进入东普鲁士领土。
八月十七日，
第一军团司令云仑康夫大军击退德国，
云仑康夫就停下欣赏他的胜利，
不去追击敌军。

四天之后，
第二军团也进入东普鲁士，
司令沙门索诺夫不作警戒而直向艾劳推进。
八月二十六日，
德军以合围之势包围了沙门索诺夫，
打响了“坦仑堡会战”的枪声。
联合作战的第一军团司令云仑康夫，
他的巨大兵力始终不动。
他们曾打过架，
彼此连话都不讲，
沙皇却让他俩联合行动。
“坦仑堡会战”俄军被俘九万二千人，
司令沙门索诺夫趁黑夜徒步逃命，
最后下落不明。
俄军军队素质极差，
看到飞机就开枪，
还射击自己的汽车，
高级指挥官对于敌人行动毫不知情，
而俄军的明码电报帮助了德国的行动。

俄国西南集团军，
向加利西亚前进。
奥国参谋总长康纳德不等待俄军进攻，
八月中旬，
他亲率奥军从兰堡出发，
开始奥军取得了几个小小胜利，
九月三日拉伐鲁斯卡之战，
俄军获得了全胜，
于是奥军退到一百公里以外喀尔巴阡山中。
德国派去援军，
九月二十八日经过几个回合的战斗，

遏制了俄军的进攻。

一九一五年，
俄军极其缺乏军需供应。
补充兵员都是徒步上阵，
南线集团军就有十五万无枪的兵。
没有装引信的炮弹照样送往前线，
尽管不能爆炸，
它发出的响声也可以鼓舞人心。
在这种恶劣情况下，
在西北进行了两次马苏林会战，
俄军损失四十一万五千人。
在西南，
一九一五年春季，
奥地利招架不住，
十一万守军全部投降俄军，
德军赶紧支援，
五月十四日，
沿着喀尔巴阡山的俄军全线退兵。
一九一五年全年，
俄军全部损失超过二百万人，
一位英国官员心情十分沉痛，
俄国陆军部长却说：
“不要难过，
我们唯一过剩的东西是人”。

一九一六年三月十八日，
沙皇发动了极不成熟的攻势，
进行“纳罗赫湖会战”，
俄军共损失十一万人。
一九一六年五月，

意大利向沙皇求救，
六月九日，
西南集团军总司令布鲁希罗夫发动了猛烈的强攻，
奥军闻风而逃，
共损失了七十五万人。
奥国向德国求救，
德国投入了四十万大军，
经过五个星期战斗，
才把这条战线稳定。

战争给俄国带来灾难深重，
截止一九一七年元月份，
俄国在战争中伤亡五百万人，
较一九一四年物价上涨七倍，
到处都充满饥饿冲突和骚动。
一九一七年二月底，
群从高喊着“要面包”的口号大规模游行。
三月十二日，
彼得格勒的工人和士兵联合起来，
打开了监狱释放了革命者，
逮捕了沙皇的将军和大臣。
三月十六日沙皇宣布逊位，
自由派贵族组成了临时政府执政，
克伦斯基接管了军政大权，
他仍主张参加战争。
七月一日发动了最后攻势，
七月十九日德军反攻，
俄军以失败告终。
克伦斯基精神彻底崩溃，
俄国一片反对声。

二月革命爆发时，
列宁还住在瑞士。
一九一七年四月十六日列宁回到彼得格勒，
受到了热列欢迎，
他到处演讲，
鼓动革命。
一九一七年七月他发动了一场不成熟的革命，
失败后逃往芬兰躲避风声。
列宁一九一七年十月二十三日秘密回国，
亲自发动起义，
十一月七日革命成功。
推翻了临时政府，
第一个社会主义国家在俄罗斯诞生。
一九一八年三月三日，
苏维埃政府与四个同盟国签定了和约，
退出战争。

没有苏维埃的军队，
便没有苏维埃的一切。
一九一八年四月二十三日，
列宁命托洛茨基组建一支新的红军。
协约国集团与俄国被推翻的地主资产阶级，
勾结起来向苏维埃进攻，
列宁认为在这个艰难时刻，
不应该给他们留下活的旗职。
一九一八年七月十七日，
在叶卡捷琳堡的地下室里，
处决了沙皇尼古拉二世和他的家人。
敌人从四面八方猛扑过来，
俄国四分之三的国土被占领。
协约国三次进攻均遭失败，

红军粉碎了高尔察克和邓尼金。
苏联屹立在世界资本主义的重重包围中。

奥斯曼帝国彻底葬入洪流

一九一四年八月二日，
奥斯曼与德国订立了同盟，
在高加索，美索不达米亚和巴勒斯坦，
三个战场与协约国激烈交手。

一九一四年底，
奥斯曼的陆军部长恩弗尔亲率第三军团，
满怀信心地进攻高加索，
他在高加索被俄军和大雪所阻。
一九一五年一月五日，
被迫撤回本国领土。

英国丘吉尔建议，
征服君士坦丁堡，
对中欧的软下腹部动手。
丘吉尔邀功心切，
命令海军单独行动，
一九一五年春的几次炮击，
都付诸东流。
一九一五年四月二十五日，
协约国的陆军在加利波利登陆，
鏖战了八个多月，
一直呆在滩头。
第九军军长在船里等待消息，
英军总司令坐在岛上坐山观虎斗。
而奥斯曼的指挥官，

德国将军桑德斯十分活跃，
凯末尔师长身先士卒。
在加利波利协约国军战死二十一万四千人，
一九一六年一月九日被迫撤出了战斗。

在美索不达米亚，
一九一五年英军派汤辛德挺进巴格达，
在库特城，
汤辛德困兽犹斗，
经过一百五十天围困，
一九一六年四月汤辛德举起了投降之手。

英国劳伦斯上校发动了阿拉伯人叛乱，
到处牵制奥斯曼人的手。
奥斯奥军队供给困难，
甚至军官连鞋都没有，
一九一七年冬季，
美索不达米亚的奥斯曼军队有一半成了饿殍。
战局发生了根本性变化，
一九一七年三月十一日巴格达沦陷，
十二月九日奥斯曼军队从耶路撒冷败走，
美索不达米亚和巴勒斯坦两支协约国军，
像两把匕首直刺奥斯曼帝国的心头。
一九一八年十月三十日，
奥斯曼与协约国签定了“停战协定”，
结束了战斗。
英法肢解了奥斯曼帝国，
巴勒斯坦约旦和伊拉克归英国所有，
法国把叙利亚和黎巴嫩弄到了手，
奥斯曼帝国只剩土耳其本土。
一战结束后不久，

一九一八年十一月十日，
维也纳皇宫最后一次演奏国歌。
夕阳西下，
秋风阵阵，
海顿的乐曲成为最后的挽歌。
许多人为帝国的下葬掉下了眼泪，
愁容满面的小皇帝卡尔，
静默立正为帝国送终。
一九一八年十一月十二日，
卡尔终于宣布退位，
长达七百年的哈布斯堡王朝沉没于汪洋大海中。

黑色幽灵在海洋中游荡

人们渴望像鱼儿一样畅游龙宫，
刚刚研发的潜艇就在一战中派到了用场，
黑色幽灵在海洋中游荡。
一战之初，
德国就用潜艇对付英国海疆，
竟把英国人搅得头昏脑胀。

一九一五年二月四日，
德国宣布大不列颠和爱尔兰水域为战区，
一切经过的船只不经警告，
就用潜艇将其葬身汪洋。
一九一五年二月十九日，
一艘挪威船只进入禁区未经警告就被击沉。
一艘英国豪华远洋客轮“卢西塔尼亚”号，
戴着乘客将要返回利物浦港。
五月七日它进入爱尔兰水域，
仅仅十八分钟便葬身于波涛汹涌的海洋。

一千二百零四名乘客，
其中一百二十四名美国人，
死于德国潜艇的魔掌。
激起了美国人怒火万丈。
一九一六年三月二十四日，
又有七名美国人在英国商船上把命丧。
美国以断交相威胁，
德国宣布放弃不经警告以击沉的原则。
此举在德国国内引发了惊人的振荡。
海军部长铁毕兹元帅愤而辞职，
海军参谋长何特曾多夫说：
“美国人帮助协约国不过是幽灵在飘荡。
不会有一名美国兵踏上欧洲战场。”
铁毕兹的后任卡培基在国会中宣布，
假如美国人真的派兵到欧洲来，
他们的运兵船正是德国潜艇的猎物。
这些战争狂，
过高地估计了自己的力量。

一九一七年三月十七日，
有两艘美国商船被德国潜艇击沉。
四月六日黎明，
美国就和协约国站在一条战线上。
一个拥有二千万适令壮丁的世界强国，
是一支举足轻重的力量。

参战后的美国派去大量战舰为商船护航，
猎潜舰打得德国潜艇晕头转向。
火药专家还研制出高效深水炸弹，
遏制了德国潜艇的疯狂。
美国海军在大西洋上搭起了“舰船之桥”，

运送二百万美国兵到法国参战。
八百万吨作战物资运到西欧战场。
美国海军赢得了大西洋战役的胜利，
协约国迎来了胜利曙光。

日德兰大海战

第一次世界大战打了两年，
为了抗衡英国而建成的公海舰队，
一直呆在海港，
谣传英国为了保护海岸分散了舰队，
德国人认为机会来了，
决心大干一场。
德国公海舰队司令希尔上将，
命令希普尔中将率领舰队，
向挪威沿海引诱英国战舰上钩，
他的主力舰队在视界之外，
等待英舰来到现场。

一九一六年五月三十一日，
希普尔向挪威行驶。
五月三十日黄昏英国海军就已经知道德国这一情报
杰利柯总司令率英国大舰队也驶向挪威方向。
毕特中将率领一支舰队增援，
正准备向北驶往杰利柯方向。
他的“加拉提亚”号巡洋舰突然发现了一艘商船，
开往商船的方向。
德国希普尔的一艘巡洋舰也发现了这艘商船，
也驶向这艘商船方向。
几分钟后，
这两艘战舰都看清了对方，

日德兰大海战就此打响。
五月三十一日下午三点半，
希普尔调换头来向希尔主力舰队靠拢，
毕特追击，
双方在九海里的射程内开仗。
德国希尔主力舰队迅速援助希普尔，
英国杰利柯主力舰队加速赶到毕特方向。
双方发生了全面激战，
各有损伤。
英国舰多势众，
夹在德舰和德国军港中央。
希尔知道这意味着什么？
要千方百计逃回自己的军港。
当夜幕低垂，
德国公海舰队终于杀击一条出路，
安然回港。
六月一日拂晓，
独留英国大舰队徘徊在空海上。

日德兰大海战，
英军有六千多人被俘和阵亡。
德军只阵亡了一百五十四人，
德国损失军舰总吨位六万一千吨，
英国损失十一万五千吨的数量。
第一次世界大战就这么一次海战，
没有一决雌雄的壮观景象，
德舰还有些怯场。
德国海军再也不敢出港，
把机器的轰鸣声当作催眠曲，
把颠簸的舰船当作摇篮，
头枕着汹涌的波涛，

酣睡在自己蓝色的军港。

化学武器

首先使用最不人道的化学武器，
德国化学奇才哈柏当立首功。
一九一五年他向德军交付了氯气，
接着又交付了令人窒息的光气，
最具破坏性的芥子气也是他的发明。
哈柏坐着飞机到天空中欣赏他的杰作如何杀人，
回家后得意洋洋向他老婆讲述他的战功，
他正直善良的妻子，
为他害臊，
一死了之，
无地自容。

一九一五年了四月二十二日，
德军发动了第二次伊普尔战争。
这次德军首次使用了毒气，
在六公里长的战线上，
施放氯气十八万公斤，
一人多高的黄绿色雾团，
随着风势，
飘向英军阵营，
英军被惊疯。
裹着防毒纱罩的德军趁机前进，
英军十公里长的防线被占领。
一九一六年二月二十一日，
凡尔登战役打响，
德军用炮弹投放毒气，
克服了随风施放的局限性。

一九一七年三月，
德军在第三次伊普尔战争中，
第一次使用了芥子气。
这是一种糜烂性毒气，
遍及全身。
毒气在战争中使用德国是祸首，
很快战争双方都得到了使用。

第一次世界大战使用的化学武器，
是生化武器的先躯，
现在的生化武器五花八门。
一百公斤炭疽孢子，
投放到一个大城市，
就能杀死一百万人，
生化武器也是大规模杀伤性武器的一种。
两次世界大战后，
禁止生产和彻底销毁生化武器，
是世界越来越高的呼声。

空军

一九一四年世界大战爆发时，
飞机还无足轻重。
法国福询说：
“飞机可用于体育竞赛活动。”
德国人也认为飞机根本不可能在战争中使用。

飞机最初的任务是凭视觉进行空中侦察，
飞行员不带武器，
双方相遇时伸出大拇指表示敌对之情，
不久用手枪互相攻击，

飞机装上机关枪是空战史上的一场革命。
法国飞行员罗朗·加利斯，
一九一五年四月在他的飞机上装上一挺轻机枪，
击落五架德国飞机，
成了战斗英雄。

飞机的性能和装备不断进步，
战斗方法取得进步和编队飞行。
一九一五年在新卡配里战斗中，
为拦截德军的增援，
英国人第一次使用了空军。
一九一八年三月英军防线被突破时，
英法所有战斗机一齐出动，
集中攻击向前推进的德军。
海军飞机还参加了护航和打击潜艇。
空军在战争中起到了举足轻重的作用，
使战场由二维发展成立体战争。
一上蓝天，
飞行员就有“壮士一去不复返”的心境，
空中格斗很富浪漫性。

先进的武器使军队的作战能力发生了革命，
内燃机的发明产生了飞机和坦克，
在二战中才真正发挥了这些武器的潜能，
装甲师与空中战斗机的有机配合，
形成了闪击进攻。
空军大规模投入战斗，
使战争更加残忍血腥。

坦克

需要是发明之母，

坦克应运而生。
一九一四年九月马恩河会战后，
双方构筑了坚固的防御工事，
机关枪和有刺的铁丝网摆下了堑壕阵。
针对这种阵势发明了坦克，
它是堑壕战的克星。

史温顿上校服务于英国远征军，
一九一四年十月二十四日，
史温顿建议用美国霍尔特那样的农耕机械，
改造成坦克，
具有踏碎堑壕的本领。
史温顿建议侥幸地落到丘吉尔手中，
一九一五年二月，
他利用海军经费支持了史温顿。
这时史温顿也说服了远征军法兰契司令，
成立了“海陆两部联合委员会”研究这项发明。
一九一五年十二月第一辆坦克诞生，
一九一六年九月，
坦克第一次在索姆河战场上由英国使用。
三十六辆坦克在十二个师的前面领先进攻，
这种钢铁怪物使德国人震惊。
一九一八年八月八日亚眠会战，
坦克发挥了决定性作用。
以六百辆坦克为先导，
后面是步兵组成的方阵。
德军看到机关枪不能阻止这种钢铁怪物，
都吓得失魄落魂。
亚眠会战的失败，
德国归结于英军大量坦克的使用。

坦克改变了战争面貌，
集运动、火力和保护三种功能集于一身，
坦克使军人在动态下得到保护，
像静态一样消灭敌人。
陆战之王坦克，
在二战中与飞机配合，
上下呼应，
血雨腥风。

一战在西欧决雌雄

欧洲的文明大火，
烧毁了真理的灵魂。
后起之秀的德国，
要与老牌的英法争雄。
一场灭绝人性的大浩劫，
在世界最开化的民族间进行。

一九一四年八月，
德皇威廉二世向开赴前线的官兵说：
“在树叶落下之前，
你们就会凯旋回营。”
德军向比利时大举进兵，
从北面向法国进攻。
法国按 17 号方案办事，
一开始就向阿尔萨斯进攻，
取道梅因斯，
一心直捣柏林。
他们各打各的仗，
各进各的军。
德军打通了了比利时通道，

向法国挺进。
八月十日，
法军占领了莫尔豪斯，
却被德军打得溃不成军。

百万德国大军进入法国北部，
法国第五军团奉命阻击，
纳幕尔会战一触即败，
法军被迫向西南逃命。
八月五日，
八万名英国远征军开赴法国，
英国远征军进入比利时的蒙斯附近。
八月二十三日与德军第一军团正面交锋。
寡不敌众，
趁黑夜逃遁。

英法军队与德军进行了四次会战，
全都以失败而告终。
一九一四年九月初，
德军距巴黎不到十五公里，
法国全国哗然，
总司令霞飞遭到一片反对声，
但霞飞不乱方寸。
英国远征军司令法兰契认为败局已定，
一心想退出战争。
英国陆军部长吉青纳主张决不动摇，
亲自到巴黎向法兰契下达继续参战的命令。

在危急时刻任命加里安尼为巴黎卫戍司令，
成立了法国第六军团，
加里安尼建议反攻。

九月五日霞飞停止撤退，
准备在马恩河与德军一决雌雄。
九月五日拂晓，
德军第一军团司令克鲁克领兵渡过马恩河，
自以为马上就会以胜利的姿态进入花都巴黎城。
上午十一时在马恩河北岸的格罗劳军队，
看到法军已在西面集中，
于是发动进攻，
双方激烈交锋，
克鲁克及时调来增援的第二军。
九月七日，
加里安尼调用巴黎一千二百辆出租车，
紧急运送援兵。
双方调兵遗将，
似乎九月九日将有一场恶战进行。
参谋总长小毛奇派情报处长韩奇来到前线，
他就在战地发号施令，
下达了德军撤退到马恩河以北的命令。
马恩河会战变成了会而不战，
协约国军侥幸取胜，
德国在西线战场断送了速战速胜。
双方深沟坚垒，
掘壕对阵，
堑壕和有刺铁丝网的巧妙运用，
新发明的机关枪，
使防御对攻击享有绝对优势，
一扣板机就撂到一大片生命。

一九一四年十月十七日，
发生了第一次伊普尔战争。
伊普尔本身无险可守，

东面的一片高地是争夺中心。
这个狭小的地区，
一战中进行了三次会战，
在这里死伤一百万人。
三十六天的第一次伊普尔战争，
德国的年轻志愿兵凭血气之勇，
高唱着“德国至上”的军歌，
向着英军的火力网冲锋，
一死就是几千人。
第一次伊普尔会战，
双方伤亡二十五万人。

一九一五年四月二十二日，
发生了第二次伊普尔战争，
这次会战德军首次使用了毒气，
产生了奇袭作用。
一九一五年五月间，
英法联军再度发动进攻，
还是殊少成功。
九月底联军第二次香槟会战，
接着又发生第三次阿托斯战争，
始终没有得逞。
一九一五年双方在西线的损失都非常惨重。
到这一年结束时，
双方的战线几乎没有改动。
这一年英军损失惨重，
英国政府撤换了远征军总司令法兰契，
由海格大将升任。

一九一六年初，
德军对法国凡尔登发动大规模进攻。

凡尔登是法国最神圣的城市之一，
公元五世纪，
入侵的德国佬曾一把火烧毁该城，
今天那邦杀人放火德国佬的后代又来了，
法军决定誓死保卫这座圣城。
进攻凡尔登的任务由德国皇太子军团担任。
一九一六年二月二十一日，
凡尔登战役正式打响，
德军首次用炮弹施放化学毒剂，
整个阵地成了炼人场，
到处是凄惨的尖叫和无奈的呻吟。
二月二十六月，
贝当受命于危难之中。
三月六日，
开始形成了激烈的拉锯战，
在这只有几平方公里的土地上，
双方一百五十万人摸爬滚打在血水凝集的泥土中。
到十二月中旬，
法军奇袭反攻，
打败了德军。
这场大战中的大战，
法国伤亡五十万，
德国损失四十万人。

英军为缓解法军在凡尔登的压力，
在索姆河发动了大规模进攻。
七月一日英军向德军阵地冲锋。
英军都很天真，
认为只要爬出堑壕，
就可以一口气冲到柏林。
德军的机枪火力密布，

英军平均每分钟伤亡八十三人，
英国六万个活泼可爱的孩子，
没有冲到柏林，
而进入阎王的地宫。
一九一六年九月十五日，
新式武器坦克第一次在索姆河战场上亮相，
德军震惊。
一九一六年十一月中旬，
精疲力竭的英军退出索姆河战场。
这场大屠杀，
双方伤亡九十万人。

一九一六年十二月份，
霞飞被解除了兵权，
由倪维尔担任法国陆军总司令。
倪维尔初当大任，
邀功心切，
发动了一个春季大反攻。
德国在阿拉斯和理姆斯之间有一巨大突出地，
倪维尔想用一个钳形攻势将德军一网打尽。
法国集中了一百二十万部队，
从恩河上发起进攻。
德军预先得到了情报。
二月九日撤走了突出地的德军，
倪维尔扑了个空。
德国人消除了那个大舌头，
同时又向防线大量增兵，
倪维尔大计划落空，
许多人劝倪维尔休兵。
但他狂妄地说：
“敌人数量越多，

我们的胜利就越有可能”。
四月十六日法军发动了进攻，
连攻五天，
德军的兴登堡防线仍屹立不动。

倪维尔的失败遭到了军人的愤怒，
全军要求杀死他以谢国人。
四月二十九日，
开始由一个团军人叛变，
发展到四十五个师的军人罢工，
法国政府把倪维尔调往北非充任司令，
一九一七年五月，
贝当接任法军总司令，
他对叛乱者恩威并重。
贝当实行谨慎战略，
全军进行休整。
英国远征军总司令海格要大唱独角戏，
以显示他的战争才能。
英军发动了第三次伊普尔战争，
伊普尔的英国士兵，
在德军阵地下挖掘隧道，
填满黄色炸药。
一九一七年六月七日凌晨三点，
一声巨响，
德军的阵地飞上了天空，
一次就死伤了两万人。
第三次伊普尔战役，
德军使用了芥子气，
低飞的飞机扫射了英国步兵。
双方损失惨重。
十一月十日，

英军被迫放弃了进攻。

一九一六年美国大选时，
威尔逊依靠“他使美国远离战争”的口号，
赢得了连任。
一九一七年二月一日，
柏林宣布“恢复无限制潜艇战”，
德国还怂勇墨西哥向美国进攻，
激怒了美国人。
一九一七年四月六日凌晨，
美国宣布对德宣战卷入了战争。
一九一七年六月二十八日，
美国远征军司令潘兴率领第一批美军，
到达法国受到了热列的欢迎。
美国士兵们认为，
他们的行动是回报法国人的祖先，
帮助美国赢得了独立战争。

一九一七年十一月十六日，
外号“老虎”的克雷孟梭新任法国总理。
老虎一上台就从严治国，
向失败主义者猛烈进攻。
他下令拘捕和枪毙了一批害群之马，
国威大振。

一九一八年三月份后，
德国孤注一掷的豪赌，
发动五次连环进攻。
一九一八年三月二十一日，
战斗开始，
双方打得十分英勇，

在北边德军对阿拉斯的攻击，
遭到英军顽强抵抗，
以失败告终。
德军在亚眠和法军作战，
也劳而无功。
德军第三次马恩河攻势，
五月二十七日，
法军受到了奇袭，
德军第一军团又回到马恩河上，
又望见了巴黎城。
巴黎人心鼎沸，
联军统帅福煦成为众矢之的，
总理克雷孟梭全力支持福煦。
一九一八的五月三十日，
法军总司令贝当拜访潘兴，
请求派遣援军。
潘兴派两个师给贝当使用。
六月二日，
美军怀斯上校率领陆战旅进入了阵地，
阻止了德军前进。
富有朝气的美军投入了战斗，
对整个战局有起死回生的作用。

德军第五次攻势，
七月五日在香槟与马恩河畔进行。
在里姆以东的攻势为法军所阻，
在里姆以西的攻击为美军所困。
德军一共发动了五次连环攻势，
都以失败而告终。
五次大攻势使德军损失了一百五十万人。

一九一八年七月十八日，
协约国军开始反攻，
从凡尔登到大西洋海岸，
各条战线都在推进，
八月六日，
马恩河反击战旗开得胜。
八月八日，
第一次世界大战最具有决定性的亚眠会战，
德军的战争机器开始失灵。
一九一八年九月，
潘兴统帅美国百万远征军独立作战。
九月十二日向圣米耶勒进攻，
所有目标都获成功。
圣米耶勒告捷后，
美军又挺进阿尔贡。
一九一八年十月十日，
美军从阿尔贡地区赶走了最后一名德国兵。
北面的英军九月二十七日发动攻势，
十一月五日经过血战占领了奥诺，
十一月十一日进入蒙斯城。
比利时国王亚尔培亲自指挥收复失地，
打击德军。
而今威廉二世像一个泄了气的皮球，
六个月前他还沉醉在胜利的幻梦中。

一九一八年一月八日，
美国威尔逊总统宣布了他的“十四点和平倡议”，
鲁登道夫说这是胡说八道，
英国参谋总长，
派密史以宽松的条件与鲁登道夫谈判和平。
鲁登道夫拒绝考虑这些条件，

一次又一次失去机会，
丢掉和平。
美国参战，
德国已陷入绝境，
但协约国仍害怕德国军队的战斗精神。，
如果审时度势，
一九一八年春不采取自杀式的连环进攻，
来一个拉弓不放箭，
在战场上和谈判桌上两手并进，
德国还会实现谈判的和平。

一九一八年十月，
德国政府给美国总统威尔逊写信，
要求帮助实现和平。
德皇对统帅部作了调整，
十月二十七日要求鲁登道夫自动辞职，
格仑勒将军接替他的职务，
兴登堡的参谋总长仍然留任。

一九一八年夏季，
还在宣传德国一定会取胜，
但突然乞求休战，
伤透了德国人的心。
德国公海舰队司令希尔，
十一月三日背着政府下令，
要把整个舰队驶向泰晤士河口，
水兵们知道就要停战，
不愿参加这种自杀式行动，
他们集体暴动，
工人与军人代表苏维埃在许多地方组成，
德共领袖李仆克内西，

到处鼓动布尔什维克革命。
十一月八日，
许多城市都已落入苏维埃手中。
十一月九日，
工人与士兵在柏林游行。
一九一八年十一月十日德皇退位，
他害怕部队拘捕，
趁黑夜向荷兰逃奔，
德国霍亨左伦王朝淹没在历史浪潮中。
新总理艾伯特上台执政，
兴登堡和艾伦勒还能控制一些可靠部队，
新政府与这个军官团缔结了同盟，
军官团负责保卫政府，
并对抗布尔什维克革命。

一九一八年十一月十一日凌晨五时，
德国与协约国签署了停火协定。
但到十一时才正式生效，
这延迟的六个小时，
整个前线变成了血染的战阵，
这是第一次世界大战最后疯狂，
双方炮兵好像打完最后一发炮弹才一身轻松。
战火熄灭了，
英法人民纷纷走上街头，
陶醉在胜利的兴奋中。
此时柏林却是一片吵嚷的喧闹声。

一九一九年元月十八日，
巴黎和会开场，
只是协约国一方把和平条件议定，
德国只能签字，

不能对条款提出异议或否定。
和约使德国割去十二万八千多平方公里的土地，
失去七百万日耳曼人，
丧失全部海外殖民地，
最后确定战争赔偿一千三百二十亿金马克，
对德国军队也作了限制和规定。

协约国的胜利，
是美国的参战才获得了成功。
威尔逊提出的十四点原则，
却因英法采取复仇与惩罚政策
遭到了实际的否定。
英法瓜分了德国的殖民地。
满足了贪婪的心灵。
德国人认为受骗，
他们以威尔逊的十四点为号召，
签定了停战协定，
因此非常愤怒，
抗议浪潮席卷全国，
帮助德国极端主义者爬上了权力的顶峰，
给第二次世界大战埋下了祸根。

一战主要发生在欧洲，
全世界共有二十八个国家先后卷入了这场战争。
各参战国军队达到七千万，
大约伤亡四千万人。
英国陆军二等兵托马斯，
严重负伤，
他的八个哥哥都死于这场战争，
在英法几乎没有一个家庭不失去亲人。
按一九一八年美元计算，

这场战争的直接经济损失为一千八百六十多亿美元，
全部损失达到三千三百多亿美金。
这是一场世界浩劫。
是人类内心深处永远拂之不去的恶梦。
发动战争的狂人渴望升到天堂，
却坠入地狱中。
第一次世界大战，
以德奥帝国杀气吞吞进攻开始，
以它们亡国的惨败而告终，
玩火者必自焚。

第二次世界大战

世界硝烟尚未散尽，
第二次世界大战就匆匆降临。
战火燃及欧亚非三大洲和四大洋，
有六十多个国家卷入了这场战争。
亿万男女拿起武器，
双方进行了六年之久的对拼。
尸骨成堆，
遍野哀鸿，
战火纷飞，
血雨腥风。

《凡尔赛和约》激怒了德国人，
抗议浪潮席卷全国，
帮助德国极端主义者，
爬上权力的顶峰。
外来打工仔希特勒，
一九三三年上台，
他掌权后撕毁了《凡尔赛和约》，

一九三八年三月吞并了奥地利。
一九三九年三月捷克斯洛伐克握入希特勒手中。
他要用大炮轰碎欧洲，
许多崇拜者认为希特勒就是德国的救星，
他是本世纪唯一掌握上帝的霹雳。
胜过上帝本人。
一九二二年墨索里尼上台执政，
使用暴力作为这个党的行动方针。
墨索里尼一九三五年侵占了埃塞俄比亚，
一九三九年四月把阿尔巴尼亚收进囊中。
一八六八年日本明治维新，
开始侵略四邻，
一八七四年侵吞了琉球国，
一八九五年占领中国台湾省，
一九一〇年并吞了朝鲜。
一九三一年侵占了中国的东三省，
一九三七年七月七日大举向中国进攻。
德意日三国有着同样的扩张野心，
因此结成了轴心，
发动了世界历史上最具破坏性的野蛮战争。

一九三九年九月一日，
希特勒的眼睛里闪着寒光，
利用他编造的谎言，
闪击波兰，
发动了第二次世界战争。
英法九月三日对德国宣战，
他们有一百一十五个师，
对付只有二十三个师的老弱德国兵，
这一百一十五个师躲在马其诺防线的背后，
啃着面包，

喝着香槟，
静观纳粹军队对波兰的蹂躏。
英法放弃了清除“德国瘟疫”的机会，
使这种“瘟疫”在欧洲肆虐横行。
希特勒实行闪电战快速推进，
一九三九年九月两个半星期摧毁波兰，
一九四〇年四月三个星期将挪威占领，
五天攻下荷兰，
十八天拿下比利时，
五个星期打败了法国。
希特勒在一个春季，
以最小的伤亡代价就达到了，
德国皇帝苦战四年没有实现的美梦。
一九四一年四月，
三个星期侵占巴尔干。
一九四一年六月二十二日，
突然向苏联大举进攻，
三个月内深入苏联境内九百公里，
逼近了列宁格勒，
希特勒的闪电战发展到顶峰。
一九四〇年六月十六日，
墨索里尼向英法宣战，
意军占领法国南部边境。
一九四一年十二月七日，
日军突袭美国珍珠港，
发动了太平洋战争。
到一九四二年六月，
东南亚和西南太平洋被日军占领。
德意日三国节节取胜，
法西斯分子得意忘形。

苏德战场长度为六千二百公里，
激烈战斗了一千三百二十个昼夜，
一九四一年希特勒的闪电战在莫斯科城下遭到破产，
一九四三年斯大林格勒保卫战的胜利，
使希特勒从此一蹶不振。
朱可夫率领苏军长躯一千六百公里，
从斯大林格勒一直打到柏林。

一九四四年六月六日，
盟军在诺曼底登陆成功，
以排山倒海之势向东推进。
苏军从东向西扫荡
盟军从西向东推进，
两把铁钳紧紧夹住希特勒的心。
一九四五年四月二十九日，
苏军将红旗插上德国国会大厦的屋顶。
四月三十日希特勒自杀身亡，
纳粹德国瓦解土崩。

一九三六年墨索里尼向埃及进攻，
意军损失惨重。
隆美尔率“非洲军团”驰援，
随后隆美尔遇到了蒙哥马利这个克星。
一九四二年十一月八日，
艾森豪威尔在北非登陆，
与蒙哥马利共同歼击敌人。
一九四三年五月十三日德军投降，
结束了北非战争。
一九四三年八月十七日攻占了西西里岛全境。
意大利举国震惊，
国王下令逮捕了墨索里尼，

意大利新政府与盟军签定了“停战协定”。
墨索里尼被关在山顶监狱中，
希特勒将他救出，
在意大利北部靠纳粹的刺刀保护生存。
一九四五年春，
德军溃不成军。
一九四五年四月二十七日，
墨索里尼匆忙逃命，
四月二十八日被共产党游击队捉住，
枪毙后他的尸体倒吊在米兰市中心。

中国人民抗击了日本陆军的三分之二，
共歼灭一百五十万日军。
在太平洋战争中，
一九四二年六月中旬，
中途岛战役日军失败，
这次战役成了太平洋战争的转折点，
美国开始了战略反攻，
一九四五年四月一日，
美军开始向冲绳进攻，
占领了冲绳。
一九四五年八月八日，
苏联对日本宣战，
迅速推毁了日本关东军，
一九四五年八月六日和九日，
美国两颗原子弹在日本爆炸，
震摄了日本人。
八月十五日，
日本裕仁天皇宣布无条件投降，
从此结束了第二次世界战争。

战后惩治了战争罪犯，
纽伦堡国际法庭绞死了十一名纳粹战犯。
东京国际法庭对七名日本战犯实行了绞刑，
世界各地还处死了九百二十名日本人。

第二次世界大战，
参战双方陆地血战，
沙漠争雄，
追逐海洋，
鏖战长空。
全球在战争中军费开支为一万三千五百二十亿美元，
物资损失达到四万亿美金。
这次战争伤亡一亿多，
死去了五千五百万人。
人是万物之灵，
宇宙离开人类的存在就失去意义，
这种神秘而异常珍贵的存在，
在战争中却不值一文。

二战是人类历史上最惨烈的一场战争，
人类永远不能忘记这段历史，
应当警钟长鸣。
一个忘记教训的民族还会遭到战争的厄运，
一个不愿悔改的民族还会侵略别人。
一个觉醒而奋发向上的民族将是不可战胜。
要永远记住第二次世界大战的血腥，
从而更加珍爱和平。

阿道夫·希特勒

希特勒登上德国总理府顶峰，

双脚把地球蹬得抖动，
他要在全世界称霸称雄，
疯狂发动战争，
硝烟弥漫，
血雨腥风。

一八八九年四月二十日，
阿道夫・希特勒降生在奥地利的一个小镇。
他是外甥女与堂舅结婚所生之子，
近亲血缘没有使他成为呆痴，
却成了一个枭雄。
一九〇七年他来到维也那，
报考艺术学院没有考中。
使他成了维也那街头的流浪儿，
当个小画家苦渡营生。

一九一三年五月，
希特勒到德国慕尼黑寻找前程。
一九一四年第一次世界大战爆发，
希特勒成了一个酷爱战争的下士，
他负伤住院，
在医院里他听到德国战败的消息，
全身心崩溃，
充满仇恨。
一九一九年加入了德国工人党，
大肆宣杨“国家民族革命”，
鼓动复仇的野心。
一九二一年，
希特勒成了该党的唯一领袖，
他建成纳粹党，
组建了一支私家军。

一九二三年席卷全球的经济危机，
失业、饥饿和绝望，
希特勒喊出“为了自由和面包”蛊惑人心。
德国资本家给予希特勒大量援助，
前德皇威廉二世也资助纳粹党二百万马克的资金。

他鼓吹反动种族论，
优等人种应该统治下等人，
他说爱因斯坦用“相对论光谱，”
将非犹太世界变成犹太世界”，
爱因斯坦是个头号恶棍。
他要用坦克在欧洲踏出一条“第三帝国”的光辉里程。

一九三三年二月二十七日，
他制造了“国会大厦纵火案”，
对共产党下了毒手，
将一车车共产党人投进监狱，
还枪杀了六百多人。
希特勒还对其他政党进行绞灭，
实现了纳粹党的一党专政。

一九三四年八月，
德国总统兴登堡逝世，
希特勒集各种权力于一身，
独断专行。
一方面他磨刀霍霍，
一方面他又大念和平经，
希特勒在国会声嘶力竭地高喊，
“德国要和平，
全人类都极端憎恶战争，
德国与波兰缔结了“互不侵犯条约”，

我们将无条件信守这个协定。
德国不会干涉奥地利，
更不想将其吞并。”

希特勒的“和平”声音刚落，
就露出狰狞的面容。
一九三六年三月七日，
希特勒将军队开进莱茵兰非军事区，
向国联挑衅。
一九三八年三月十二日，
德国军队进驻奥地利，
在暮色苍茫中进入了他的故乡，
奥地利变成了德国的一个省。
一九三九年三月十六日，
希特勒处身于捷克波希米亚国王城堡中，
他站在城墙上，
看着被他征服的国土满面春风。
德日意三国结成“轴心国”，
发动世界最具破坏性的战争。
他们商定以东经七十度为界，
共同把世界瓜分。

一九三九年九月一日，
德军将波兰侵吞。
一九四〇年春季发动新一轮闪电战，
将西欧占领，
并把英国赶回英伦。
以最小的伤亡代价就实现了，
德国皇帝苦战四年没有实现的美梦。
一九四一年六月二十二日，
希特勒出动了五百五十万人，

以排山倒海之势向苏联狂冲，
三个月内就深入苏联境内九百公里，
莫斯科之战希特勒遭到了失败，
斯大林格勒保卫战，
苏军开始全面反攻。
一九四四年六月六日，
盟军在诺曼底登陆，
东西夹攻，
希特勒的政权处于摇摇欲坠中，

一九四五年四月二十日，
苏军开始进攻柏林，
希特勒还在垂死挣扎，
在柏林地下掩体内指挥战争。
一九四五年四月二十九日，
苏联红旗插上德国国会大厦的屋顶。
二十九日夜他与情妇爱娃结婚，
他们狂饮香槟酒，
听着《红玫瑰》旋律的歌声
吃顿最后的晚餐，
四月三十日，
他与爱娃自杀身亡，
葬身于一片炮火海洋中。

慕尼黑协定

一九三三年德国退出国联。
一九三六年三月七日，
希特勒的军队开进了莱因兰非军事区，
英法无动于中。
一九三八年三月，

希特勒吞并了奥地利，
英法仍没有激烈反应，
一九三八年五月二十日，
希特勒狂叫“将捷克斯洛伐克从地图上抹掉。”
于是陈兵德捷边境，
要向捷克进攻，
吓坏了患有软骨病的张伯伦，
九月十五日他飞往德国，
希特勒要把苏台德地区割让给德国，
张伯伦满口答应。
九月十八日他与法国总理达拉第商定，
共同逼迫捷克同意割地，
以维持和平。
九月二十二日，
张伯伦又到德国向希特勒请功。
希特勒得寸进尺，
张伯伦还是欣然应允。
九月二十九日，
德意英法在幕尼黑举行国际会议，
墨索里尼提出了一个书面意见。
这意见出自戈林之手，
由希特勒审定。
这个协定使捷克拱手让出苏台德区，
十月一日撤走捷克居民。
这个协定捷克人却排斥在会议之外，
还要无条件执行。

《幕尼里协定》之后，
九月三十日，
张伯伦回到伦敦，
洋洋得意夸耀他已赢得了整整一代的和平。

一九三八年十月一日，
德军进驻了苏台德地区，
一九三九年三月十五日，
希特勒军队占领了捷克全境。
一九三九年九月一日，
德军大举向波兰进攻，
爆发了第二次世界大战，
“张伯伦一代和平”不到一年就化成泡影。
搬起石头打自己的脚，
这是蠢人的愚行。

第二次世界大战首先在波兰打响

波兰是块肥肉，
希特勒时时挂在心上。
阴谋和谎言挑起战争，
一九三九年八月三十一日夜晚，，
从德国监狱挑出几名囚犯，
打扮成电台工作人员模样，
几名党卫军穿上波兰军装，
他们冲进格里维采电台，
用铁棒将“工作人员”打伤，
然后用波兰语广播，
并胡乱地放上几枪。
造成波兰入侵德国的假象。
一九三九年九月一日，
德国出动五十六个师，
从三个方向直捣波兰的心脏。
第二次世界大战就这样在欧洲打响。

波兰的维斯特普拉特半岛，

二战的第一枪在这里打响。
一九三九年九月一日晨，
德国军舰向半岛开火
波军坚守了七天七夜，
四百多名德军阵亡。
波军终于弹尽粮绝，
被迫投降。
一九三九年九月一日，
德军的炮声打碎了波兰人的梦乡。
一百六十万人的虎狼之师，
波兰倾刻间百孔千疮。
面对强大的金戈铁马，
不到二十天就战败投降。

一九三九年九月三日，
英法对德宣战，
希特勒面对英法强大的一百一十五个师，
只有二十六个师，
装备也不精良。
但英法的强大军队，
躲在铜铁混凝土筑成的马其诺防线后面，
喝着香槟，
啃着香肠，
静静的坐着，
眼睁睁地看着英勇的盟友灭亡。
希特勒对这种静坐战争欣喜若狂。
英法纵容了希特勒瘟疫，
终于它蔓延在欧洲大地上。

希特勒的脸上堆满狰狞的笑容

一九四〇年四月七日上午，

德国海军分成五队，
向挪威前进，
德军遭到了顽强抵抗，
但由于力量悬殊。
又出了卖国贼吉斯林，
三个星期挪威就被德国荡平。
四月九日，
不到一天，
丹麦国王就投降德军。
卢森堡不堪一击。
荷兰人在鹿特丹进行了激战，
五天后成了希特勒的臣民。
比利时国王利奥波德三世，
五月二十八日向德军投诚。
一九四〇年五月十日晨，
德国开始向法国进军。
法国总理雷诺声嘶力竭地叫喊：
“我们会战胜他们，
因为我们有强大的国防军。”
德国的 A 集团军大胆穿插阿登山脉，
像汹涌的潮水奔腾。
古德里安六天突进了四百公里路程。
隆美尔这头斗兽如今恢复了好斗的野性，
他身先士卒，
冲锋陷阵，
向法兰西的腹地狂奔。
隆美尔乘坐指挥军，
在一辆坦克的护卫下，
折回原路去找掉队士兵。
遇到法军四十多辆卡车，
车上架着机枪，

一千三百多名官兵由一指挥官率领。
如果有一名勇敢的法军向隆美尔开火，
隆美尔就会毙命。
但出人意料的是，
这么多法军竟成了这十几个德军的俘虏兵，
法国人真正吓掉了魂。
隆美尔继续上路，
命令这些俘虏就地待命，
三个小时后隆美尔返回，
这些俘虏还乖乖待在原地不动。

贝当和魏刚，
这两位第一次世界大战的名将，
却没有昔日的威风。
丧失斗志的法军，
被德军打得七落八零。
一九四〇年六月十四日，
德军开进巴黎城。
六月十七日贝当组成新政府，
签署停战协定。
六月二十二日和约签字，
签字的地点与一九一八年十一月十一日，
第一次世界大战完全相同，
还是那列火车的车厢，
还是那片巴黎东郊的康边森林。
真是具有复仇意味的冷嘲热讽。
一九一八年是法国总理福煦高昂着头，
逼着德国人接受协约国的条件签字，
今天是法国人按照德国人的苛刻条件画押执行。
德意志第三帝国大帝，
为第二帝国皇帝雪洗了奇耻大辱，

希特勒的脸上堆满了狰狞的芙容。

敦刻尔克大撤退

三十六万盟军退守到敦刻尔克海港，
德军再要发动一次攻击，
这些军队就会全部灭亡。
鬼迷心窍的希特勒心血来潮，
他命令所有陆军一律停止行动。
即将到嘴的肥肉不吃，
许多陆军将领晕头转向。

敦刻尔克码头炸成了废墟，
但有一公里长的东堤，
是个唯一可停泊的地方，
用汽车搭成浮桥，
从海滩延伸到船上，
连续几天没睡好觉的战士，
饥渴交迫，
但还是争先恐后地跳到渡船上。
英国的船只像潮水般涌向敦刻尔克，
竟管有德军炮火的猛烈轰炸，
从一九四〇年五月二十六日，
到六月四日的九天中，
有三十三万人撤回故乡。

被誉为敦刻尔克奇迹的大撤退，
上帝把一件十分奇特而珍贵的大礼，
送给新上任的丘吉尔首相，
赠给丘吉尔继续战争的生力军，
四年后的诺曼底登陆，

这些官兵都是英军的中坚力量。

希特勒的“海狮”行动

一九四〇年六月初，
纳粹军队把英军赶入海中。
德国制定了“海狮计划”，
向英国进攻。
一九四〇年五月十日，
丘吉尔接替了张伯伦，
他对希特勒十分强硬。
决心抗击纳粹德国的入侵。
丘吉尔是英国抗德的灵魂。

英军在沿海设置了五十一座雷达站，
早发现早迎击敌人。
一个德国犹太人。
被希特勒驱逐出境。
一九三九年，
他凭记忆为英国生产了恩尼格码机，
这种超级机密机可以破译德国的所有命令，

希特勒执行“海狮计划”，
空军司令戈林想独揽战功，
他认为通过战略轰炸就可以把英国扫平。
一九四〇年六月十八日，
德机开始了大规模轰炸行动，
七月十一日英德大规模空战，
英军初战告捷，
英国皇家空军越战越勇，
八月二十四日英国飞机轰炸柏林，

希特勒大为震惊。
德机以两倍于英机的损失，
打碎了戈林的美梦，
一九四一年五月十一日，
德军以最后一次空袭，
结束了“海狮”行动。

第二次世界大战中唯一时间最长，
规模最大的英德空战，
德国损失了一千七百多架飞机，
六千名飞行员丧命。
英国损失了九百一十五架飞机，
四百一十四名飞行员牺牲。
希特勒遭到第一次重大失败，
大英帝国这块硬骨头他始终没有啃动。

夺取巴尔干

巴尔干是欧亚非三大洲要冲，
富饶之乡，
是控制地中海，
进攻中东和北非的跳板，
希特勒梦寐以求这块地方。

一九四〇年九月六日，
罗马尼亚的法西斯发动政变，
新政府奉迎德军驻防。
匈牙利法西斯分子霍尔蒂，
加入《柏林协定》，
十二月四日希特勒派兵到匈牙利加强国防。
一九四一年三月，

保加利亚加入了《柏林协定》，
希特勒得到了这三个国家，
没动一刀一枪。

南斯拉夫成立了新政府，
与苏联结成了友好之邦。
纳粹空军对南斯拉夫狂轰滥炸，
希特勒派三十万军队，
四月十七日南斯拉夫无条件投降。
但铁托领导着人民游击队，
一直战斗到全国解放。
一九四一年四月六日，
希特勒大军压境，
希腊人无法抵挡，
四月二十三日希腊投降。

一九四一年五月底前，
欧洲大陆的十四个国家，
都装进了希特勒的私囊，
希特勒沾沾自喜，
尾巴翘到天上。

北非战场

一九四〇年九月，
墨索里尼向埃及发起进攻，
英军顽强抵抗。
一九四一年二月，
地中海南岸几乎被英军占领，
以意大利的惨败而告终。

希特勒组建“北洲军团”，
隆美尔率兵出征。
隆美尔因灵活的适应了沙漠战，
获得了“沙漠之狐”的美称。
隆美尔到北非战场后，
建立伪装的装甲部队迷惑英军。
战车绕居民区用以欺骗英军。
一九四一年三月二十四日，
隆美尔率领第五装甲师向东发起了攻势，
卜雷加港口被德军占领，
隆美尔分两路向班加西前进，
德军用大量纸糊的假坦克壮大自己的队伍，
还在坦克的背后，
用汽车狂奔卷起漫天尘土，
实际上英军大于德军兵力，
却认为包围它的是一支庞大的德军，
英军终于投降。
四月十五日隆美尔占领了埃及西部边境。
两周内德军向东推进了三千公里，
俘虏了九万七千英国人。

一九四二年八月，
蒙哥马利接任英国第八集团军司令，
这是个捕捉“沙漠之狐”的英雄猎人。
阿拉曼战役，
蒙哥马利示假隐真，
蒙蔽和欺骗德军。
一九四二年十月二十三日，
蒙哥马利率领英军向德军猛攻。
隆美尔难敌英军，
德军终于败阵。

阿拉曼一战，
德军损失坦克五百多辆，
伤亡五万九千人。

阿拉曼战后留下三块墓地，
英军墓地有名有姓。
其中一块墓碑上写着，
“对于世界你不过是一名士兵，
而对于我你却是整个世界。”
八字形的德军墓地像一个城堡，
正对墓门的墙壁上镶着一个巨大的十字架，
还有三个男人和三个女人，
那是死者的父母兄弟姐妹，
为战死在异国他乡的亲人哭泣，
祈祷苦难的灵魂。
走进意军墓地的灵堂，
怎能听到阵阵隐约的哭泣声，
那是隔海相望的父老乡亲，
托地中海的海风，
寄托他们哀思之情。

一九四二年十一月八日，
艾森豪威尔率领盟军在北非登陆，
十万大军所向披靡。
一九四三年三月，
蒙哥马利向突尼斯东南侧前进，
巴顿将军从突尼斯的西部进攻，
五月十三日，
盘距在奥尼斯的最后一批德军投降，
盟军俘虏了二十五万德意残军，
从此结束了北非战争。

以全胜开局的德国非洲军团，
却以全军复没而告终。

进军意大利

盟军要进军意大利的西西里岛，
为了声东击西，
蒙骗德军，
盟军伪造了一个少校参谋溺水致死，
让他漂到西班牙国境，
随身携带一个公文包里有军事机密：
“盟军将在希腊和撒丁岛登陆。”
希特勒信以为真，
抽走了西西里岛上的部分德军。

一九四三年七月十日凌晨，
巴顿和蒙哥马利指挥十六万军队开始行动。
英军向北推进，
巴顿的美国兵穿过西西里岛北岸，
八月十七日到达了墨西拿，
几小时后英国的坦克也来到该域，
盟军攻占了西西里岛全境，
德意联军共损失十六万人。
意大利全国震惊，
国王逮捕了墨索里尼，
希特勒发布占领意大利的命令。
九月三日，
意大利新政府与英美签署了停战协定。

一九四三年九月三日，
蒙哥马利的军队登上意大利靴尖，

九月九日在萨勒诺登陆的美军与德军交锋，
蒙哥马利的军队夺取了福贾机场，
巴顿美军十月一日占领了那不勒斯城。
一九四四年一月中旬，
美军抵达古斯塔夫防线。
德军主力集中在卡西诺镇，
防线前水流湍急的拉皮多河挡住去路，
德军阵地前布满地雷阵。
一九四四年一月二十日，
美军发起一次又一次进攻，
付出了两千二百人的代价，
才在拉皮多河北岸站稳了脚跟。
一九四四年一月二十二日，
五万名英军要夺取罗马以南的安奇奥海边小镇，
安奇奥的英军一个劲的殊死相拼。
占领了该镇。
五月十八日卡西诺镇终于被美军占领。
都在向罗马挺进。
一九四四年六月四日，
美军进了罗马，
星条旗高高飘扬，
大大鼓舞人心。

在意大利北方，
有游击队在抗击敌人，
意大利游击队十分活跃，
在盟军到达前，
他们已解放了热那亚、米兰和都灵。
盟军攻下了罗马，
继续前进，
把德军打得溃不成军，

一九四五年五月二日，
在意大利的德军全部缴械投诚。

墨索里尼之死

一八八三年墨索里尼出生在一个铁匠家庭。
一战爆发时，
他是意大利社会党机关报的总编辑，
一九一四年创办他个人的《人民报》，
十天后他被开除党藉，
于是他组建法西斯党，
集反共产主义和反民主政治于一身。
一九二二年当上了意大利总理，
实行独裁专政。

墨索里尼具有对外扩张野心，
一九三五年征服埃塞俄比亚，
一九三九年将阿尔巴尼亚吞并，
是一个自称手中拥有八百万把刺刀的战争狂人。
二战时出兵法国南部，
又向希腊用兵，
他进攻埃及英军挑起北非战争，
盟军在北非彻底打败了德意军队。
西西里岛被英美占领颠复了墨索里尼，
一九四三年七月二十五日，
意大利国王对墨索里尼下逮捕令，
将他关押在罗马北部的一个高高的山顶。
一九四三年十二月，
希特勒命令德国党卫队斯克尔兹尼前去营救，
他们飞到罗马，
希特勒亲切相迎，

在意大利北部为他建立了一个傀儡政权，
由德军刺刀保护执政。

一九四五年春，
德国兵败如山倒，
四月二十七日，
墨索里尼在科莫告别他丑陋的妻子，
携带情妇和大量珠宝金银，
和十六位高级阁员，
一同逃命。
走不多远，
在栋戈就遇到了游击队，
游击队打死了一名德军士兵。
双方进行谈判，
“留下车上随行的全部意大利人，
德国兵就可以放行。”
于是墨索里尼等人束手就擒。

一九四五年四月二十八日，
米兰共产党游击队总部，
派高级官员瓦来里奥来到栋戈，
奉命就地将墨索里尼等人执行死刑。
四月二十八日夜，
这十八具尸体运往米兰，
深受战争之苦的意大利百姓，
将墨索里尼头朝下倒吊米兰街头，
随后扔进臭气熏天的阴沟中。

纳粹德国进攻苏联

一九三九年八月二十三日深夜，

签定了《苏德互不侵犯条约》，
希特勒在西线发动进攻。
他在条约签字三个月后说：
“我们与苏联是签有条约，
但它只能在有价值时才能执行。”
一九四〇年七月二十一日，
进攻英国的“海狮计划”刚刚开始，
他就给陆军首脑下达了“准备进攻苏联”的命令。
希特勒认为有能力战胜英国，
同时打败苏联也有信心。
希特勒认为苏联不堪一击，
他夸下海口，
要在六个月内将苏联吞并。

一九四一年六月二十二日，
希特勒派出了一百九十个师，
五百五十万人，
以排山倒海之势向苏联冲锋。
从波罗的海到喀尔巴阡山，
长达一千八百公里战线，
分三路挺进，
北路指向列宁格勒，
中路进攻莫斯科，
南路瞄准基辅城。
德军在三个月内，
深入苏联腹地九百公里，
希特勒的闪击战达到顶峰。
北面一路，
穿过波罗的海沿岸国家，
迅速向列宁格勒推进。
九月二十二日，

南路攻下基辅，
还俘虏了十几万苏军。
中路在九月的最后一天，
向莫斯科发起猛攻。
他洋洋得意宣布：
“苏联已被打败，
全面胜利已在握中。”

苏联在突袭前的情报大战中先输一局。
斯大林相信：
“希特勒在解决英国之前，
不会向苏联进攻。”
对斯大林提供的“德国将要进攻苏联”的一切情报，
他都认为是英国人的挑拨离间
完全当作耳旁风。
一九四一年六月十四日，
佐尔格从东京发出一个准确情报，
“战争将在六月二十二日进行”，
斯大林依然不信。
结果边防部队仓促应战，
损失惨重，
边境之战以苏军的大败而告终。

七月三日，
斯大林向全体苏联人民发出了总动员令，
战斗打响后仅仅十天，
就有五百三十万人参军，
斯大林处变不惊。
苏联军民同仇敌忾，
反败为胜。
希特勒提出了要用斯大林的儿子雅可夫，

交换德军元帅保卢斯，
斯大林嗤之以鼻：
“我决不用元帅来交换一个士兵”，
这个表态掷地有声。
希特勒在动员全世界的力量打败自己，
英国首相丘吉尔说：
“我像需要空气一样需要苏德战争。”
美国总统罗斯福发誓：
“竭尽全力援助苏联人民。”
超越了意识形态和社会制度的不同。
组成反法西斯统一战线，
轴心国将日暮途穷。
谁笑到最后，
那将是最甜美的笑声。

莫斯科保卫战

冯·博克元帅率领中央集团军，
一九四一年九月三十日，
兵临莫斯科城。
飞机日夜不停地狂轰滥炸，
炸弹呼啸着倾泻城中。
希特勒歇斯底里狂叫：
“要在十天内攻下苏联首都，
在红场上检阅德军。”

莫斯科军民对德军暴行义愤填膺。
以大厂和街道为组织单位，
拿起武器打击敌人。
莫斯科工人还组成了十二万人的民兵师开赴前线，
全市二十五个区建立了工人营，

斯大林十分沉着镇定。
一九四一年十一月七号，
“十月革命”二十四周年纪念日，
尽管莫斯科炮声隆隆，
头上有敌机的轰鸣，
斯大林站到列宁墓上，
在红场检阅苏军。

一九四一年十二月二日，
德军第 258 师的一个侦察营，
突入到莫斯科近郊希姆基，
能够看见克里姆林宫的尖顶。
第二天就被苏军打退。
这是德军第一次也是最后一次看见克里姆林宫。
这一年冬季特别冷，
缺乏冬装的德军，
经受着严冬的酷刑，
使希特勒遭到和拿破仑一样的厄运。
一九四一年十二月六日，
朱可夫率苏军发动了反攻。
全面出击敌人。
德军防线不断突破，
退却三百多公里，
横扫欧洲的纳粹军队第一次成了败军。
一九四二的二月，
莫斯科保卫战彻底取胜。
德军损失了三十万人，
希特勒用野心建筑的帝国大厦开始复倾。
莫斯科保卫战后，
英国外交大臣艾登来到克里姆林宫，
他说：“德军并没有走远，

他们距退守柏林还有很长的路程。”
斯大林说：“没关系，
在历史上俄罗斯人曾两次攻入德意志首都，
同样还会有第三次攻克柏林。”

列宁格勒九百天大围困

陆军元帅冯·勃克率领的德国北路集团军，
一九四一年八月，
杀气腾腾来到涅瓦河上这座名城，
希特勒趾高气扬以为胜利指日可待，
印发了请柬，
注明时间地点，
要在列宁格勒大摆宴席，
祝捷庆功。
苏联红军在浴血奋战，
德军多次进攻没有得逞。
希特勒说：
“应该用饥饿来扼杀这座城市，
切断一切运输走廊，
让老鼠也难爬进城。”
八月三十日，
德军铁钳包围，
黑色死亡笼罩着列宁格勒人民。

这座城市备战不够充分，
谁都没有粮食储备，
国库的粮食也只够六十天的食用。
粮食逐渐耗尽，
到一九四一年十一月二十日，
配给每人每天只有一百二十五克面包，

一小块面包还必须再分三分。

和平时期的温馨家庭，
如今成了倒悬之苦的生灵。
德军狂轰滥炸，
许多楼房变成了废墟，
七十万人无处栖身。
市内断水断电，
冬天没有燃料，
黑夜没有照明。
饥寒交迫的母亲，
早已没有了奶水，
嗷嗷待哺的婴儿，
母亲毅然刺破自己的胳膊，
让婴儿吸吮着自己的鲜血求生。
有人在街上排队等待食物时倒下，
大街上随处可见饿死的人。

音乐缪斯没有吻别这座血雨腥风之城，
一九四二年八月九日，
艺术家们首次公演了，
肖斯塔科维奇的《第七交响曲》，
这场空前绝后的演出总共持续了八十分钟，
乐曲浸透着鲜血，
经久不息回旋在人们的脑际中。
由于炮火和饥饿吞噬着乐手的生命，
二十七名乐手丧生，
指挥埃利阿斯贝塔本人也骨瘦如柴，
离死神很近，
但交响乐队演出了惊动世界的乐声。
动听的旋律，

激励着军民的斗志，
压倒敌人的炮火轰鸣。

一九四四年一月十二日，
苏军开始反攻，
沃尔霍沃和列宁格勒前方部队同时发动进攻。
德军阵地沿着涅瓦河左岸蜿蜒，
要在冰上向盘踞的德军冲锋。
把德军打得七落八零。
一九四四年一月二十七日，
列宁格勒获得了彻底解放，
以苏军的胜利而告终。

九百天啊！
沉重而黑暗的九百天，
绷紧着人们的神经，
触痛着人们滴血的心灵。
在这凄惨的日子里，
炸死一万多，
饿死六十四万平民。
这些屈死的灵魂缭绕在列宁格勒上空，
惊天地，
泣鬼神。

斯大林格勒大会战

希特勒决定向斯大林格勒和高加索同时进攻。
占领了斯大林格勒，
向东北迂回包抄莫斯科。
夺取了高加索，
南击伊朗，

在印度会师日本皇军。

一九四二年五月，
分两路前进。
四十一个师冲向高加索，
但高加索山的主要隘口始终未能占领。
于是他从高加索抽调部队，
投入到斯大林格勒的战斗中。
斯大林格勒位于伏尔加河右岸，
是苏联南疆的工业和商贸中心。
一九四二年七月七日，
斯大林格勒战役打响，
八月二十三日，
德军每天出动上千架次飞机，
使全城大火熊熊。
九月十三日，
斯大林格勒第一火车站被占领，
一周后战斗转移到市中心。
斯大林格勒整个十月在进行着巷战，
展开着肉搏斗争。
苏军从河对岸派来了援军。
斯大林格勒主战场是市北的高地，
两军在这里交战，
重创了德军。

一九四二年十一月十九日，
苏军以四十个师的兵力全线反攻。
五天之内，
就把保卢斯第六集团军，
围困在一个大盆地中。
希特勒把他由上将提升为元帅，

意思是，
第三帝国元帅没有一个投降，
要保卢斯宁可自杀，
也不要被生擒。
一九四三年一月十日，
苏军展开对德军的强攻，
战斗打了二十二天。
二月二日，
保卢斯元帅率领残部投降了苏联红军。
斯大林格勒大会战以苏军全胜而告终。
德军在这场战役中损失了一百五十万，
苏军也损兵折将一百万官兵，
还有五十万平民丧生。
斯大林格勒大会战胜利后，
美国人开始以“乔大叔”称呼斯大林，
斯大林的肖像出现在美国主流新闻周刊的封面中。

库尔斯克大搏斗

希特勒绝望的挣扎，
调集了百万精锐部队，
向库尔斯克猛冲。
苏联集中了一百三十三万人，
构筑了八道防线，
挖了一万公里战壕，
设置了七百公里长的铁丝网，
准备迎头痛击敌人。

一九四三年七月五日凌晨，
库尔斯克正北方面德军转入进攻，
遭到苏军的顽强抵抗，

败局已定。
德军在正南方向也发动了猛攻，
同样未获成功。
七月十二日，
在普罗夫霍罗夫卡地区，
二战中最大的坦克阵交锋。
双方各投入了一千辆坦克，
进行了三天钢铁大冲撞，
德军同样没占上风。

一九四三年七月十八日，
希特勒在奥廖尔聚集了三十七个师，
苏军向奥廖尔挺进，
八月四日赶走了奥廖尔的德军。
别尔哥罗德有十八个师的纳粹部队，
八月五日苏军将他们踏平。
当天晚上，
莫斯科鞭炮齐鸣，
祝捷庆功。
这是希特勒在苏联领土上最后一次决战，
纳粹军队从此一蹶不振。
十一月初基辅重新回到苏联手中。
一九四四年六月二十二日，
苏军开始了大规模反攻，
苏联的隆隆战车驶向柏林。

诺曼底登陆

一九四三年十一月，
三巨头第一次在德黑兰开会，
作出了第二年春天要在西欧登陆的决定。

一九四三年十二月，
艾森豪威尔被任命为盟军最高司令，
负责登陆的一切行动。

艾森豪威尔没有小看世界上最顽强的德军。
一九四四年春，
三百万盟军士兵和六百万吨补给，
已经在英国集中。
为了万无一失，
盟军还精心策划了一个欺骗行动，
一个假冒的“第一集团军”驻在加来对岸的多佛附近，
无线电散布虚假情报，
假坦克和假军舰蒙骗德军。
而真正的部队加以伪装，
将两栖坦克伪装成帆船，
真正的登陆地点不露风声。
希特勒信以为真，
盟军登陆地点就在多佛对岸的加来，
于是在加来驻防了大量德军。
一九四四年六月五日九点半，
天气预报大雨将停止，
随后有三十六小时放晴。
艾森豪威尔下达了登陆命令。

阴雨天气使德军放松了警惕，
六月五日隆美尔赶回了德国，
准备庆贺他妻子六月六日生辰。
登陆舰队靠近海岸，
德军官兵还在梦中，
凌晨六时德军才发炮开火，
可是在八十多公里的海岸线，

只有三千五百名德兵。
德国第七集团军参谋长向司令部，
报告了盟军登陆的消息，
但又多加了一句，
第七集团军靠自己的兵力可以打退敌人。
司令部听完报告后，
仍旧去梦见周公。
陆军元帅龙德施泰特将盟军伞兵降落的消息，
向希特勒汇报，
司令部的参谋拒绝将希特勒叫醒。
龙德施泰特想动用两个机械化师投入战斗，
但无权调动，
直接握有指挥权的希特勒，
依旧不受干扰的在睡梦中。
六月六日中午醒来时，
还不介意，
认为诺曼底是佯攻，
真正进攻将在加来进行。

登陆时德国的前线指挥员正在雷恩市开会，
讨论如何对付盟军的登陆行动。
美国 101 空降师的萨莫斯中士，
单枪匹马发起进攻，
他从一个房间冲进另一个房间，
毫不费力打死了里面的士兵，
行动了很长时间，
当他踢开另一个房门，
十五个德军官兵正在吃早饭，
这些人居然没有听到外面的枪声，
这些空投到诺曼底纵深地带的二万三千名伞兵，
抢占战略要地，

阻断交通。

一九四四年六月六日凌晨五点，
十三万将士搭乘五千艘舰艇，
分五路向诺曼底海滩冲锋。
轰炸机怒吼于云际，
六百余艘军舰火炮齐鸣，
盟军以雷霆万钧之势猛扫德军。
六时整，
双方火力交锋，
盟军有绝对优势压倒敌人。
但德军可以用秘密武器 V—1 导弹，
遗憾的是，
这种导弹在登陆六天后才投入使用，
只是向伦敦发射，
杀死了许多平民，
对挽救战局毫无作用。

盟军的五路大军，
其余四路在中午时都取得了成功。
惟独奥马哈海滩形势十分严峻，
守卫在这里的是德国的王牌军，
他们用重炮和机枪向大海狂射，
美军的两栖坦克向海底下沉，
士兵们缩在水里，
新来的一批堆向前一波士兵。
中午时分，
二百多名突击队员把带钩的绳索用火箭射至岩上，
然后抓住绳索向上爬行。
突击队员前扑后继登上了顶锋。
他们射杀了射程内的所有德国兵，

打退了德军一次又一次反攻。
夺取奥马哈海滩的代价相当大，
美军有一千多人牺牲。

六月六日晚上，
登陆已经成功。
到第四天所有五个登陆海滩连成一片，
诺曼底战役持续了四十多天，
共歼灭德军四十五万人。
撕开了希特勒的西部防线，
盟军以排山倒海之势向欧洲挺进。
八月二十五日美军和自由法国一个师进入巴黎，
八月二十六日戴高乐将军入城，
受到二百万巴黎市民的热烈欢迎。
九月四日蒙哥马利拿下比利时港口安特卫普，
九月中旬解放了比利时和卢森堡，
打开了从北方进攻德国的途径。
十月二十一日美军攻下了德国城市亚琛，
这是盟军第一次踏进了德国的国门。
希特勒耀武扬威的日子已不再有，
满耳都是惊天动地的战车轰响，
撕肝裂胆的爆炸声，
炸碎了希特勒的美梦，
使其惊魄失魂。

希特勒与世界轴心

没有慈善心境，
却要祈求鬼神。
双手沾满鲜血，
妄想匍匐在神灵脚下，

企图登上世界颠峰。

彻头彻尾的邪教主义者希姆莱，
建议希特勒派人到中国西藏去寻找，
“沙姆巴拉”这个“世界轴心”。
它蕴含着巨大的力量，
如果把轴心方向倒转，
时光就会倒流，
使德国重新回到一九三九年不可一世的光景。
如果派遣一支军队去接触轴心，
就可组建一支“不死军团”，
成为天下无敌的特种奇兵。
希特勒派哈勒为首的五名党卫军分子
去完成特殊使命。

一九四三年一月，
纳粹五人小组离开柏林，
前往西藏去寻找这根救命稻草，
使希特勒转运。
寻找神奇的轴心给希特勒带来了什么？
盟军在诺曼底登陆东进，
苏军向西进攻柏林，
敲响了纳粹灭亡的丧钟。

阿登战役

一九四四年深秋，
希特勒孤注一掷地发起阿登战争。
阿登山脉只有六个师的美军，
德军绝对秘密地将二十四个师的兵力，
偷偷运进阿登山中。

一九四四年十二月十六日拂晓，
德军分三路突然发难，
密集的大炮对准所有的美军阵地猛轰。

美国 101 空降师匆匆赶到巴斯托尼，
十二月二十一日遭到围困。
圣诞节那天，
双方在巴斯托尼挨家挨户进行战斗。
十二月二十六日，
巴顿的坦克帮助了解困，
这一天盟军大显神威，
覆盖阿登的白雪都被染红，
德军的攻势告终。
一九四五年一月三日，
德军对阿尔萨斯发动了猛烈攻势，
这是阿登战役中最猛烈的一次交锋，
双方血战五天，
德军始终没有攻下该城，
一月八日希特勒下令撤退，
德军在阿登山区的进攻以失败而告终，

阿登之战后，
盟军进入德国本土，
所向披靡，
雷厉风行。
一九四五年三月十三日，
盟军攻克了莱茵兰，
英军向德国北部平原挺进。
美军包围了鲁尔工业区，
四月三十日纽伦堡和幕尼黑被占领。
许许多多被解除武装的德军，

垂头丧气地走向庞大的战俘营，
德国本土上，
硝烟弥漫，
血雨腥风。

纳粹德国遭受火刑

纳粹德国先发制人，
它的空军轰炸了华沙、鹿特丹和伦敦。
丘吉尔命令对德国实施大轰炸，
让德国人胆颤心惊。
一九四〇至一九四五年，
至少有一百万吨炸弹和燃烧弹，
被投到一千座城市和乡村，
德累斯坦、汉堡、纽伦堡和科隆，
一百六十一座历史名城陷入火海，
有六十三万五千人在空袭中毙命。
一九四四年盟军占领了意大利，
可以从意大利福贾空军基地
飞向德国南部领空。
在所有投向德国的炸弹中，
一多半都是战争最后七个月扔到纳粹头顶。

一九四三年五月，
伍珀塔尔遭空袭，
草地上到处躺着死人。
妇科医院被击中，
三十位母亲和她们的新生婴儿葬身火海，
有些人成了躯体不到五十厘米的碳化人。
一九四五年二月三日二十二点，
对德累斯坦进行第一波轰炸，

一小时过后第二波轰炸开始进行，
这一夜英军投下了三百吨炸弹和燃烧弹，
水电供应被切断，
整个居宅区陷入一片火海中。
美国二月十四日连续两天对德市轰炸，
共投炸弹一千多吨，
德累斯坦到处噼啪作响，
火光通红，
易北河畔的军械库大街已是火海一片，
对岸的财政部大楼烧得亮如白昼，
皮尔纳广场上高大建筑物的火炬高耸入云。
这次轰炸有两万五千人丧生。

希特勒疯狂发动战争，
他践踏欧洲，
扩张掠夺和残酷杀人。
咎由自取，
引火烧身，
使德国人民陷入水深火热之中。

易北河会师

苏军自东向西推进，
美军从西往东扫荡，
打到托尔高市，
他们隔河相望。
托尔高市这座大桥虽已炸断，
就在这座断桥处，
是苏美两军历史性握手的地方。

一九四五年四月二十五日，

美军第六十九师少尉罗伯逊到达托尔高，
在听说对面有苏联红军活动时，
就用床单做成一面粗糙的星条旗，
挥舞在高高的塔楼上。
中尉西瓦尔什科率领的苏军，
也确认了对方。
两支友军，
相向奔去，
他们断桥相会，
每个人激动的心情难以名状。
苏美两国士兵还举行了联欢，
苏军拿出伏特加，
招待对方。
苏联女兵还和美军跳舞，
共同高举着斯大林和杜鲁门的肖像。

他们脚下的桥是断的，
伸向对方的手架起了一座无形的桥梁。
苏美两军共同信誓旦旦，
永远不再让战争发生，
让世界永远充满和平的阳光。

易北河会师的友好誓言还在耳边作响，
冷战的铁幕就笼罩在地球上。
一位参加会师的美国老兵波罗斯基，
他每年四月二十五日，
都要到美国芝加哥桥头进行反战演讲。
一九八〇年他得了癌症，
希望死后葬在托尔高，
他和苏军会师的地方，
以此作为超越冷战鸿沟的和平愿望。

一九八三年十月十八日，
这位和平战士与世长辞，
民主德国最高领袖昂纳克亲自批准了他的葬礼，
驻波茨坦的美国士兵为他抬棺，
他的灵魂回到他的精神故乡，
在蔚蓝色的梦里微笑，
岁月把血泪永远埋葬。

纳粹大屠杀

希特勒一上台，
就大肆宣扬种族优越论。
“纽论堡法典”奠定了大屠杀基础，
“最终解决”要从肉体上消灭犹太人。
犯下灭绝人性的反人类罪行。

希特勒一九三三年掌权，
就在达豪和奥拉丁堡，
建立了第一批集中营，
配带死亡头颅标志的党卫军，
疯狂地杀人。
希特勒还有一个特别行动队，
十八般杀人武艺样样皆通。
纳粹实行最残忍的种族灭绝政策，
总共杀害平民一千一百万，
其中六百万是犹太人。

希特勒集中营数目二十多个，
摧残被关押者的肉体和灵魂。
布痕瓦尔德集中营位于魏玛附近，
魏玛因歌德、席勒和马赫而出名，

第一次世界大战后，
在这里建立了德国第一个共和国，
希特勒颠覆了魏玛共和国，
又沾污了魏玛这个美丽的文化名城。
布痕瓦尔德集中营囚禁了二十五万人，
有五万六千人在这里丧生。
集中营大门上镶嵌着四个铁制大字“各得其份”。
地下室沿墙钉有铁钩，
像猪仔一样吊人。
强迫人拉装满大石头铁拖车，
边唱歌边拉车，
称之为会唱歌的马，
一直拉到筋疲力尽。
把人带到地下室，
名为站在标杆上测量身长，
刽子手在隔板后面，
对着他的后脑开枪杀人。
男女被裸体绑在平台上活体解剖，
他们剥下人皮做成灯，
剪下女人头发编成织品。
一九四五年四月十一日，
布痕瓦尔德集中营解放时，
惊呆了美国士兵。
两万囚徒像活着的骷髅架子，
奄奄一息不像人形。
还有一个三十五公尺长，
一人多高尸堆，
还有人的眼睛在转动。

一九四一年纳粹在波兰建立了一系列死亡集中营，
奥斯威辛集中营是纳粹灭绝人性的象征。

集中营共分三个营，
一号二号营建立了大规模的灭绝设施，
纳粹狂徒在这里流水作业线式杀人。
三号营是劳役营，
有劳动能力的人在这里被榨尽最后一滴血，
然后投入死神的怀抱中。

全欧洲的犹太人被装在运输牲畜的列车里，
在奥斯威辛下车后，
纳粹医生在铁路平台上筛选，
其中一些人被送去作活体医学试验，
成了集中营医生门格勒的活人试验品。
年轻力壮的人被送去强制劳动，
在大声辱骂和拳打脚踢下干着苦工。
每天四点用棍棒赶着起床，
四点半吃饭后就在操场上列队立正，
一直站到太阳东升。
从四点半到八点，
那身条纹囚服难以抵御冬天的寒风，
有些人倒下，
就活活地被送进焚尸炉中。
老弱病残和妇女儿童，
则走向毒气室，
这些毒气室看上去像一座座浴室，
有人告诉他们现在进去洗澡，
房门关上，
便放毒气，
很快尸体就进了尸窖，
接着送往焚尸炉中遭火焚。
十号楼与十一号楼之间有一道死亡之墙，
党卫军在这里随意杀人。

十六号楼和十七号楼前矗立着绞首架，
天天都有人在这里受绞刑。

奥斯威辛集中营一九四五年一月二十七日解放，
苏军战士是人间地狱的第一见证人。
二千名骨瘦嶙峋的人举着红布欢迎苏军，
他们只是长得像人，
皮肤薄得可以看见血管，
他们伸出手时，
骨头、关节和肌肉可以看得很清。
苏军在奥斯威辛集中营找到了七吨受害者头发，
发现了三十五万件男人的西服，
和八十四万件女人的衣裙。
这里一百三十万人被关押，
其中一百一十万人丧命。

西蒙·维森塔尔是一个毕生追踪纳粹的人。
一九四四年一个德国党卫军问他：
“如果你能逃出去，
你会怎样描写集中营?”
维森塔尔答道：
“实话实说”。
那个党卫军说：
“谁也不会相信，
有人会这么残忍。”

死亡天使门格勒医生，
保护了七个犹太小矮人，
这七兄妹都患了软骨发育不全症。
这种侏儒症世界各民族都有，
唯独门格勒拿来证实希特勒的种族论。

希特勒开枪击中了自己的脑门，
副官用毯子将他们的尸体裹起，
放在弹坑中，
浇上汽油焚烧，
希特勒和他的第三帝国消亡在熊熊烈火中。
五月一日，
宣传部长戈培尔毒死了他的六个孩子，
与妻子同归于尽。
总参谋长克雷布斯也自杀身亡，
他们都成了希特勒的殉葬品。
五月七日，
约德尔在法国兰斯市向艾森豪威尔投降，
五月八日午夜，
凯特尔元帅在柏林签定了投降书，
结束了欧洲战争。

一九四五年五月二十三日，
邓尼茨新政府的所有成员都被逮捕。
所有纳粹要犯在纽伦堡国际法庭受审，
有十一人被判处绞刑。
有七名纳粹战犯关在柏林施潘道监狱，
其中有当了二十三天元首的邓尼茨，
还有当过副元首的赫斯被判无期徒刑，
一九六六年十月一日以后，
赫斯是那里的唯一犯人，
九十三岁还老而不死，
一九八七年他以自杀结束了生命。

攻克柏林，
在十八天中苏军死伤三十万，
柏林也有十万人丧生。

几乎德国每个家庭都有男人在战争中牺牲。
希特勒对被占领国无情的剥削和压榨，
总共榨取了一千亿马克的贡金。
希特勒第三帝国的帷幕最终落下，
空气中还散发着血雨腥风，
硝烟尚未散尽，
幸存者如梦初醒，
他们走出黑暗的隧道，
在大街上载歌载舞，
欢庆黎明。

日本

波涛汹涌的海洋环抱着日本，
一万年前这里就居住着绳纹人，
二千四百年前几百名朝鲜人跨过海峡到九洲谋生。
秦朝时期，
徐福奉秦始皇之命 ，
带领五百八十个童男童女，
东渡蓬莱，
为赢政求药长生。
鉴真东渡，
造福东瀛。

一八六七年明治维新，
打开资本主义发展之门。
随着综合国力提高，
膨胀着扩张主义的野心。
一八七四年吞并了流球国，
一八九五年侵占了中国台湾省，
一九一〇年把朝鲜占领。

一九三一年，
日本悍然挑起了九·一八事变，
占领了中国东三省。
一九三七年七月七日，
发动了芦沟桥事变，
开始了全面侵华战争。
不愿做奴隶的中国人，
奋力反抗日本入侵，
中国大地上处处燃烧着抗日烽火，
日本这头野牛困在熊熊烈火中。

怀着各自野心，
德日意三国结成了罪恶轴心。
日本侵华战争是二战的序幕，
希特勒闪击欧洲，
日本偷袭珍珠港，
在太平洋上直撞横冲，
进攻东南亚，
打到了澳大利亚边境。

恶有恶报，
正义必定战胜邪恶轴心。
在盟军的抗击下，
日本输掉了太平洋战争。
苏联红军出兵中国东北，
美国的两颗原子弹震憾了日本人，
同盟国的炮火击碎了日本帝国主义的美梦。
一九四五年八月十五日，
裕仁天皇宣布日本无条件投降。
面对落日，
人们欣喜若狂，

欢声雷动，
全世界在沸腾。

九・一八事变

一九三一年九月十八日，
日本关东军在沈阳北郊柳条湖，
自己炸毁了一段铁路，
却反诬中国东北军。
柳条湖爆炸刚刚响起，
日军分两路攻占沈阳和东北军驻地北大营。
日本国内群魔尽舞，
恶浪翻滚，

由于国民党政府的不抵抗政策，
二十万东北军不战而退，
一九三一年十一月十七日，
黑龙江省省会齐齐哈尔沦陷，
一九三二年二月五日，
日军占领了哈尔滨，
三月三日日军夺取了锦州，
四月日军完全控制了东三省。
关东军派特务头子土肥原贤二赶赴天津，
请清朝末代皇帝溥仪到东北赴任。
关东军帮助溥仪建立了傀儡政权，
汉奸溥仪为日本侵略战争，
提供基地，
帮日本人打中国人。

日本占领东三省，
许多难民离乡背井，

当年中华大地上到处响起，
《松花江上》悲愤凄凉的歌声。
在日本占领下沦陷区人民，
惨案频频发生，
一九三二年六月十五日，
日军对辽宁抚顺市平顶山大屠杀，
一次就杀死了三千人；
一九三二年日军对丹东南岗头村，
一次就残杀了二百七十人；
一九三五年对吉林省舒兰县的大屠杀，
五千多人丧命。

九·一八的炮声，
震撼着每个爱国者的心。
一九三一年九月二十四日，
上海工人大罢工，
全国各大城市的工人都积极参加抗日救亡运动。
学生罢课，
爱国学生纷纷到南京请愿。
蒋介石愚弄学生，
国民政府还制造了“珍珠桥惨案，”
更加激怒了中国人民，
他们高喊着：
“停止内战，
共同抗日，
抗击外寇，
救亡图存。”

共产党领导的游击队和抗日义勇军。
在白山黑水间，
遍地燃起民族解放的抗日烽火，

到处发出打倒日本帝国主义的吼声。
面对强暴，
不屈坚贞。
他们为洗雪国耻，
发扬献身精神。

淞沪抗战

奉坂垣征四郎之命，
田中隆吉和金壁辉密谋，
在上海挑衅。
一九三二年一月十八日，
他们指使五名日本和尚，
到三友实业社闹事。
田中隆吉乘机扩大事态，
组织日本暴徒到三友实业社行凶。
一月二十八日晚，
日本海军陆战队按予定计划向闸北发动进攻。

蒋光鼐和蔡廷锴率领第十九路军，
决心与倭寇决一死战，
四处阻击，
日军初次进攻没有得逞。
野村吉三郎取代盐泽幸一，
指挥上海侵略战争。
进攻重点放到吴淞。
第十九路军六十多名勇士，
将火油浸透全身，
背负重型炸弹，
冲入敌阵，
六十多位勇士全部壮烈牺牲。

日军两次易帅，
植田谦吉率两万日军奔赴上海。
张治中指挥中国第五军，
在二月十八日也来到吴淞。
二十日开始，
连续两次进攻均以失败告终。
日本气极败坏，
大肆增兵到八万人，
以陆相白川义则为总司令，
三月一日对淞沪发动全线进攻。
中国军队的战线，
不断地被日军突破。
上海抗日将士曾请求，
国民政府军政部速派两师增援，
但军政部置若罔闻。
中国军队只好全线撤兵。

经过国联调停，
结束了淞泸战争。
一九三二年五月五日，
《淞沪停战协定》在上海签字。
中国军队再无权进入苏州、昆山和上海一线，
上海成了中国的不设防城。
历时三十三天的淞泸之战，
以劣势装备的中国七万之师，
抵御装备精良的日本八万之众，
迫使日军三易主帅，
中国将士打得悲惨英勇。

华北危机

日本开始向华北挺进。

山海关辽冀之咽喉，
扼守平津。
一九三三年一月一日，
激战三天山海关被日军占领。
一九三三年二月下旬，
日军开始进攻热河省省会承德，
省政府主席汤玉麟仓皇出逃，
三月四日日军兵不血刃占领了该城，

何应钦按照蒋介石“一面抵抗，一面交涉”的方针，
二十五万中国军队布防长城。
一九三三年五月三日，
关东军下达了入关的作战命令，
东线日军从山海关向滦东进军，
如入无人之境。
西线日军攻打中国第十七路军，
五月十九日打下密云城。
长城抗战，
以中国的失败而告终。

爱国将领冯玉祥从泰山下来，
到张家口组织抗日同盟军。
团结一批爱国将领，
队伍迅速发展到十万人。
南京政府不允许抗日同盟军存在，
向察哈尔省派遣中央军，
与日军形成对抗日同盟军的夹攻。
冯玉祥在内外威逼下被迫离开张家口，
只有吉鸿昌与方振武，
坚守抗日讨贼军。
他们在日蒋夹击下失败，

方振武转辗到香港，
最后死在国民党特务手中。
吉鸿昌于一九三三年十一月九日在天津被捕，
十一月二十四日就义于北平。

平津广大爱国学生，
深感“华北之大，
已经不能安放一张平静书桌”，
火山爆发般掀起抗日救亡运动。
一九三五年十二月九日，
爱国学生上街游行。
游行队伍在西单遭国民党军警镇压，
三十多名学生被捕，
受伤者有一百多人。
北平天津五百多名学生组成了南下宣传队，
全国人民在抗日救亡的旗帜下，
用自己的血肉筑成一道新的长城。
抗日烈火，
燃烧熊熊。

西安事变

一九三四年十月，
红军开始长征。
行程二万五千里，
一九三五年十月到达陕北吴起镇。
蒋介石推行“攘外必先安内”的方针，
要彻底消灭红军，
一九三六年十月亲自到西安督阵，
逼迫张学良，杨虎城率部剿共。
是自相残杀？

还是救亡图存？
隆隆作响的日本战车，
唤醒中华民族保家卫国的冲动。
张杨有着强烈的共御外敌的爱国心。
他们与蒋介石多次发生激烈争论。
蒋介石仍坚持剿共。

张杨认为苦谏不成，
只好兵谏，
逼蒋抗日，
是张杨发动兵谏的初衷。
一九三六年十二月十二日拂晓，
张学良一百多名卫士，
冲入蒋介石在华清池的行宫，
蒋介石躲藏到骊山，
被张学良的部下活捉于山洞中，
杨虎城的第十七路军，
在西安同时扣押了蒋介石随从。
张杨通报全国，
提出八项主张。
“停止内战，共同抗日”是八项主张的核心。
张学良将西安事变的消息告诉了中共，
两天后周恩来肩负着和平解决西安事变的使命，
赴西安调停。

南京政府一片混乱，
军政部长何应钦，
主张讨伐张学良、杨虎城，
宋子文和宋美龄，
为保蒋介石，
反对用兵。

日本政府极力挑动中国扩大内战行动。
苏美英主张和平解决，
支持中国的抗日战争。

十二月二十四日上午达成了九项协议，
当天晚上在张学良与宋氏兄妹陪同下，
周恩来会见了蒋介石，
周说：
“非团结无以救国，
非抗日无以图存。”
蒋介石表示“联合红军抗日，停止剿共。”
十二月二十五日，
张学良送蒋介石夫妇回南京。
一九三七年八月二十五日，
中国工农红军改编为国民革命军第八路军，
九月二十二日，
国民党通过中央通讯社发表了，
“中共中央国共合作宣言”。
次日蒋介石在卢山公开发表，
《对中国共产党宣言》的谈话，
第二次国共合作正式形成。

国共两党，
捐弃前嫌，
化干戈为玉帛，
共赴国难，
联合抗击日军。
长城内外，
大江南北，
效命疆场，
抗日烈火熊熊，

同仇敌忾
要把我们的血肉筑成新的长城。
经过八年抗战，
日本侵略者以彻底失败而告终。

七七卢沟桥事变

一九三七年七月七日，
日军以一名日兵失踪为借口，
要求搜查宛平城。
遭到中国驻军拒绝，
驻丰台日军一个大队赶到卢沟桥行凶，
守卫卢沟桥的两排中国战士，
毫不畏惧，
勇士全部壮烈牺牲。
同时日军大炮轰击宛平城，
英勇的二十九军战士，
用手榴弹和步枪迎击敌人。
七月八日夜，
吉星文团长带领敢死队，
夜袭日军，
如猛虎下山打击敌人。

二十八日日军向二十九军发起总攻。
攻击的主要目标是南苑，
二十九军付军长佟麟阁和一三二师师长赵登禹，
亲自指挥在阵地中。
佟麟阁的腿部受伤不下火线，
他的头部被击中，
不幸牺牲。
赵登禹师长在激战中多处负伤牺牲，

佟军长和赵师长是
最早为抗日救国光荣献身的高级将领，
二十八日晚北京失守，
军长宋哲元退至保定。
二十九军三十八师师长张自忠，
与日军激战后撤离天津。，
二十九军将士喋血沙场，
惊天地，
泣鬼神。

卢沟桥的枪声，
激怒了炎黄子孙，
地无分南北，
人无分老幼，
皆有守土抗战的责任。
中国军民同仇敌忾，
与骄横残暴的日本侵略者展开殊死斗争。

卢沟桥的枪声，
震怒了千千万万魂系祖国的海外侨胞的心，
有钱出钱，
有力出力，
许多爱国志士回国杀敌人。

卢沟桥的枪声，
震撼了中华大地，
面对亡国灭种，
头可断，
血可流，
冒着敌人的炮火，
勇往前进，

经过八年抗战，
以中国军民伤亡三千五百万人的代价，
彻底赢得了抗日战争。
在中国近代史上，
是第一次完全打败外敌入侵，
中国人民从此觉醒，
一个觉醒的民族不可战胜。

日军铁蹄将整个华北蹂躏

日军占领了平津，
铁蹄将整个华北蹂躏。
沿平绥、平汉、津浦铁路展开进攻。
中国军队也作了战略布署，
宋哲元、刘峙、徐永昌、傅作义分兵四路迎击敌人。
一九三七年十月三日，
日军占领了绥远省会归绥，
十月十六日，
完全控制了内蒙古全境。
日军沿平汉路南下，
九月二十四日保定失守，
十月中旬石家庄、邢台、邯郸被占领。
天津日军沿津浦路向南进攻，
十月五日占领了德县，
十月二十七日日军占领了济南城。
日军沿平绥线、同蒲线进攻山西，
九月中旬占领了大同，
向太原推进。
日军占领了石家庄，
分兵沿正太路西进，
准备从东面向太原进攻。

一九三七年八月下旬，
八路军三大主力挥师东进，
朱德、彭德怀率领八路军到山西抗击日军。
日军左翼由平型关进逼太原城。
平型关是一条狭长的古道，
有数十丈沟深，
便于袭击敌人。
九月二十五日拂晓，
坂垣师团第二十一旅，
早晨七点日军完全进入伏击圈中，
林彪的一一五师官兵全线开火，
枪炮声喊杀声响成一片，
打得日军撕肝裂胆地哭爹喊娘声。
伏击部队如猛虎下山，
首先冲下去的是五连连长曾贤生，
刀光闪闪刺向敌人。
平型关伏击战，
歼灭一千多名日本侵略军。
平型关大捷是八路军首战告捷，
打击了日寇的猖狂气焰，
有力地鼓舞了中国军民。

十月二日雁门关失守，
日军向忻口推进。
十月十三日，
日军猛攻南怀化阵地，
我军与日军展开艰苦的拉锯战，
军长郝梦龄壮烈牺牲。
十一月八日，
日军在飞机大炮支援下，
攻破了太原东北和西北角，

黄昏后日军又向城内投了大批空降兵，
中国守军突围撤退，
太原陷落日军手中。

中国军队装备落后，
面对一支武器精良的侵略军。
他们效命疆场，
涌现出许多可歌可泣的英雄。
但有的将领一触即溃，
刘峙就是一位长腿将军，
由琉璃河一退石家庄，
由石家庄二退彰德府，
旬日之内，
败退千里，
刘峙遭到全国一片唾骂声。

历时三个多月，
日军迅速占领了华北五省，
中国人民在血和泪中磨炼，
锻造自己的躯体和灵魂。

京沪沦陷

一九三七年八月九日，
两名日本兵闯入上海虹桥机场，
向中国保安卫兵寻衅，
他们当场被击毙，
导致了日军对上海的进攻。
日本以松井石根为司令官，
先后投入陆海空军三十万人。
淞沪地区为中国的第三战区，

调集军队七十万人。

淞沪会战历时三个多月，
八月二十三日，
日军在长江口登陆，
九月五日，
日军进攻宝山，
姚子青营长坚守阵地，
全营官兵全部壮烈牺牲。
为了掩护大部队撤退，
谢晋元率领四百一十一名官兵坚守四行仓库。
与敌军激战了四天四夜，
打退敌人几十次进攻。
十一月五日，
日本第十集团军在杭州湾登陆成功，
八日拂晓，
他们渡过黄浦江，
在侧后翼攻打中国守军，
十一月十二日，
上海落入日军手中。

在淞沪会战后，
日军水陆并进，
从东西两侧合围南京。
一九三七年十一月二日，
军事委员会迁往武汉，
南京政府迁往重庆，
任命唐生智保卫南京。
十二月五日，
日军发动全面进攻，
突破外围防线，

中国军队退守复廓阵地。
十二月八日至十二日，
中日双方展开了激烈斗争，
敌人的飞机大炮密集的向各城门轰炸，
坚固的城墙被炸得乱石飞涌。
城门洞开，
日军相继攻入南京。
一九三七年十二月十二日下午五时，
中国守军开始撤退，
只有两个军突围成功。
多数部队没有撤离，
困于南京城。

南京沦陷后，
端着带血刺刀的日本兵任意杀人。
一部分难民和士兵希望渡江，
他们拥挤在通住码头的道路中。
十三日上午，
谷寿夫的第六师入城，
立即扫射道路上的人群，
顿时四射的罪恶火光，
使马路上的血肉纵横。
十四日日军大量涌入，
日军在下关、雨花台、中山码头等地集中杀人。
还有人进行杀人比赛，
以杀人多者为胜。
放下武器的士兵，
投降后也难逃厄运，
根据上级“收拾掉”的命令，
日军各种火器射向他们，
一九三七年十二月十四日至十五日，

在下关煤炭巷集中了三千多人，
有些人在长江边被机枪扫射，
尸体抛进江中，
有些人被关进机房里，
点上火，
人与房子同归于尽，
到处迷漫着烧焦的皮肉味和将死者的怪叫声。
一九三七年十二月十八日，
日军将五万七千难民驱至下关，
用机枪点名，
日军将尸体或者投入江中，
或者浇上煤油烧焚。
南京浩劫日军共杀害三十万无辜之众，
惨死的幽灵萦绕在南京的上空。

一九三七年十二月十二日，
日本侵略者攻入南京，
除了杀人放火，
还进行令人发指的奸淫。
在他们占领南京的第一个月内，
就有三万多起强奸事件发生，
他们在疯狂地泄欲之后，
残酷地杀掉被奸妇女和她的亲人。

京沪之战，
中国七十万军队打不赢三十万日军，
日军势如破竹地攻占了南京。
日军以胜利者的姿态得意忘形，
践踏人道，
屠杀生灵，
杀人放火，

抢掠奸淫。
中国人饱尝着落后就要挨打的滋味，
在灾难中咀嚼着受侵略的苦果，
触痛着滴血的心灵。

徐州失守

徐州是津浦陇海两大铁路交叉点，
是鲁豫苏皖四省的要冲。
蒋介石任命第五战区司令长官李宗仁驻守徐州，
先后调动部队六十万人，
日军调集了三十万部队，
要在徐州决雌雄。

在津浦路南段，
日军从滁州一直打到蚌埠，
一九三八年二月中旬，
于学忠和张自忠的部队，
与日军在淮河两岸激战，
形成隔河对峙，
日军不敢轻举妄动。

在津浦路北段，
一九三八年一月十二坂垣向南逼近临沂，
年逾花甲的老将庞炳勋堵截日军，
中日两军在临沂激战，
庞炳勋死守该城。
张自忠率五十九师驰援临沂，
坂垣师退回九十里外的莒县城，
三月十二日矶谷打到邹县，
李宗仁调川军王铭章驻守滕县城。

王铭章有极强爱国心，
抗日战争爆发后请缨出川抗击日军。
一九三八年三月十六日，
日军在坦克和飞机配合下向滕县猛攻。
王铭章冒着枪林弹雨，
一次次打退敌人进攻。
三月十七日晨，
日军几十门大炮向城内猛轰，
二十多架飞机低空扫射，
日军在十多辆坦克掩护下猛烈冲锋，
王铭章率部顽强阻敌，
时年四十五岁的王铭章，
不幸壮烈牺牲。
王铭章所率川军，
绝大多数血染滕县黄沙中。

台儿庄是徐州北面重镇。
一九三八年三月十二日，
日军矶谷部队向台儿庄突进。
三月二十四日，
矶谷师的奈谷支队向台儿庄猛攻，
二十七日日军突入北门，
双方展开拉锯战死拼。，
三月三十一日，
中国军队将奈谷支队包围，
四月六日日军趁黑夜逃遁。
台儿庄战役前后将近一个月，
打击了日本侵略者的威风。

日军在台儿庄失败后，
调集三十万大军，

分六路向徐州包剿前进。
中国军队顽强抵抗，
难于抵挡凌厉攻势的日军。
五月十六日，
其主力分五路向徐州西南突围，
撤向豫皖边界的大别山中。
日军沿陇海线西进，
五月二十九日攻入商丘，
六月七日占领了开封。

为阻止日军迅猛前进，
经蒋介石批准，
国民党军队于一九三八年六月九日，
炸开了郑州花园口，
滚滚黄河水，
夺贾鲁河而下，
经中牟向东南方向奔腾。
六月十二日，
日军向东撤退，
迟滞了进攻。
花园口决堤，
害苦了豫苏皖三省四十多县的民众，
广大地区沦为泽国，
千百万群众流离失所，
九十万人民葬身洪流中。

山河破碎，
外强入侵，
社稷丘墟
涂炭生灵，
广宇之下，

使人心思浩荡，
叩问苍天，
中国何时可强兵？

武汉广州陷落

武汉为华中战略要地，
素有九省通衢之称。
南京失守后，
武汉成为中国抗战中心。
国民党成立第九战区，
陈诚为司令长官，
沿长江抗击日本侵略军。
从徐州撤退下来的第五战区部队，
在大别山阻敌前进。
蒋介石亲任总指挥，
由陆海空三军协同作战行动。

一九三八年六月一日，
日军第六师从合肥南下，
十二日占领安庆。
日本又从台湾调来，
适应亚热带气候的波田支队担任先遣军。
六月二十二日波田支队由安庆西进，
七月二十二日夜，
波田支队冒雨夜潜鄱阳湖，
登陆成功。
日本第十一集团军进入瑞昌德安一线，
八月二十四日，
日军攻陷瑞昌城。
九月七日经八昼夜恶战，

马头镇纳进日军囊中。
从七月到八月，
庐山战役以中国军队失败而告终。
九月中旬日军在万家岭受到薛岳部队的围攻，
日军损失惨重，
但中国军队没有挡位日本侵略军。

在长江北岸日军大举西犯，
九月十七日日军大举进攻田家镇，
战斗十分激烈，
该镇被占领。
田家镇是武汉的门户，
十月二十四日日军攻下黄陂，
日军十月二十五日兵临武汉城。

大别山北阻击战，
第五战区打得十分英勇。
日军从合肥出发，
分两路向武汉进攻，
左路军经商城直插武汉，
九月十六日开始攻打商城，
中日双方鏖战月余，
没有挡住日军前进。
右路军沿淮河南岸西进，
九月七日攻占固始，
九月十九日打下潢川，
九月二十一日罗山被占领，
十月十二日攻下信阳城，
向孝感武汉推进。
十月二十五日，
日军波田支队攻占阳新，

十月二十七日，
贺胜桥被日军占领，
武汉处于侵略者的包围中。
十月二十五日开始从武汉撤军。
武汉会战历时四个半月，
纵横皖豫鄂赣四省，
国民党军队伤亡十五万，
日军损失了三万多人。

国民政府在广东设立第四战区，
由何应钦任总司令。
一九三八年十月十二日凌晨，
日军突然在大亚湾强行登陆，
没遇到多少抵抗就登陆成功，
一直向广州前进。
第十集团军总司令余汉谋，
于十月二十一日奉命放弃广州，
广州不战而陷入日军手中。

从“七七”卢沟桥事变，
到武汉广州失守，
在十六个月的时间内，
中国十三个省，
一百六十万平方公里土地被占领。
面对中国正面和后方两个战场，
日军疲于奔命，
在四千公里的正面，
日寇面对二百多个师的中国官兵，
在沦陷区，
八路军、新四军灵活机动的游击战，
不断袭击和牵制日军。

在这短短的十六个月内，
日本军费开支一百多亿日元，
日军伤亡四十五万人。
他们不得不停止正面进攻，
以主力回师占领区，
对付八路军和新四军。
华夏儿女陷敌于灭顶之灾的汪洋大海中。

汪精卫叛国投敌

汪精卫是国民党副总裁，
担任国民议会议长，
是国民党的重要领导人。
在九一八事变后，
汪精卫就主张“和平交涉”，
执行妥协媚日方针。
“七七卢沟桥事变”后，
汪精卫一直散布日本不可战胜。
他网罗党羽密谋投降日本。
一九三八年七月五日，
派高宗武到达东京，
开展“和平运动”，
十一月九日，
汪精卫派梅思平和高宗武去上海，
与日本密谋“重光堂”协定。
十二月上旬，
汪精卫和他的党羽先后逃离重庆飞到河内，
宣布对民族的背叛行动。
对于汪精卫的公开背叛，
全国人民掀起了声势浩大的讨汪反逆行动。
国民党开除了汪精卫党籍，

共产党严正指出汪精卫出逃是叛国行动。

一九三九年三月二十一日，
军统局在河内刺杀汪精卫没有成功。
五月六日汪精卫乘船到达上海，
他抓紧准备组成国民政府和还都南京。
汪日代表在上海谈判了十余次，
“汪日密约”签定。
一九四〇年三月三十日，
汪精卫集团在南京粉墨登场，
汪伪政权正式建成。
他于倭寇的卵翼之下，
出卖了肉体和灵魂。
共产党号召“打倒汉奸汪精卫”，
全国人民痛斥汪精卫为贼子乱臣，
国民党政府对汪精卫集团一百六十五人下了通缉令。

汪伪政权匍匐在日本人脚下，
成为日寇的帮凶。
肆意掠夺中国资源，
支持日本侵略战争。
世界人民反法西斯战争节节胜利，
敲响了日本帝国主义灭亡的丧钟。
头号汉奸汪精卫感到时局不妙，
精神极度崩溃，
惶惶不可日终，
一九四四年十一月十日死于日本东京。

一九四五年八月十五日，
日本裕仁天皇宣布投降，
汪伪政权随之瓦解土崩。

中国人民逮捕了汪伪政权的所有汉奸，
其中被判死刑的三百六十多人，
有九百七十九人判了无期徒刑，
有期徒刑一万三千五百七十人。
伪代理主席陈公博在苏州被枪决，
伪南京维新主席梁鸿志在上海执行了死刑，
汪伪内政部长梅思平在南京伏法，
还有些伪省长伪部长都判了极刑。
伪华北政务委员会委员长王克敏，
在北京狱中自绝于民。
汪伪行政院长周佛海一审二审均判死刑，
蒋介石发布特赦令，
减为无期伪刑，
周佛海一九四八年二月病死于狱中。
汪精卫的妻子陈壁君，
被判无期徒刑，
一九五九年六月十七日，
在上海提蓝桥监狱病终。
大汉奸没有一个有好报应。
成为遗臭万年的罪人。

八路军新四军战斗在沦陷区中

以毛泽东为首的党中央，
在延安指挥着对日斗争。
共产党领导的八路军和新四军，
战斗在沦陷区中。
他们创立敌后根据地，
钳制和消灭敌人，
使日本这头野牛冲进了火阵。

一九三七年七月七日卢沟桥事变，
打响了中日战争的枪声。
一九三七年八月二十二日，
八路军三大主力从陕北挥师东征，
在朱德彭德怀的率领下，
跨过黄河进入山西省。
林彪和聂荣臻领导的一一五师，
活跃在晋西南的吕梁山中，
贺龙和关向应带领导一二〇师，
晋西北大青山是他们战斗的中心，
刘伯承率领一二九师，
以太行山为中心打击敌人。
一九三八年七月徐州失守，
共产党派出一部分八路军主力到山东，
在张经武和黎玉领导下，
统一领导山东的抗日战争。
一九三七年十月十二日，
华中各地的红军改编为国民革命军新四军，
军长叶挺，
付军长项英。
一九三八年四月下旬，
粟裕率领先遣队首先进入苏南，
陈毅、张鼎丞率领一、二支队也到达那里，
以茅山为中心的抗日根据地初步形成。
谭震林领导的第三支队进入皖南，
高敬亭的第四支队活跃在皖中。
敌后抗日根据地的发展和壮大，
日本主力回师华北和华中，
日军停止了战略进攻，
使战争转入相持阶段起了重要作用。

创建和扩大抗日根据地，
植根于民众之中。
一九三九年至一九四〇年，
“扫荡”与反“扫荡”是沦陷区抗日的中心。
一九三九年秋冬，
一二〇师两次阻击了日军对北岳区的“扫荡”，
十一月七日他们在黄土岭伏击日军，
日军阿部规秀中将被炮火击中，
引起日军一片衷鸣。
萧克领导的冀察热挺进军，
一九三九年二月至六月，
粉碎了日军对平西的三次围攻。
晋冀豫是八路军前方总部所在地，
刘伯承和邓小平领导的一二九师，
在这里多次粉碎了敌人的进攻。
杨得志率领的冀鲁豫支队，
一九三九年四月二十五日南下曹县，
两次粉碎了日军对鲁西南的进攻。
一九四〇年六月，
日军分三路“扫荡”濮阳，
八路军以分散的游击战，
打败了敌人。
一九三九年三月，
陈光和罗荣恒率一一五师进入山东郓城，
五月在泰安肥城粉碎了日伪军的九路进攻，
一九三九年，
战斗在苏南的新四军部分主力，
积极实行东上北进。
在皖的新四军第三支队，
一九三九年五次击退“扫荡”的日军。
江北的张云逸和徐海东，

部队由七千人扩大到一万五千人。
彭雪枫领导的八路军第四纵队。
一九三八年十一月进入豫东。
陈毅和粟裕一九四〇年七月渡江北上，
十月六日在黄桥毙伤韩德勤顽军一万一千人，
十月十日陈毅与黄克诚会师东台，
新四军北上成功。
到一九四〇年底，
共产党领导的抗日军队达到五十万，
共建立了十六块抗日根据地，
拥有人口一亿多人。

正太铁路是日军的交通命脉，
从一九四〇年八月开始，
到一九四一年元月告终，
参战的八路军共一百零五个团，
又称“百团大战”，
投入部队达二十万人。
这次战役经历三个阶段。
第一阶段主要是交通破击战，
第二阶段主要任务是扩大战果，
日军一百二十三座据点被夷平，
毙伤俘日伪军七千多人。
日军调集兵力报复，
进行扫荡行动。
第三阶段是八路军进行了反扫荡，
粉碎了日军的进攻。
“百团大战”鼓舞了全国人民。
日本侵略者认为共产党军队举足轻重，
它在中国半数以上的军队调到沦陷区，
对付共产党人。

共产党军队与人民心连心，
日伪军好像是又聋又瞎之人，
虽然疯狂地乱扑，
却是处处碰壁的苍蝇。
八路军新四军避强击弱，
英勇善战，
灵活机动。

一九四一年至一九四二年的两年中，
日军对华北抗日根据地扫荡一百三十二次，
实行“三光”政策，
残酷地屠杀根据地人民。
一九四一年一月二十五日，
日军在冀东潘家峪制造了血腥惨案，
残杀了一千零三十五人。
一九四一年八月，
日军在北岳区“扫荡”，
总计残杀中国军民四千五百人。
一九四二年春，
日军在内黄县枣林村，
屠杀一千三百余众。
一九四二年五月，
日军对冀中大“扫荡”，
共捕杀五万多人民群众。
在白洋淀有五十多个妇女被凌辱，
其中五十岁以上的七个，
十五岁以下的八人。
十月十八日，
日军在平阳南山洞搜出妇孺二十四人，
日军把一个女孩的头砍掉，
当她母亲伸手去接亲骨肉的头颅时，

这位母亲也被身首异分。
日军又把这些人赶回山洞，
全部烧死在洞中，
一九四二年十二月九日，
日军将一孕妇按在一口棺材里，
开了她的膛，
挖出了她的心，
挑出肠子和婴儿，
棺材底部鲜血淋淋。
他们在山西辽县，
用活人当靶子训练新兵。
他们还让一名被轮奸的年轻母亲，
只穿一双鞋，
赤身裸体与他们同行，
一个日本兵突然夺走她怀里的婴儿抛进山谷，
这位母亲撕心裂肝地哭喊着，
追寻她的亲骨肉跳进山谷中。
日本兵为了搞清楚一发手枪子弹能穿透多少人，
让十名中国人前胸贴后背的站着，
用枪抵着第一个人的后背将扣机扳动。
日本兵在一个村子放火，
有一家的床上躺着刚产下的婴儿和他的母亲，
她的婆婆跪在地上苦苦哀求，
但狠心的日本鬼子还是举起了火把，
把她们葬身于火海中。
日本侵略者对中国人民的残害惨不忍睹，
造成了许多地方无村不戴孝，
处处闻啼声。

在这艰苦的反“扫荡”年代，
出现了许许多多可歌可泣的英雄。

一九四一年八月一日，
日伪军在献县威诱回民支队司令员马本斋的母亲，
要她写信劝儿子投降，
但马母怒斥敌人，
终于绝食为国献身。
一九四一年九月二十五日，
易水河畔狼牙山五壮士，
他们宁可玉碎，
纵身跳下悬岩，
也不投降敌人。
一九四二年五月二十五日，
八路军副参谋长左权将军，
在辽县与日军战斗，
光荣牺牲。

一九四三年后主动对日军进攻，
到一九四五年，
解放区战场全面反攻，
共歼灭敌人四十万人，
收复了二百五十座县城。
为建立东北解放区，
还向那里派去十三万官兵。
共产党领导的军队，
在相持阶段后，
抗击着侵华日军的百分之六十四，
和百分之九十五的伪军，
它有力地配合了国民党的正面战场，
坚定地支持了美国的太平洋战争。

东北抗日联军

一九三一年九一八事变，

东北山河沦陷日本手中。
不愿做奴隶的东三省人民，
赴国难，抗日寇，
为推翻伪满傀儡，
光复东北而斗争。

一九三五年冬，
在“东北人民革命军”的基础上，
组建“东北抗日联军”，
赵尚志任总司令。
在东南满，
第一军军长杨靖宇，
第二军的领导人是王德泰和魏拯民。
后合编为第一路军，
第三军由赵尚志任军长，
在松花江两岸开展游击战争。
第四军由李延平领导，
在松花江南岸和乌苏里江两岸打击敌人。
第六军由夏云杰任军长，
活动在以汤原为中心。
吉东地区活跃着周保中领导的第五军，
他们在宁安和依兰打击敌人。
到一九三七年七月，
东北抗日联军发展到十个军，
共三万多人。

一九三七年七七卢沟桥事变后，
东北抗日联军激起了更大的抗日热情。
一九三八年八月二日，
杨靖宇在辑安县长岗设伏，
毙伤敌军六十多人。

魏拯民在十月二十六日攻入辉南县城，
击毙日军二十多人。
一九三七年底，
关东军第四师纠集伪军共二万五千人，
对周保中第二路军进行“讨伐”，
他们进行了艰苦的反“讨伐”游击战争。
战斗在北满的抗日联军，
一九三七年七月，
部分部队固守汤原，
主力部队远征海伦。

一九三八年下半年开始，
日本关东军实行“治安肃正”。
抗联进入了极端困难时期，
部队大部分转移到深山老林。
一九三九年，
日军以第一路军为攻击重点，
他们采取“分进合出”随时出动。
第一路军被迫退入通化的深山密林。
日伪军组成了十余支讨伐队，
向第二路军进攻，
周保中决定部队转移，
一部分部队转移到镜泊湖地区，
另一部分部队转移到宝清，
留一部分在舒兰继续坚持斗争。
北满抗日联军到达海伦，
在黑嫩平原开展抗日游击战争。
一九三九年五月三十日，
他们成立了第三路军，
在李兆麟和冯仲云领导下，
活动于黑龙江省北部十多个县境。

抗日联军斗争环境十分艰苦，
造成重大牺牲。
一九三七年初，
第六军军长夏云杰为国捐躯，
第七军军长陈荣久也光荣牺牲。
一九三七年十一月，
以第五军妇女团指导员冷云为首的八名女战士，
子弹打尽，
她们投入乌斯浑河的激流中。
“八女投江”千古传颂。
一九三七年十一月下旬，
第四军军长李延平和付军长王光宇相继牺牲。
一九三八年三月，
连长李海峰和指导员路遗率领十四名战士，
在小孤山阻击敌人，
指导员与其他十名战士献身，
连长双腿炸断，
他命令其他四名战士转移，
自己与冲上来的日寇同归于尽，
他们十几个共毙伤日伪军一百多人。
小孤山改名为十二烈士山，
以纪念他们为民族解放的献身精神。
杨靖宇率领四百余人，
与敌人周旋在深山老林，
到一九四〇年一月底，
他所率领的部队只剩六十多人。
到二月十五日，
只剩下六人，
到二月十八日，
杨靖宇只孤身一人，
二月二十三日，

他被讨伐队包围，
年仅三十五岁的一代名将，
壮烈牺牲。
日军剖开他的胃部，
发现只有树皮棉絮和草根，
杨靖宇是伟大民族英雄。
第一路军由魏拯民率领，
由于他积劳成疾，
一九四一年三月病死于桦甸县牡丹岭。
活动于五常山的第十军军长汪雅臣，
在一九四一年战斗中负伤被俘，
光荣牺牲。
一九四二年二月二十二日，
赵尚志率小分队袭击梧桐河伪警察所，
途中被混入小分队的特务开枪击中，
受伤被俘，
年仅三十四岁的抗联著名将领，
为国献出了生命。
还有女英雄赵一曼，
千古传颂。

一九四一年后东北抗日联军，
主力转入中苏边境，
一九四二年八月，
进入苏联的抗联战士，
成立“抗日联军教导旅”，
一九四五年七月，
抗日联军教导旅抽出几百人，
组成空降小分队和先遣军，
抗日联军教导旅兵分三路配合苏军，
参加打败了日本关东军。

仅在一个月内，
抗联就扩大到四万人。
悲壮的剑与火，
锻练了东三省人民，
走过漫漫的十四年长路，
终于抚平了日寇凌辱的伤痛。

中国远征军

一九四一年十二月八日，
日军偷袭美国珍珠港，
发动了太平洋战争。
世界上有六十一个国家卷了进去，
反法西斯同盟正式形成。
一九四二年初中国战区成立，
以蒋介石为统帅，
美国史迪威为参谋长，
负责中国和东南亚的对日战争。
一九四二年一月二十日，
日军向英国的殖民地缅甸进攻，
英缅军节节败退，
英国请求中国派兵支援，
以史迪威和罗卓英为首的十万中国远征军，
入缅抗击英军。

日军兵分三路向缅北进发，
西路指向仁安羌，
中路向曼德勒侵犯，
东路向腊戎进攻。
中国远征军第五军，
担负中路曼德勒的正面作战，

第六军阻击东路敌人，
西路的防守由英缅军担任。
第五军军长杜聿明派戴安澜率领第200师，
为先遣部队阻击向东吁进发的日军，
中国远征军以一个师的兵力，
血战于数倍于己的敌人。
一九四二年四月中旬，
英缅军第一师在仁安羌以北被围困，
孙立人师长的第三十八师驰援，
他们以少胜多，
击溃了优势敌人，
解救了被围困的英缅军。
但屡战屡败的英军，
决定放弃缅甸，
迅速向印度全部撤兵。
日军的快速部队占领了东枝，
戴安澜率军展开了东枝争夺战，
四月二十五日击溃了日军。
为准备曼德勒会战，
第五军向曼德勒撤军，
二十六日东枝再度落入日军手中。
日军再次向北推进，
五月初侵占中国的畹町、芒市和龙陵。
中国第十一集团军总司领宋希濂，
率军在怒江对阵。
日军另一支部队攻占八莫和密支那，
中国远征军全线撤兵，
一部分撤至印度，
另一部分返回滇西边境。

杜聿明的五万中国军队，

完全可以从东路撤回中国境内。
但他偏走缅北野人山，
山吃人，
水吃人，
蚂蝗蚂蚁也吃人。
首先伤员无法穿越，
出发前他们集体自焚。
在一条死亡之旅的野人山里行军，
摔死饿死不计其数，
只要倒下
众多蚂蝗蚂蚁马上就把人变成一堆白骨，
三万多将士无声无息地牺牲在丛林中。

戴安澜的部队在东枝激战后，
在穿越日军封锁线时，
遭到伏击，
一九四二年五月二十六日壮烈牺牲。
美国总统罗斯福授于戴安澜军团功勋章，
国民政府由少将追授他为中将，
毛泽东一首五言律诗，
赞扬了戴将军，
周恩来的挽词是：
“黄埔之英，民族之雄。”

缅甸人民深受英国殖民统治之苦，
憎恨英国人。
中国远征军孤军深入，
一个十万人的大军，
撤到印度和滇西时仅剩四万人。
孙立人的部队没听从走野人山的命令，
一口气冲入印度国境，

杜聿明随廖耀湘的军队，
在野人山里迷失方向，
也进入印度边境。
史迪威在印度着手训练中国军队，
最初受训的是从缅甸撤到印度的八千人，
这部分部队改名为中国驻印军，
中国受训官兵达到四万人。

一九四三年十月二十日，
中国驻印军新编两个师，
重新攻击在缅甸的日本占领军，
他们越过“死亡之路”的野人山，
十一月六日，
攻占了于邦，
消灭了守军四百多人。
一九四四年三月五日，
中国驻印军攻克缅北门户孟关，
六月二十六日夺取孟拱。
中国驻印军五月十七日抵达密支那，
郑洞国指挥密支那战役，
经过两个月鏖战，
八月五日拿下密支那城。
中国驻印军兵分两路，
一路一九四四年十二月十五日拿下八莫，
另一路于一九四五年一月十四日攻占南坎城，
一月二十七日攻下芒友，
一九四五年三月八日腊戌被占领。

撤回云南的中国远征军，
也进行了整训。
一九四四年五月十二日，

中国远征军在滇西反攻，
日军利用了高黎贡山的险恶地形，
构筑了坚固的工事，
最终日军以失败而告终。
中国军队攻击龙陵和腾冲，
松山是它的制高点，
日军在此修筑了地堡群。
中国远征军第八军秘密挖掘坑道，
填充炸药，
一声巨响日军和地堡一起飞到天空。
中国远征军攻占了龙陵，
收复了腾冲。
一九四四年十一月二十日攻克芒市，
四五年一月二十四日拿下了畹町，
中国军队收复了滇西全部失地，
越过中缅边界，
追击日军。
中国驻印军与远征军于一九四五年元月底会师芒友，
他们出国作战完成了历史使命。

缅北和滇西反击战，
历时一年多，
中国军队挺进二千四百多公里，
共毙伤日军四万八千人，
重新打通了中国的国际交通。
狂妄一时的日本，
脸上再也没有昔日的得意春风。

日军在中国的细菌战

法西斯分子石井四郎，

一九三三年来到中国东北，
建立了细菌试验所，
组建了关东军 659 部队，
由“731”和“100”两支细菌部队组成，
犯下了历史上最残酷的战争罪行。

731 部队基地设在哈尔滨。
日本关东军将中国人“特别输送”，
只见成年累月把人送进 731 兵营，
从来没见从那里走出来一个活人。
人被捆着固定，
日军军医取出所有内脏，
再完整地取出大脑，
放进盛有福尔马林水中。
731 部队对三千人进行细菌注射观察病情。
日本医生还对一些中国人进行真空试验，
观察在缺氧的真空里身体的变化过程。
日军在透明的玻璃房里关着一对母女，
向玻璃房里放毒气，
四岁小女孩突然从母亲怀里抬起脑袋，
瞪着一对圆圆的大眼睛，
母亲拼命保护孩子，
剧烈的毒气很快夺走了她俩的生命。
这四岁女童刚刚来到人间，
却遭如此厄运。

一九四〇年七月和十月，
日军两次在浙江宁波播放鼠疫，
第一次石井四郎亲自在飞机上坐阵，
鼠疫病很快在宁波流行。
一九四〇年秋，

日军在浙江金华投下染有鼠疫的跳蚤，
一次就夺走了三百六十一条人命，
日军在“扫荡”晋冀鲁豫抗日根据地时，
大量散布鼠疫和伤寒病菌，
造成大量军民丧生。
一九四一年，
日军两次在常德投下鼠疫病菌，
仅石桥镇就死亡八十多人。
有一户人家在几天内
被鼠疫夺走了十一条生命，
开始时还买棺木和做道场，
没过多久，
连做道场的道士也被感染送了性命。
这一年常德死难者达七千六百人。
一九四二年南京战俘营，
让三千多名俘虏吃感染伤寒菌的大饼，
然后将其放出，
让他们传播疾病。
日本的细菌战，
至少杀死了三十万中国人。

真使人无法相信，
利用病菌残杀中国人的，
竟是以石井四郎为首的一群医生。
这些罪犯并没有受到东京军事法庭的惩处，
从没被追究责任。

相持阶段国统区的抗战

占华北，
克沪宁，

夺武汉，
日军一路势如破竹，
闪电进攻。
日军一九三八年十月占领武汉，
十一月十二日拿下岳阳城。
蒋介石认为长沙马上就要被占领。
十一月十三日他电令张志中，
若长沙失守，
可采取焦土抗战。
湖南当局此时草木皆兵，
惊恐中纵火烧了长沙城，
造成了怨声沸沸腾腾。
为平民愤，
蒋介石杀了酆悌三人。
长沙大火后，
迟迟不见日军进攻，
蒋介石如梦方醒。
日军战领武汉后，
再想发动大规模进攻已力不从心，
日军对步署作了新的调整，
在南京成立了总司令部，
统一指挥在华的日军，
国民党也作了战略调整，
以适应战略转移进程。

一九三九年三月，
南昌落入日军手中。
四月中旬，
罗卓英指挥十个师进行反攻，
中国军队伤亡惨重，
第二十九军军长陈安宝壮烈牺牲。

五月九日，
中国军队停止反攻，
中日双方军队在南昌对阵。

日军第十一集团军与中国第九战区，
在长沙进行了三次战争。
一九三九年九月，
从赣北、鄂南和湘北三个方向向长沙进军。
在赣北方向，
九月十四日，
日军发动钳制性进攻，
这股日军遭到中国军队阻击，
十月上旬中国军队克复修水和三都，
恢复战前的情景。
在鄂南方面，
日军由通城南进，
九月底占领了平江和献钟。
在湘北方面，
九月二十三日强渡新墙河，
向汨罗江推进，
中国军队在福临铺、石门痕和三姐桥，
伏击、侧击和夹击日军，
日军仓忙撤军，
中日双方军队在新墙河对阵。

第二次长沙之战，
一九四一年九月十八日凌晨，
日军强渡新墙河，
向汨罗江进攻，
日军突破中国阵地，
直捣长沙城

还有一部渡过浏阳河，
冲进株洲，
他们将城内军事设施破坏后，
收兵回营。

一九四一年十二月下旬，
日军发动第三次长沙战争。
他们渡过新墙河，
主力向长沙进攻。
薛岳领导的第九战区，
遂令一部固守长沙，
另一部从东南北三个方向攻击日军。
日军趁黑夜逃遁。
中国军队从不同方向追击敌人，
最后日军退过新墙河，
以失败告终。

日军第十一集团军，
为消除豫南鄂北的威胁，
一九三九年五月初向随县和枣阳进攻。
第五战区在李宗仁指挥下阻击敌人。
五月六日日军第三师攻下随县，
钟祥的日军进入枣阳和双沟镇。
北路第三师日军占领了新野、桐柏和唐河，
李宗仁令军队从豫西南下，
收复了被失去的县城，
中国军队在桐柏山和大洪山重创日军，

一九四〇年五月一日信阳日军第三师开始西进，
钟祥日军沿汉水北上，
第三十九师日军由随县出发，

三路并进直指枣阳城。
东西两路日军分别占领泌阳桐柏唐河和新野，
中路日军围攻枣阳以东的唐县镇，
中国军队第一七三师为掩护主力突围，
激战数日，
师长钟毅和大多数官兵为国献身。
五月八日，
日军占领枣阳。
第五战区遂向枣阳反攻。
日军往枣阳东南退缩，
中国军队跟踪追击日军，
第三十三集团军总司令张自忠，
率部截击撤退之敌，
五月十四日在宜城方家集截断日军，
日军疯狂反扑，
与日军激战三天三夜，
十六日下午张自忠在宜城壮烈牺牲。
张自忠是抗战以来战死沙场的最高指挥官，
蒋介石亲自到重庆码头祭悼，
毛泽东的挽词是“尽忠报国”，
张自忠遗体由宜昌运往重庆，
沿江群众在江边遥祭英灵。
六月十二日宜昌被占领。
中日双方军队在宜昌、荆门和信阳一线形成对阵。

日军占领广州后，
一九三九年十一月十三日，
由海南岛三亚出发，
在钦州湾登陆龙门，
十一月二十四日南宁被占领。
白崇禧指挥部队反攻，

中日双方军队作战一百多次，
一九四〇年十月三十日收复南宁。

位于豫北晋南的中条山，
驻守中国一、二两战区的七个军。
一九四一年五月七日日军向中条山进兵。
十二日黄河北岸的所有渡口都掌握在日军手中，
反复扫荡中条山的国民党军。
中国军队损失惨重，
阵亡四万二千，
被俘三万五千人，
军长唐淮源和师长寸性奇、王竣等五位高级军官，
都在中条山中牺牲，

一九四二年四月十八日，
美军一架 B—25 轰炸机轰炸日本后，
降落于中国浙江省，
因此日军决定攻占浙赣的机场群。
中国第三和第九两战区迎战，
六月上旬守军与日军浴血奋战四昼夜，
日军打通了浙赣铁路，
破坏了机场群。

一九四〇年六月宜昌失守，
国民党成立第六战区，
陈诚为总司令。
一九四三年四月，
日军第十一集团军抽调十万之众，
五月上旬大举向第六战区进攻。
一九四三年五月下旬，
第六战区反攻，

在宜都附近围困日军，
打得日军落魄失魂。
常德是湘西北战略重镇。
一九四三年十一月下旬日军向常德发起总攻。
日军一部突入城内，
第六战区守军与日军巷战硬拼。
此时第九战区援军赶到，
两个战区的部队包围了日军，
打败了敌人。

一九四三年十二月，
日本在太平洋吉尔帕特群岛失守，
制海权丧失，
要打通中国南北铁路以支援东南亚日军，
还要占领桂柳的机场，
避免美国的 B29 轰炸机进攻日本。
一九四四年一月二十四日，
日本下达了中国作战一号令。
首先向河南挺进，
中国第一战区副司令汤恩伯率军迎战敌人。
四月十九日日军攻占郑州，
二十四日攻进密县城，
五月一日占领许昌，
二日陷临颍，
三日拿下郏县禹县，
四日打进临汝城。
六日漯河失守，
八日与从信阳来的日军会师西平，
平汉路南段被打通。
五月十四日日军攻陷嵩县，
二十日连克陕县、卢氏和洛宁。

在陕县城南，
第三十六集团军总司令李家钰，
不幸中弹牺牲。
五月二十五日日军占领了洛阳城。
这次河南之战，
失去了三十八座城市，
中国第一战区主力损兵折将二十多万人。
汤恩伯被撤职，
胡宗南被撤职留用。

日军继续执行作战一号令，
为打通粤汉线，
向湖南进攻。
一九四四年六月十五日株洲失守，
十八日长沙被占领，
六月二十九日向衡阳前进。
八月八日，
第十军军长方先觉带几名师长出城投降日军。
日军继续南侵，
一九四四年十一月粤汉线被打通。

日军占领衡阳后，
由冈村宁次率领，
向桂柳挺进，
中国第四战区阻击敌人，
十一月十日日军占领了桂林，
十一月十一日柳州落入日军手中，
十一月二十四日日军攻陷了南宁，
中越交通线也被日军打通。
一九四四年日本五十一万大军，
向豫湘桂发起了进攻，

在八个月的时间内，
打通了纵贯南北的大交通，
国民党军队损失六十万人，
丢失一百四十六座城。
日本的有限兵力，
消耗很大，
对扭转战局没有起到作用。

为了消除老河口和芷江机场对日本本土的威胁，
日军发动了针对这两个机场的战争。
一九四五年三月二十二日，
日军从鲁山、叶县和舞阳分三路向西挺进，
二十七日，
经激战后老河口机场落入日军手中。
进攻南阳的日军吉武部队，
激战一周，
三月三十日日军占领南阳城。
为占领芷江机场，
日军发动了湘西战争。
中国参战部队，
其中有十五个美械装备的现代化师，
日军进攻遭到中国军队的猛烈反击，
日军被阻滞在巫水以东。
中国军队一路从常德南下，
一路向芷江空运，
另一路向武阳推进，
日军得知这一消息，
五月三日撤军。
中国军队紧紧跟踪，
敌人伤亡惨重。
国统区战场从此结束了被动挨打局面，

与敌后战场遥相呼应，
共同开展了对日军的局部反攻。

一九四五年四月中旬，
日军从广西撤退时，
遭到中国军队的跟进追踪，
一路收复凭祥南宁，
一路收复柳州后，
中国军队分四路包围桂林，
桂林回到中国军队手中。
从四月中旬到七月底，
全部收复了桂柳地区，
推进了七百五十多公里，
反攻大获全胜。

一九四五年八月十五日，
日本宣布无条件投降，
彻底结束了第二次世界战争。
一九三七年七月七日，
日军发动了卢沟桥事变，
全面挑起中日战争。
妄图半年之内消灭中国，
结果打了八年，
日本侵略者以彻底失败而告终，
日本法西斯被扫进历史的垃圾坑。

战火洗礼的中国

神州大地，
炎黄子孙，
创造了灿烂的华夏文明。

到了近代落伍了，
自一八四〇年鸦片战争以来，
帝国主义列强多次发动对中国的侵略战争，
每次都割地赔款，
造成中国积弱积贫，
人民处在水深火热之中。

十九世界六十年代，
日本明治维新，
同时它开始了穷兵黩武，
入侵四邻。
一九三七年七月七日，
日本发动了卢沟桥事变，
大举向中国全面进攻。
在七七事变以后的八年中，
重要战役二百多场，
日本侵略者国小临大国，
只能占领交通沿线和重要城镇。
中国国共两党合作，
敌后和正面两个战场，
共同抗击敌人。

抗日战争是全世界反法西斯战争的重要组成部分，
中国抗击和牵制日本陆军的三分之二，
共歼灭日军一百五十万人，
一九四二年，
美国总统罗斯福对他的儿子说：
“假如没有中国，
或者中国被打垮了，
有多少师团的日本兵，
可以调到其他方面作战，

他们可以打下澳洲，
占领印度，
一直冲向中东与德国会合，
隔离苏联，
占领埃及，
切断地中海交通，
这是多少可怕的情景！”

日本的铁蹄在中国到处蹂躏，
实行三光政策，
造成死伤三千五百万华夏子孙。
战争给中国造成直接经济损失一千亿美元，
间接损失五千亿美金。
血淋淋的史实展示了中国悲惨的过去，
倍受侮辱，劫难和欺凌。
一八九四年中日甲午战争以来，
中日发生了多次战争，
每次都是中国失败，
这次是中国对日本第一次以全胜而告终，
洗刷了中国人民蒙受的耻辱，
把日本鬼子赶回了东瀛。
通过抗日战争烈火的洗礼，
中国人民才真正觉醒，
抗日战争的胜利使中国由危亡走向振兴，
一九四九年十月一日，
独立自主的新中国诞生，
一头睡狮已经醒来，
中华民族屹立于世界强国之林。

中国人民永远不会忘记，
近代百年的惨痛教训，

落后就要挨打，
国弱常受欺凌。
我们要发扬民族的进取精神。
工欲善其事，
必先利其器，
不要忘记大刀长矛对洋枪洋炮的教训，
只有科技先进，
才能富国强兵，
我们既要有无比锋利的矛，
又要有十分坚强的盾。
人类获得了层层盔甲，
掩盖着躯体，
也掩盖着灵魂，
利益攸关，
斗智斗勇，
老虎摆出低下姿态，
正是为了吃人，
我们要有敏锐的洞察力，
要倾听隆隆作响的历史车轮声。
中国在国际上要多交朋友，
广结善缘，
热爱和平。

国家之败由官邪，
治国安邦，
以法治世，
行法治，
明赏罚，
反腐倡廉这根弦要时时紧绷。
我们要以铁拳击碎民族分裂主义者，
铁板一块的团结才能无往而不胜。

我们要克勤克俭，
兴利除弊，
居安思危，
纵观五洲风云。
要有谋万世之变的雄心。

中国地大物博，
人心思进，
拥五千年的牢固根基，
有十三亿勤劳勇敢智慧的人民。
强国本无种，
国人需自奋。

太平洋战争

一九四一年十一月二十六日，
山本五十六领导的联合舰队，
从千岛群岛出发，
保持无线电静默，
偷偷向珍珠港航行。
日本第一批进攻的一百八十九架战机，
一九四一年十二月七日上午八点，
到达珍珠港上空。
美军的军舰静静地泊在港内，
几百架飞机整齐停靠在机场中，
仅仅两个小时战斗就结束了，
击沉和重创了美军十九艘军舰，
击毁一百八十多架飞机，
死伤了三千多名美国官兵。
美军的三艘航空母舰和七艘重型巡洋舰，
停泊在别处，

石油设施也完好无损，
突袭珍珠港不到半年时间，
东南亚和太平洋上的一些岛屿，
落入日军手中。
一九四一年十二月十二日关岛失守，
圣诞节时日本占领了香港。
一九四二年一月夺取了所罗门，
三月荷属东印度群岛落入日军手中。

日军在突袭珍珠港的同时，
也开始了向菲律宾进攻，
美军退到巴丹半岛和科雷希多岛上。
罗斯福总统看到菲律宾危在旦夕，
下达了让麦克阿瑟去澳大利亚的命令，
温赖顿将军留在巴丹半岛继任。
一九四二年四月三日，
日军对巴丹半岛发起总攻，
紧跟着日军将四千多吨炸弹投到科雷希多岛中，
炮台，山峰和隧道都在晃动，
五月七日，
温赖顿率部投降了日本人。
投降的九万名官兵，
开始了“巴丹死亡行军”，
在缺少粮食和水的情况下，
顶着烈日行走一百多公里，
结果有一万七千名士兵失去了生命。
行军幸存者坐货车开往奥唐奈集中营，
又有七千人窒息丧生。

一九四一年十二月八日凌晨，
有“马来亚虎”绰号的日本山下奉文，

在马来半岛哥达巴鲁偷袭登陆，
击败了英军，
随后攻下吉隆坡和槟城。
一九四二年二月二十八日日军向新加坡进攻，
守卫司令白恩华率众投降了敌人。
华侨支援祖国抗日，
日本对此十分恼恨，
在新加坡三年多的殖民统治，
日军杀害了五万多华人。
马来西亚华人不甘受日本人欺凌，
组成了“星华义勇军。”
他们浴血奋战，
伤亡惨重。

一九四一年底日军开进泰国，
一九四二年五月赶走了缅甸的英缅军。
日本侵略者修筑泰缅铁路，
“死亡铁路”是它的别名。
强迫六万名战俘和二十万亚洲民工，
在鬼门关中劳动，
在十四个月的修路过程中，
有一万二千人丧生。

一九四二年春天，
美国海军上将尼米兹被任命为太平洋舰队指挥官，
负责北中太平洋战事，
麦克阿瑟担任西南太平洋军事重任。
一九四二年春天，
美军破译了日本海军密电码，
日军要入侵中途岛，
尼米兹将部队集中该地区，

准备迎击敌人。
六月七日，
一艘美国航空母舰被击沉，
但四艘日本航空母舰沉入汪洋大海中，
打败了日军。
美军开始战略反攻。

一九四三年四月十七日，
美军破译了山本五十六大将即将出巡，
派出了战斗机中队截击，
四月十八日，
日本海军大将山本五十六毙命，
美国人报复了山本偷袭珍珠港的仇恨。

马里亚纳群岛最大的岛屿班塞岛，
一九四四年六月五日，
美军开始在班塞岛登陆，
经过三周的激战，
绝大多数日军丧命，
剩下日本兵和随军的数千名妇女儿童，
跳下悬岩自尽。
一九四四年六月十九日，
发生了菲律宾海战，
日本九艘航母与美国的十五艘航母对阵，
是最大的航空母舰大战，
日本有二二三架飞机被击落，
三艘航空母舰被击沉。

一九四二年春，
日军打到了新几内亚，
中部陡峭山峰将该岛一分为二，

北部为日军占领，
南部驻扎着盟军。
日军在珊瑚海与美军交锋。
战斗从五月打到六月，
莫尔兹比港牢牢控制在美国人手中。
一九四二年到一九四三年，
美国采取了蛙跳战术，
发起了主动进攻，
沿新几内亚北海岸推进几千公里，
途中绕过日军强大据点，
使其孤立无援，
回过头来再把它装进盟军腹中，
到一九四三年底美军占领所罗门。

一九四四年九月，
尼来兹部队夺取了帕劳群岛，
与麦克阿瑟胜利会师，
进攻菲律宾。
一九四四年十月二十日，
历时四天的莱特湾海战，
二百八十二艘战舰打得难解难分。
日军共损失了四艘航母和九艘战舰，
日本海军从此一蹶不振。
一九四五年一月九日美军登上了吕宋岛，
二十五日解放了菲律宾。

有十二万名日军驻守冲绳，
一九四五年四月一日，
三十万美军向冲绳发起了进攻。
日军喝着清酒，
高喊“天皇万岁”，

拿着竹子做的长矛，
顶端系着刺刀，
向坦克冲锋，
美军毫不留情地扫射，
这些日军全部倒在血泊中。
空中满是低飞掠过的日本神风突击队飞机，
自杀式疯狂地冲向美国战舰，
连人带机撞到舰艇中。
冲绳岛南部到处是山洞，
美国人调来了 713 火焰投射装甲营，
对着藏满日本人地堡和山洞，
烧死了洞中的日本人。
经过八十二天战斗，
美军占领了冲绳。

日本失去了屏障冲绳，
只有准备本土作战，
以“一亿玉碎，作最后一拼。”
想当年，
日本侵略者者的铁蹄四处残踏，
春风得意，
盛气凌人。
到如今，
战火烧到了自己的家门，
垂死挣扎挽救不了必然灭亡的命运。

火烧东京

一九四四年六月底，
美军攻占了马里亚纳群岛，
开始了持续的轰炸行动。

一九四五年一月，
李梅将军担任美国第二十一轰炸航空队司令。
他针对日本城市房屋大多是木质和纸质
决定改用凝固汽油弹进行火攻。

一九四五年三月九日晚上，
美军的三百三十四架 B-29 轰炸机轰炸了东京，
这一夜投下了二千吨凝固汽油弹，
东京一片火海，
强劲的北风助长了火势，
火焰中心的热度形成了更大的风。
许多人被气流吸入火中。
试图逃生的人发现无路可走，
空气被烤得炽热，
人们不是被烧死，
就是因窒息而丧生。
奔流的水变成了致命的“火陷阱”，
跳到河里也被滚烫的河水毙命。
B-29 轰炸机的机组人员，
在机舱里都能嗅到烤人肉的味道，
并闻到地面上的烟尘。
这一夜，
东京有二十五万户房屋被毁，
至少有八万四千人失去了生命。
在随后的几个月内，
大阪和其他城市都遭到了同样的轰炸，
使日本遭受了“火刑”。

日本侵略者加害别人，
到处放火，
引火烧身，

玩火者必自焚。

苏联对日作战

日军在中国东北建立起“东方马其诺防线”，
西起海拉尔，
南到珲春，
横亘五千公里长的扇形中苏边境，
建造地下军事工程。
地下坑道有发电室、仓库和兵营，
洞内储备夠一万人半年享用，
退则能守，
进则能攻，
千里虎踞，
杀气腾腾。
日本关东军七十万，
还有伪满军队二十万人，
凭着“东方马其诺防线”，
准备利用满洲大地对抗苏军。

一九四五年八月八日，
苏联对日宣战，
八月九日苏军大举进攻。
华西列夫斯基元帅为总司令，
马利诺夫斯基元帅统帅后贝加尔方面军，
远东第一方面军由麦列茨科夫元帅统领，
普尔卡耶夫大将领导远东第二方面军，
太平洋和黑龙江舰队参战，
蒙古国军队也参加了行动。
八月九日刚响过零点钟声，
苏军兵分四路，

越过中苏边境。
第一路苏蒙联军取道满洲里，
跨过大兴安岭，
直取沈阳和长春，
第二路苏蒙联军向承德和张家口方向进军；
第三路苏军从东部进入中部平原，
指向吉林和哈尔滨；
第四路苏军强渡黑龙江和乌苏里江，
向齐齐哈尔和哈尔滨前进。
关东军司令部认为雨季苏联不会出兵，
苏军来到日军枪炮火力点空无一人，
占领火力点兵不血刃，
苏军以摧枯拉朽之势，
如入无人之境。
八月十四日，
苏军就推进了五百公里。
完成了包围沈阳长春和哈尔滨。
其西部右翼，
八月十五日占领了张北和多伦，
十七日攻下了通辽和赤峰。

八月十五日裕仁天皇宣布投降，
八月十六日关东军下达停战命令。
苏军乘飞机空降到主要城市，
大部队快速推进。
龟缩到虎头和东宁要塞里的关东军，
没有接到投降的命令，
他们顽抗到底，
苏军向他们发动了进攻。
一九四五年八月二十日，
苏军占领了虎头山体表面，

就往地道里浇灌汽油，
燃烧爆炸，
山体塌崩，
一千六百名驻守日军仅仅逃脱五十三名。
东宁地道里的日军，
同样没有逃脱灭亡的命运。
虎头东宁是二战的最后战场，
苏军彻底消灭了日本关东军。

在远东战役中，
苏军共击毙八万三千多名日军，
俘虏了六十万人，
关东军司令山田乙三等一百四十八名将官成了俘虏，
山田乙三被判二十五年徒刑。
伪满皇帝溥仪计划经沈阳转机飞往日本，
一到沈阳北陵机场，
苏军就活捉了溥仪等人。
溥仪在苏联渡过了五年铁窗生涯，
一九五〇年被移交给中国，
中国政府赦免了他。
在回忆和忏悔中度过余生。

苏联出击重拳，
砸碎了关东军，
绝望的日本帝国主义者，
上天无路，
入地无门，
只有灭亡的命运。

原子弹

一九三九年第二次世界大战爆发，

交战双方都在研究原子弹。
希特勒走在前面，
柏林凯撒威廉研究院，
在原子裂变领域研究取得了很大成功。
英国第五纵队炸毁了德国在挪威制造原子弹的工厂，
并干忧了原子弹原料的提纯，
因此希特勒的原子弹迟迟难以进行。
希特勒大肆迫害犹太人，
许多犹太科学家向西方逃命。
爱因斯坦给美国总统罗斯福写信，
“从铀裂变中制造原子弹十分可能。”
逃亡到美国的科学家弗米和希拉德也极力鼓动。
罗斯福采纳了爱因斯坦建议，
立即行动。
逃亡英国的科学家，
他们研究出了制造原子弹的方法，
交给美国使用。
一九四一年，
曼哈顿计划在美国大张旗鼓的进行，
格罗夫斯准将是整个计划的总指挥，
核物理学家奥本海默是新墨西哥州巨型实验室主任，
有数千名顶尖科学家参加，
动用了二十万人，
历时四年之久，
原子弹首先在美国研制成功。
一九四五年七月十六日，
第一颗原子弹在新墨西哥州的沙漠试爆，
它掀起的冲击波将几百公里外的窗玻璃震碎，
盲人妇女看到了原子弹爆炸的光明。

一九四五年八月六日，

由蒂贝茨上校驾驶的 B-29 轰炸机，
上午八点十五分投下了原子弹，
广岛立即陷入地狱火中，
爆炸点八百米半径内的人立即化为灰烬，
广岛三分之二的建筑物遭到破坏，
这次核爆炸广岛当场亡了十二万五千名，
由于核辐射五年内又死去三十万人。
三天后第二颗原子弹降落在长崎头上，
闪着五颜六色燃烧着的蘑菇云，
吞食了长崎十一万条生命。
有人说：
“两颗原子弹的爆炸是日本侵略者自食其果，
是他们发动侵略战争的报应。”
那个比太阳还亮的原子弹爆炸的瞬间，
漫天奇光异彩，
将魔鬼催生。
自从一九四五年八月以来，
一把达摩克利斯核剑，
高悬在人类的头顶。

苏联在一九四九年试爆了第一颗原子弹，
其他几个国家也相继试爆成功。
核大国总统只有几分钟时间，
就可以决定是否发动一场“受警即发”的核战争。
投放工具也越来越先进。
洲际导弹有一万三千公里以上的射程。
带有核武器的核潜艇，
有完善的声纳和导航系统，
神不知鬼不觉地在世界大洋中航行。
核大战只能使人类自我毁灭，
同归于尽。

世界为“核不扩散条约”吵吵闹闹，
只许州官司放火，
不准百姓点灯，
老烟抢在劝说别人戒烟苍白无力，
世界无核武化要看核大国的具体行动。

白宫外的反核女斗士，
从一九八一年六月开始，
无论风霜雨露，
还是酷暑寒冬，
她总是呆在白宫之外，
为民请命。
她叫皮乔托，
具有美国和西班牙双重国籍的公民，
她说：
“如果他们不销毁核武器，
我就在这里度过余生。”

长崎和平公园的和平祈愿像，
右手直指苍穹，
向老天诉说，
原子弹是人类的灾星，
左手平伸，
在祈祷和平，
微闭的双眼在沉思：
疯狂的人类已经找到了自我毁灭的途径，
一旦核战争打响，
熙熙攘攘的花花世界，
就会永远寂静。

原子弹的威力十分强大，

但原子弹导弹也有克星，，
要加速研制成军。
“深挖洞，广积粮”可躲过原子弹灾星，
为了不劳民伤财，
要建设民用防卫双重功能的工程，
筑起坚不可摧地下万里长城，
全民防御，
决不可掉以轻心，
在未来大战争中，
谁更多地保存了人，
谁就能赢得乾坤。

落日

一九四五年八月八日，
苏联对日宣战，
迅速摧毁了关东军。
一九四五年八月六日和九日，
美国两颗原子弹在广岛和长崎爆炸，
巨大的杀伤力震慑了日本人。
日本决定接受“波茨坦公告”，
一九四五年八月十五日，
日本裕仁天皇宣布无条件投降，
第二次世界大战以落日告终。

一九四五年九月二日上午，
停泊在日本东京湾的美国“密苏里号”军舰，
军舰上响着军乐队的吹奏声。
上午九点零四分，
日本代表重光葵和梅津美治郎在投降书上签字。
麦克阿瑟代表盟国用六只派克笔签上自己的大名，

其他盟国代表也都分别签字，
中国代表徐永昌签上了重重一笔。
九点十八分签字结束，
与日本在中国发动九一八事变有着不解的缘分。
蓝天轻歌曼舞，
太平洋伴着和声，
这是千百万人浴血奋战的结果，
以昂贵的代价，
才赢得了这个庄严的时辰，

为了清算日本战争罪行，
在东京设立了国际军事法庭，
由中美苏等国的十一名法官组成。
共逮捕了一百二十三名甲级战犯，
起诉了二十八名。
这次审判认定四千三百三十六件证据，
七百七十九人提出书面证词，
还有四百一十九位证人出庭作証。
一九四八年十一月十二日法庭对被告宣判，
东条英机等七人被判死刑，
木户幸一等十六人被判终生监禁。
一九四八年十二月二十三日上午，
东条英机等七名罪犯，
在日本巢鸭监狱被执行了绞刑。
在世界其他许多地方也成立了军事法庭，
有五千七百名日本人被判有罪，
其中有九百二十人被执行了死刑。

东京审判也有许多不尽人意。
一位美国人起诉了“731”部队在中国的罪行，
而首席起诉官基南却把他调回华盛顿。

这支部队的骨干被美国弄去，
为美国开发生化武器，
美国保护他们。
美国军方一九四五年十月给麦克阿瑟指示：
“不排除对裕仁天皇起诉，
在日本取消君主制完全可能。”
麦克阿瑟没有听命。
裕仁天皇是名符其实的战争祸首，
始终处于战争决策的中心，
裕仁天皇给东条英机的诏书：
“你作为参谋总长，
参与了我对战争的指挥
充分履行了参谋总长的职能”
参与者东条英机成了头号战犯；
总指挥官却毫发无损。

最高领袖没有受到惩罚，
怎么能彻底清算日本的战争罪行。
日本一批战犯和旧政客，
又纷纷走上政治舞台，
有的成为国家领导人，
一九五七年组阁的岸信介，
就是一个甲级战犯。
发动战争的势力，
战后仍掌握政治实权，
难怪他们做着怀旧梦。

一九三七年七月七日卢沟桥事变，
日本大举向中国进攻。
卢沟桥既不在日本国内，
也不在中日边境，

而是在北京近郊的中国中心，
日本右翼分子硬说这不是侵略战争。
一九四一年十二月七日，
日本突袭美国珍珠港，
跑到夏威夷去打美国人，
日本右翼分子也说这不是侵略战争。
右翼分子诡辩说：
“是日本发动的一场正义之战，
是从欧美列强手中解放亚洲人。”

日本战败后，
一批日本战犯受到了严惩。
二〇〇五年五月二十六日森冈正宏说：
“所谓战犯是以美国为首的二战胜利国，
所强加的标签。”
那些右翼分子认为，
“东京审判”是单方面审判，
所有战犯在日本都不是罪人。
一九七八年
把东条英机等十四名甲级战犯的亡灵，
以“昭和殉难者”的名义，
偷偷运进靖国神社中，
对战犯顶礼膜拜，
为军国主义招魂。
一九八五年八月十五日，
中曾根首相第一次到靖国神社参拜，
小泉纯一郎首相紧步后尘。
一九九五年八月十五日，
靖国神社前再次出现怀旧气氛，
一些人打扮成昔日的皇军，
身佩军力，

播放着战争中的军歌，
扛着“太平洋战争是圣战”的招牌，
十分嚣张，
盛气凌人。

日本右翼将美国战后对日本的军事管制，
说成是无情地占领。
他们把放弃战争的现行和平宪法，
说是“美国制定的奴隶宪法。”
日本人只看到原子弹给日本造成伤害，
念念不忘在二战中死去的三百一十万人，
却无视他们发动侵略战争，
造成同盟国几千万人牺牲。
只强调“受害”而无视“加害”，
“加害”与“受害”的因果关系分不清。
每年八月六日是原子弹爆炸受害日，
只渲染自己作为原子弹的受害者，
为什么不反省成为原子弹受害国的原因？

荒卷义雄在《钳碧舰队》一书中描写，
当时率领联合舰队偷袭珍珠港的舰队总司令，
山本五十六不仅复活，
还战胜了美国人，
占领了夏威夷，
摧毁了巴拿马运河，
迫使华盛顿不得不承认夏威夷的独立。
美国司令麦克阿瑟却扮演了山本五十六的身份。
雾岛那智的小说，
把日军写成节节胜利，
从东南亚打到太平洋，
登陆澳大利亚，

炸毁了首都堪培拉的国会大厦，
日本以胜利而告终。
这些都反映日本右翼的心态，
仍做着旧梦。

德国是欧洲两次世界大战的元凶，
给欧洲制造了最残酷的血腥 。
二战后德国人作了最深刻的反省，
清算了纳粹的罪行。
德国总统真诚的道歉，
科尔总理曾下跪谢罪，
取得了欧洲谅解，
营造了睦邻气氛。
日本要以德国为镜，
不要重蹈覆辙，
要以史为鉴，
去掉心魔做芳邻。

殖民帝国的帷幕最终落下

二战的熊熊烈火，
粉碎了德意日元凶。
二战也摧毁了旧世界的秩序，
促进了民族的觉醒，
五百年来殖民帝国的帷幕最终落下，
旧殖民体系被埋葬在民族革命的汪洋大海中。

不可一世的大英帝国，
战后这个日不落的国家迅速瓦解土崩。
法国在东南亚以败走而告终，
北非的摩洛哥、突尼斯和阿尔及利亚，

赶走了法国占领军。
一九四九年印度尼西亚摆脱了荷兰占领。
一九五一年意大利的殖民地利比亚独立，
二十世纪六十年代，
所有北非的殖民地几乎都摆脱了主人。
到一九八一年，
全世界有九十一块殖民地和半殖民地获得了独立，
殖民地人民走出黑暗历史的隧洞。

资本主义在血与火中诞生，
第一阶段远征美洲。
十五至十七世纪，
发现了早已有印第安人居住的新大陆。
印第安人待欧洲人为上宾，
但宾客却想把主人斩草除根。
殖民主义者通过海盗式掠夺，
欺诈性贸易，
榨取大量财富，
使殖民地极度贫困。
十六世纪第一批黑人从非洲运往海地，
连续几个世纪猖獗地贩卖黑奴，
从黑人身上榨取黄金。
西班牙占领了墨西哥和菲律宾，
当时在世界上最强盛。
葡萄牙曾是世界上最辽阔的帝国，
巴西是它最大最富有的殖民地。
葡萄牙帝国在世界上称雄。
荷兰曾有遍及全球的商业和金融，
战前它每年从印尼榨取五亿荷兰盾。

资本主义扩张的第二阶段产业革命，

表现为对亚洲和非洲的殖民占领。
一六四〇年英国开始了资产阶级革命，
十八世纪六十年代，
资本主义最发达的英国又开始了产业革命，
八十年代蒸汽机的发明又推动了这一进程，
它大大提高了生产力，
给资本主义带来空前的繁荣。
英国的版图遍及全球六大洲四大洋，
它拥有世界四分之一人口，
五分之一的土地，
加拿大、南非、澳大利亚和印度都是女王的臣民。
中国是个半殖民地国家，
十九世纪英国向中国走私鸦片，
掠走了白银四亿两，
帝国主义的侵略，
从中国勒索走十三亿两白银。
十九世纪末期大英帝国达到了顶峰。
法国一七九四年完成了资产阶级革命，
接着又进行了产业革命，
它是第二个海外帝国，
印度支那和南太平洋上的一些大岛，
绝大部分西非都归属于法兰西的版图中。
比利时国王提出：
“把文明之光带进黑暗的大陆”，
把非洲中部刚果侵吞，
残酷压榨当地居民，
在比利时国王的魔掌下，
有一半以上的刚果人丧生
还不准黑人有文化，
一九六〇年刚果独立时，
全国受过高等教育的仅仅只有十二人。

德皇威廉二世要为德国争夺太阳下的地盘，
在非洲、东亚和太平洋上
抢得了三百万平方公里的土地，
德皇还对赫雷罗族实施种族大屠杀，
到一九〇四年消灭了五分之四的赫雷罗人。

走过漫漫的长路，
铭记着民族的辱荣。
冲破了殖民主义枷锁，
走上了民族复兴
沧桑巨变，
叩向灵魂？
五百年殖民统治留下来的只有落后和贫困，
要抖落尘土，
放眼五洲风云。
要认清世界潮流的走向，
世界似乎听到了过去帝国的回声。
没有一种强势能永远持续，
有志者事竟成。

战争

在三千四百多年人类有记载的历史中，
三千二百多年有战争。
就在我们这个千年，
发生过许许多多战争。
一〇九五年至一二九一年十字军东征，
西方基督教徒试图占领穆斯林控制下的圣地，
进行了八次东征战争。
最终没能取胜。
一三三七年至一四五三年英法百年战争，

结果法国逐出了英国人。
由于宗教改革，
一六一八年至一六四八年，
中欧爆发了三十年战争。
一七九二年至一八一五年，
法国拿破仑与英普俄奥进行了二十多年打拼。

二十世纪发生了两次世界战争。
世界有三十八个国家卷入了一战，
共伤亡四千多万，
二千一百多万人丧生。
二战是一战的续集，
是人类历史上规模最大的一场战争。
德意日三国有着共同的扩张野心，
为称霸全球发动了世界战争。
有六十多个国家卷入了二战，
亿万男女拿起武器对拼，
这次战争伤亡一亿多，
死亡五千五百多万人。
第二次世界大战后到一九九二年，
世界又爆发了一千四百九十场局部战争，
总共有二千三百万人丧生。

战争是不以主观意志为转移，
雄辩滔滔说大话是一回事，
实际战果才是检验理论的唯一标准。
德皇威廉二世在一九一四年八月发动战争时，
他洋洋自得地对将士们说：
“到秋天落叶时你们就会凯旋回营。”
结果打了四年，
威廉二世以失败告终。

一九四一年六月二十二日，
希特勒闪击苏联时，
计划六周内结束向东方的进军，
结果希特勒自焚德国总理府的地堡中。
一九三七年七月七日，
日本发动芦沟桥事变，
认为半年内可以灭亡中国，
结果打了八年，
日本战犯被判处死刑。
战争结果往往与事先予想的相反，
欲想升到天堂，
却坠入地狱中。

国际无信义，
都在斗智斗勇。
国家实力是胜利的保证，
首先要把自己心情办好，
治国安邦，
兴利除弊，
发展经济，
提升综合国力，
勇于攀登科学技术高峰。
为谋万世之变，
锻造民族的精气神。
战争最伟大的深厚根源存在于民众之中，
得人心者得天下，
兵民是胜利之本。
文官不爱财，
武将不怕死。
战士们有甘冒死亡的献身精神，
同仇敌忾，

万众一心。
战争不仅是军力的较量，
同时也体现智慧和人心。

团结和统一是战胜一切敌人的保证。
这是血的教训。
古代富有而民主的雅典；
为什么败给斯巴达，
他们败于内部的骚乱和纷争。
中国近代常受外人欺侮，
因为当时中国人是一盘散沙，
积弱积贫。
要以铁的手腕维护国家统一，
坚决打击一切分裂活动。
如果一个多民族的社会希望安定团结，
那就必须成为一个种族融合的社会。
万众一心，
促进维护和平。

信息情报在战争中起到十分重要作用。
绅士不看别人的信件，
对于战争那是愚蠢的行动。
知己知彼，
百战百胜。
一九一四年八月底，
俄国在坦仑堡会战失败，
军团司令沙门索诺夫死无葬身之地。
俄国人用明码无线电报，
公开泄密了军情。
一九三九年，
第二次世界大战爆发后，

德国军方的“恩尼格码电子加密机”，
英国在一犹太青年的帮助下研制成功。
英国人截获了德国的军事情报，
准确地打击敌人。
英国战时首相丘吉尔先于希特勒，
读到来自德军司令部的密文。
美国掌握了破译日本的新密码，
美国军官对日本的攻击计划了如指掌，
珊瑚海之战发挥了作用，
中途岛的胜利成为可能。
现代科技改变了军队的中枢神经，
微电子技术使情报收集发生了根本性变化，
它依靠上帝的神眼，
建立起先进的信息搜集系统，
军队的未来耳目，
迅速传给战地指挥司令，
从而避免实时信息的迟缓行动。

工欲善其事，
必先利其器，
武器对决定战争胜负有着重要作用。
武器水平与生产力相适应。
把高科技变成了战争武器，
导致武器的创新，
战争变得越来越疯狂，
战场越来越血腥。
二十世纪两次世界大战，
都是按照当时的技术状况，
采用不同的方式进行。
第一次世界大战，
汽车技术在制造坦克上应用，

坦克是移动性战斗堡垒，
在战场上冲锋陷阵。
一八九五年发明的无线电技术，
在战争中起到越来越巨大作用。
第一次世界大战，
研发最具破坏性的武器当数连发连射的机关枪，
使进攻无异是自投罗网，
惨状动魄惊魂。
一百年前，
内燃机的发明还带来了飞机，
飞机成为投掷死亡的工具，
很快发展成为与海陆并驾齐驱的空军。
飞机和坦克在第二次世界大战中上下呼应，
发挥了武器系统的潜能，
使闪击进攻成为可能。
导弹也是德国人首先发明，
利用它直击英国伦敦。
一九四五年八月，
美国在日本爆炸了两颗原子弹，
从此人类一直生活在原子弹的阴影中。
核武器作为现代军事力量的支柱，
是世界上最具破坏力的武器系统，
一旦需要，
它就有跑出来说话的可能。
精确制导化，
它能使导弹在现代化战争中发挥更大作用。

化学武器可使人窒息、糜烂和毒害神经，
生物武器大量傅播病毒和细菌，
造成瘟疫流行，
一百公斤炭疽杆菌撒落大城市，

可以致死一百万人。

现代战争曙光初现，
北约对塞尔维亚战争，
五角大楼的全球定位系统，
引导精确制导导弹，
准确把目标击中。
在海湾的高科技战争中，
卫星为美提供了多方位支援，
电子学和计算机技术得到了应用。
电脑正在改变着各种武器系统，
随着微电子技术的继续发展，
使武器有“眼”有“耳”有“脑”，
去自动寻找目标并摧毁它们。

未来的世界大战，
大规模杀伤性武器会迅速解决战争。
人们不必再考虑为大规模的空袭而拼命抵抗，
也不必考虑为每条战壕而苦苦打拼，
有远见的国家领导者，
要积极应对未来战争，
为不劳民伤财，
要建立战时和平时两用地下工程，
打造地下万里长城。
备战工程要分层次全方位进行，
要立足于广大人民，
谁尽可能多地保存人，
谁就能赢得乾坤。

激光和等离子这些定向能武器，
是导弹和卫星的克星。

它们能把能量汇聚成极细的光束，
沿着精确的方向，
以接近光速去摧毁目标和杀伤敌人，
导弹和飞机与它相比简直是静止不动。
这些定向能武器极其准确地，
对付齐发的导弹和太空中的卫星，
它是未来战争第一杀手，
具有强大的防御和攻击功能，
大量拥有“死光”将会无往而不胜。

所有这些毁灭性武器，
导致了作战方式和思维方法的革命。
有发展前途的战略战术构想，
应该使手段与目的相适应。
但还需要在组织和理论上进行创新，
才能更大地发挥潜能。
生于忧患，
死于安乐，
以柔克刚，
刚柔并重。

二十世纪爆发了两次世界战争，
二十一世纪存在战争危险吗？
回答是极有可能。
我们的地球变得难以把握，
世界再次摇摆不定，
复巢之下无完卵，
天下兴亡，
匹夫有责，
人人都要有报国济世的责任。
父母把我们引到这个世上，

共同撑起一轮祥和的太阳，
沐浴着雨露甘霖。
生命神秘而又美丽，
不可捉摸而异常珍贵，
只有人的存在，
宇宙才真正有意义，
生命应该神圣。
中国人视平安为金，
渴望世界大同。

浸透着数代人鲜血的欧洲，
是二十世纪两次世界大战的策源地。
他们通过两次世界大战血的教训，
握手言欢，
建立了欧盟，
决心尽一切努力去防止邻国之间再次发生战争。
欧洲联盟进一步发展是各国交出主权，
这可是一种难以忍受的阵痛，
如何寻找主权国家的替代物，
在阵痛之后将有一个新生婴儿降生。
现代导弹和核武器的巨大威力，
使人类经不起未来世界战争。
要记住原子弹的恐怖和战争的血腥，
为了人类地久天长，
我们要更加珍爱和平。

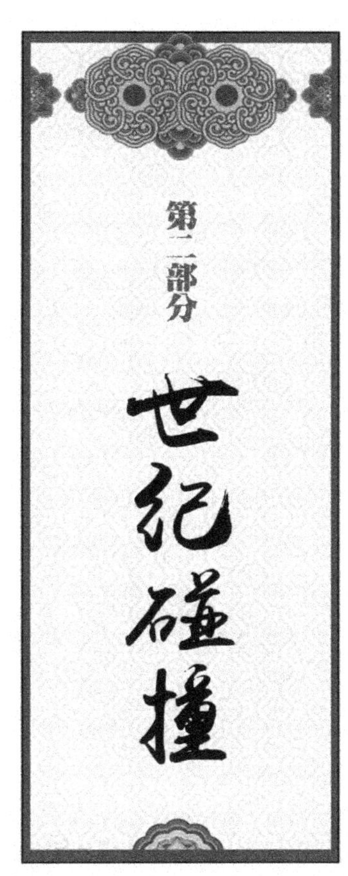

第二部分

世纪碰撞

世纪碰撞

一九九一年十二月二十五日，
克里姆林宫上空苏联国旗，
在寒风中徐徐落地，
世界上第一个社会主义国家寿终正寝。
全球一片震惊，
有人欣喜若狂，
有人泣不成声。

第一次世界大战，
导致了俄国十月社会主义革命成功。
诞生了一个新型国家，
国家不再是剥削阶级的工具，
建立了生产资料公有制，
克服了资本主义的生产社会性和私人占有的基本矛盾，
确立了以公民为基础的民主制度，
实现了人人平等。
苏联支持世界上工人运动和民族解放斗争，
对粉碎旧的殖民帝国起到了决定性的作用。
世界上第一个社会主义国家从诞生之日起，
就处在资本主义的包围中。
一九一八至一九一九年，
十四个帝国主义国家出兵那里，
试图粉碎十月革命。
一九三三年希特勒在德国上台，
残酷地迫害共产党人。
当时美国的头面人物亨利·福特等人
同情希特勒法西斯运动。
一九三八年英法同希特勒签定了《慕尼黑协定》，

旨在将祸水东引，
英法搬起石头砸了自己的脚，
一九三九年九月希特勒还是首先西进。
一九四一年六月二十二日，
希特勒对苏联大举入侵。
一九四一年十二月七日，
日本突袭美国珍珠港。
世界超越了意识形态和社会制度的界限，
建立了反法西斯同盟。
英国首相丘吉尔具有帝国情结，
虽已联盟仍是同床异梦，
据英报披露，
二战接近尾声，
丘吉尔曾下令，
用十万德军俘虏和五十万英法联军，
攻打在德国和波兰的苏联红军。
由于苏军拥有优势，
英国参谋长们反对，
使丘吉尔的计划成为不可能。
一九四五年杜鲁门接任罗斯福出任美国总统，
丘吉尔要求杜鲁门与苏联对抗，
对莫斯科发动先发制人的核战争。
杜鲁门没有采纳他的意见，
使丘吉尔的狂想成泡影，

新大陆的入侵者建起的北美殖民乐园，
一七七五年华盛顿领导独立战争，
十三个殖民地要摆脱英国统治，
一七八一年十月在约克镇大获全胜，
一七八三年九月迫使英国签定了《巴黎和约》，
美州第一个资产阶级共和国就此诞生。

建国时美国是以小农经济为基础的农业社会，
只有三百万人。
到二十世纪初，
美国已成为一个相当发达的工业国家，
人口增加到一亿人。
一战当欧洲人自相残杀时，
美国经济直线上升。
仅一战的头三年，
美国就造就八千多位新的百万富翁。
一九三九年二战爆发时，
美国军队只有十八点八万，
到一九四五年美国各军种增加到一千万人。
一九三九年美国空军还不是一个独立军种，
只有八百多架飞机和二万六千人，
但在一九四一年就迅速发展到八万架飞机，
和二十四万名空军。
美国建国之初，
一直奉行孤立主义的外交政策，
遵守国父乔治·华盛顿的遗训：
“发誓不让自己的国家卷入外国的纠纷。”
一九四七年，
“杜鲁门主义”保证，
美国将援助任何一个受到共产主义攻击的国家。
同一年又通过了“马歇尔计划”，
用自己的财富资助受战争之苦的欧洲弟兄。
二战后美国摆脱了孤立主义，
首次向海外驻军。

第二次世界大战，
导致了大国地位的转换，
资本主义美国和社会主义苏联的冷战开始形式。

一九四六年温斯顿·丘吉尔宣告，
一个铁幕已经在东欧落下。
一九四九年中华人民共和国成立，
对美国如五雷轰顶，
他们激烈地辩论“究竟哪一派丢掉了中国”，
这时世界两大对立阵营泾渭分明。
冷战的实质就是世纪大碰撞，
是社会主义公有制和资本主义私有制的斗争。
二战后形式的美苏两极世界，
两个超级大国主宰了国际关系，
剑拔弩张，
咄咄逼人。

德国失败后，
被苏美英法分别占领。
美英法要把它们三个占领区统一起来，
融入西欧中。
为了阻止西德建成一个国家，
斯大林采取了封锁行动。
一九四八年六月七日，
西方列强宣布成立西德的“伦敦建议”，
六月九日苏方颁布了德国人旅行往来的新规定。
六月十八日西德宣布实行货币改革，
苏占区开始了全面封锁，
六月二十三日开始阻断西柏林的一切交通，
并终止了对其食品、电力和煤炭供应。
此时美英开始对西柏林空运，
它们动用了全部可动用的飞机，
运输量天天涨，月月升，
空运开始第一天只有八十吨食品抵达，
到一九四九年五月上升到平均每天八千三百吨，

飞机二十四小时不停地在空中盘旋，
最后阶段每九十秒就有一架飞机降临。
西柏林处于一片混乱中，
居民每天只有两个小时的电力供应，
饥肠辘辘的柏林人只好呆在冰冷漆黑的住室中。
苏方对西柏林的封锁，
一直持续到一九四九年五月十二日，
这是苏美三百二十二天的冷战高峰。

一九四九年苏联首颗原子弹试爆成功，
打破了美国核龚断，
两国开始了耗资巨大的核军备竞赛活动。
双方都把核武器作为军事力量的支柱，
二十世纪八十年代，
核储备达到了最高峰。
带有强大核武器的核潜艇，
依靠完善的声纳和导航系统，
在世界的海洋中随意潜行。
两国拥有的战略核武器，
可以安装到射程为一万三千公里的导弹上，
地球任何一个角落都可以击中。
二战后至少五次险些核武器跑出来说话，
一旦它开腔，
将数次催毁地球生命。

美国是唯一一个在世界其他国家布置核武器的国家，
赫鲁晓夫让美国也尝尝在它周围布置核弹是什么心情。
古巴担心美再次发动像一九六一年猪湾战争，
要求苏联在自己领土上布置导弹，
美国总统肯尼迪以战争相威胁，
因此引发美苏在加勒比海对阵。

一九六二年十月古巴导弹危机，
差一点引爆了核战争，
最后一刻赫鲁晓夫让步，
人类才免遭灭顶。

一九五七年八月二十一日，
苏联第一枚洲际导弹发射成功，
美国总统艾森豪威尔就实行了应急的反导弹行动，
尼克松总统建立了这种导弹拦截系统。
一九八三年里根总统宣布星球大战计划，
要把战火烧向太空。
一九五七年苏联人造地球卫星首先升空，
美国受到了极大的震惊。
从那时起，
美苏两家的宇宙飞船和卫星就频繁地光顾太空，
打破了这片净土的宁静。
在二战后的六十多年中，
世界两大营垒爆发了两次局部战争。
朝鲜战争以三八线为界缔结了“停战协定”。
二百五十万美国人在越南浴血奋战，
近六万名美国人在那里牺牲，
美国有史以来第一次打了大败仗，
胡志明以胜利而告终。
二战后两个超级大国一直没有打起来，
苏美两国都可以确保毁灭对方，
核均势阻止它们之间爆发核战争。

领导职务终身制，
不依靠机制而完全依靠领导人，
这是苏联的一大弊病。
二十世纪八十年代，

里根当了美国总统。
他与罗马教皇联手采取摧毁社会主义阵营的行动。
外因是变化的条件，
内因是变化的根据，
堡垒往往是由内部攻破，
戈尔巴乔夫的新思维，
提供了内因变化的根本。
一九八五年十一月他会见了里根，
冷战由此进入了最后阶段，
最终以柏林墙的倒塌和苏联的解体而告终。
苏联在过去七十五年最艰难的岁月能够幸存，
苏联反而变成了超级大国，
在世界上与美国争雄。
如今美国没费一兵一卒，
没经过战斗就轻易取胜。
戈尔巴乔夫留下太多遗憾
他是埋葬苏联的掘墓人。

苏联的解体，
失去了一个超级大国与美国抗衡。
美国可随心所欲，
凌驾于世界之上，
用说一不二的语气同世界对话，
执行着双重标准。
美国的罗纳德·塔科教授写道：
“美国狂热地捍卫自由，
同时又虚伪地漠视自己所宣称的所有的人，
都是平等的理论。”
苏联的解体，
本认为东西方紧张局势就会结束，
世界就会“分享和平”，

分享和平的提出者美国却决定大规模增加军费。
冷战结束了，
热战反而更加频频发生，
世界更不安宁。
华沙条约国解散，
当时北约也表示要寿终，
但北约却单方面存在，
并扩大了它的功能，
北约是世界上唯一一个军事组织，
不再是防御性的联盟，
在帝国主义权力和利益需要时，
它就跑出来行动。
一九九九年三月，
对塞尔维亚大规模空袭，
这是北约第一次对一个主权国家采取的攻击行动。
北约还一直在东扩，
已经囊括了原苏联卫星国，
并正在准备打进原苏联的领土中。

苏联的解体，
国家主权面临挑战，
利用有限主权论发动战争，
要求用主权保证自己生存的正是那些弱国，
在二十世纪上半叶，
统大多数发展中国家还在受到殖民统治，
根本就没主权，
而现在它们的主权再次受到蹂躏。
第二次海湾战争，
制造谎言对伊拉克施暴，
摧毁了伊拉克的主权，
强行改朝换代成功。

世界舆论戳穿了谎言，
但强权政治丝毫没能触动。
在意大利举行的世纪谎言评选中，
“萨达姆拥有大规模杀伤性武器。”
这句话获得冠军。

苏联的解体，
贫富差距正在急剧增大，
世界最富国家和最穷国家的个人收入，
一九九二年是七十二比一，
一九九七年达到七百二十七比一的水平，
世界上最富有五个资本家的资产总数，
超过二十六个最贫穷国家国内生产总收入的总水平，
世界上前二百名富翁，
超过全世界个人收入总和的百分之四十一，
贫富鸿沟越来越深。

怎样实现社会财富的公正分配？
寻找这样的答案是人类的天性。
中国自古就提出实现世界大同。
十五世纪初托马斯·闵采尔认为：
“剥削阶级对人民掠夺是人间罪恶，
扫除这种罪恶，
天国就会降临。”
近代马克思主张，
推翻资本主义制度，
实现没有剥削，没有压迫的人人平等。
苏联首先实践这一理论，
虽然只有短短七十五年就已解体，
已经给时间镂刻一个深深的烙痕，

在历史天空留下一个悲喜交加的图腾。
以美苏为代表两种社会制度的大碰撞，
这种碰撞仅仅是第一次，
将来一定还会多次进行。
世界的贫困大军越来越长，
贫困鸿沟越来越深。
这种世界板块碰撞，
不会只引发一次地震，
几次地震后，
一个新大陆就会诞生

戈尔巴乔夫是埋葬苏联的掘墓人

戈尔巴乔夫一九八五年当上苏共总书记，
爬上了权力的顶峰。
用他的新思维推行改革，
就是要断绝与苏联制度的一切联系，
进行民主改革运动。
他的改革毫无计划，
全凭个人冲动，
戈尔巴乔夫是埋葬苏联的掘墓人。

一九八八年戈尔巴乔夫建立起讨论论坛，
大造改革舆论。
他首先推行政治体制改革，
要重新认识苏共，
消除党对政权的垄断，
要打破共产党的一党专政，
结束了苏共在政权中的领导作用。
他打碎了计划经济体制，
但其他经济体制尚未建成，

造成经济一片混乱，
企业停产停工。
他刚上台时苏联经济还相当不错，
现在经济崩溃使党失去信任。
民主制度夺走了苏共的权力中心，
各加盟共和国的独立把苏联撕成碎片，
戈尔巴乔夫的新思维将苏联钉上十字架中。

一九九一年四月一日华沙军事组织宣布解散，
八月二十三日，
苏共中央办公大楼前飘扬的党旗落地，
结束了列宁缔造执政了七十四年的苏共。
八月二十四日，
苏共的领袖竟然要和苏共划清界限，
戈尔巴乔夫辞去苏共总书记职务，
苏共中央自行告终。
一九九一年十二月八日，
三个斯拉夫人的“别洛韦日协定”，
给苏联判了死刑。
十二月二十一日苏联各加盟共和国签署了“联合宣言”，
使戈尔巴乔夫成为没有国土的总统。
一九九一年十二月二十五日，
克里姆林宫上空飘扬了六十九年的苏联国旗，
在寒风中徐徐落地，
戈尔巴乔夫将苏联葬送。
世界上没有任何一个帝国像这样不经战斗而自行崩溃，
苏联的解体是世界上的爆炸性新闻。
后来的俄国总统普京说：
“苏联的解体是二十世纪最大的地缘政治悲剧。”
戈尔巴乔夫会见德国总理科尔时有这样的表白，
戈说：

“我的祖父在斯大林时代受尽折磨，
遭到监禁。”
戈尔巴乔夫的夫人顿莎接着说：
“我的祖父在斯大林时代遭受死刑。”
他们夫妇向西方袒露他们的家庭背景，
以求得西方欢心，
苏联的解体不知他们夫妇的身世起了什么作用？

戈尔巴乔夫搞垮了苏联，
成了西方宠儿，
被誉为拉开铁幕的英雄。
里根说戈尔巴乔夫将永垂青史，
老布什赞扬他使苏联发生了历史性变更，
梅杰称赞他能够改变历史进程，
英国保守党议员杰弗里竟要女王给戈尔巴乔夫封爵受勋。
世界不少人骂戈尔巴乔夫为叛徒，
许多苏联人对他嗤之以箅，
冷冷地说：
“他使我们一无所有，
一夜变成赤贫。”
自由像风暴席卷而来，
风暴过后，
许多人发现，
自己躺在大海的底层。
戈尔巴乔夫在鄂木斯克市，
二十九岁的马柳科夫，
一个一再失业的退伍军人，
照着他的面部击一猛掌，
以发泄对戈尔巴乔夫毁灭苏联的怨恨。
俄人民法庭拟审判戈尔巴乔夫，
判他犯有叛国和反人民罪，

对苏联犯下不可饶恕的罪行。
他受到先门徒后对手叶利钦的许多羞辱，
改革大合唱最终把总指挥赶走。
戈尔巴乔夫引发了一场埋葬苏联，
也埋葬自己的大雪崩。

叶利钦给苏联判了死刑

苏联的死亡，
戈尔巴乔夫掘墓，
叶利钦送终，
叶利钦给苏联判了死刑。

叶利钦一九三四年生。
一九六三年是斯维尔德洛夫斯克州建筑公司的总工，
一个建筑工作者突然闯入了历史，
改变了苏联历史的天空。
一九七六年十月当上了该州党委第一书记，
八五年调任莫斯科一把手，
八六年成为苏共中央政治局候补委员，
官运亨通。
八七年十月，
叶利钦的一篇爆炸性讲话使他扬名，
他批评戈尔巴乔夫改革速度太慢，
大叫大喊，
蛊惑人心。
叶利钦现象开始在苏联升温，
他有左辅右弼。
少壮派激进分子向他靠拢，
他成为改革运动的带头人。

一九九零年五月他当选为俄罗斯最高苏维埃主席，
七月十二日他宣布退出苏共。
一九九一年六月他当选俄罗斯第一任总统。
七月二十日叶利钦发布“非党化”总统令。
十一月六日宣布停止苏共在俄罗斯领土上的一切活动。
在八一九事件中，
叶利钦坐阵，
向克里姆林宫进攻，
他登上坦克，
挥舞拳头，
冲锋陷阵，
叶利钦取得了历史性胜利，
粉碎了“紧急状态委员会”，
救出了软禁于克里米亚的戈尔巴乔夫总统。
戈尔巴乔夫也付出了毕生奋斗的全部代价，
叶利钦一步步得逞。
在八一九胜利庆功会上，
利济列夫大讲西方才是他们的真正朋友，
美国截获的情报，
为叶利钦通风报信，
使他更好的运筹帷幄，
战胜敌人。
一九九一年十二月八日，
三个斯拉夫人毁了苏联，
他签署了“别洛韦日协议”，
宣布停止苏联的一切活动。
“别洛韦日协议”，
叶利钦不通知戈尔巴乔夫，
而首先通知美国总统。

叶利钦身边有美国顾问，

胡佛研究所出色地帮助了里根，
现在又来帮助叶利钦。
温斯坦和乔克都自称是叶利钦在华盛顿的人。
一九九三年进行的民意检验，
百分之六十二的人对苏联的解体感到懊悔和愤恨。
二十世纪末，
俄罗斯成了穷国，
叶利钦辞去了总统。
在叶利钦时代结束之时，
美国总统克林顿说：
“不要忘记叶利钦对苏联的贡献，
他赢得了俄罗斯民主之父的美名。”
苏联人民说：
“我们不能原谅叶利钦。”

八·一九事件

戈尔巴乔夫的改革，
把苏联闹得动荡不定。
造成卢布贬值，
商品奇缺，
民不了生。
他还要将苏联从单一制国家变成联邦制，
苏联各加盟共和国人心思动。
一九九〇年到一九九一年春，
波罗的海三国要求退出苏联，
乌克兰和格鲁吉亚等国获得更大的独立性。
俄罗斯发表了国家主权宣言，
称俄宪法高于苏联宪法，
俄罗斯境内的所有财产归俄所有，
苏联的决策在俄罗斯境内行不通。

变苏联为联邦制，
一九九一年八月二十日，
《联盟条约》就要签定，
这是苏联消亡的象征，
引起苏共中央的慌恐。
在苏共中央领导层内，
戈尔巴乔夫是名副其实的孤家寡人，
安全委员会主席克留奇科夫认为戈尔巴乔夫是疯子，
国防部长亚佐夫说，
他看到戈尔巴乔夫把苏联引向解体十分痛心。
八月十七日下午克留奇科夫请客，
秘密商量起事日程，
苏共中央领导层几乎全部赞同，
国防、内务和安全三大要害部门协调一致，
阻止一个世界大国苏联的解体作出最后行动。
八月十九日，
苏共中央作出了决定，
副总统亚纳耶夫代行总统职务，
八位高级领导人成立了紧急状态委员会，
行使国家全部权力，
发布了一系列公告和声明。
宣布戈尔巴乔夫的改革进入了死胡同，
紧急状态委员会正在承担救国责任，

八·一九事件
实际上是苏共中央领导层对戈尔巴乔夫一人的政变，
紧急状态委员会认为会轻而易举的成功，
事先没有周密计划低估了利害，
没有采取干脆利落的行动。
政变时克留奇科夫打电话给亚佐夫说谁也找不着，
实际上时任总统亚纳耶夫和总理帕夫洛夫等人通宵饮酒，

在政变大部分时间内昏昏沉沉。
一旦宣布紧急状态，
所有要害部门必须占领，
逮捕反对派，
但对此毫无动静。
叶利钦在郊外度周末，
很容易隔离，
而没有采取行动。
十七日上午，
在宣布紧急状态之后，
让他带着保镖，
开着车队，
浩浩荡荡不受阻止地开进已被坦克包围的白宫。
对白宫既不停电停水，
也不切断通讯，
任其调兵遣将，
联络西方，
指挥反击行动。
反对派首领叶利钦战斗在第一线，
而广场上没有紧急委员会任何一个高级领导人。
坦克在大街上行驶，
只能吓阻，
不准开枪伤人。

在国际上，
美国总统老布什发表了声明，
要求立即恢复戈尔巴乔夫的权力，
不承认苏联新的领导人，
法国总统密特朗对苏联施加压力，
德国总理科尔感到十分震惊，
西方一片反对声。

八月十九日上午，
叶利钦大摇大摆进了白宫，
首先举行了一次记者招待会，
要求立即恢复戈尔巴乔夫的领导地位，
并号召莫斯科人示威罢工。
会后叶利钦走出议会大厦，
登上一辆坦克，
挥舞拳头，
冲锋陷阵。
俄罗斯议会大楼变成了抵抗总部，
八・一九事件仅仅三天，
叶利钦以胜利而告终。

为了挽救苏联的举动反而促进了一场真正的政变，
八・一九事件失败后，
叶利钦彻底推翻苏联和苏共。
八月二十二日上午，
俄罗斯领导人在白宫后面的广场上开会庆功，
二十三日叶利钦的拥护者聚集在苏共中央大楼旁，
望着苏共的红旗落地，
个个喜笑盈盈。
八・一九事件失败后，
叶利钦发布了一道又一道命令，
解散苏共中央，
停止苏共活动，
叶利钦一步步迫使戈尔巴乔夫交出苏联的全部权力，
以苏联的解体而告终。

八・一九事件的十二人中，
只有内务部长普戈自杀，
其余人以叛国罪受审，

但一直没有判刑，
一九九四年俄罗斯议会对他们颁布了大赦令。
八·一九事件，
令人动魄惊心，
千秋功过，
任世人评论。

闪烁在二十世纪的历史天空

一个幽灵，
共产主义幽灵促成俄国十月革命的成功，
将苏联催生，
在列宁领导下，
世界上第一个社公主义国家诞生。

列宁，
苏格拉底式的宽宽额头，
一双凝集着意志和智慧的深邃眼睛，
他领导推翻沙俄的革命。
一九一七年三月，
沙皇被推翻，
领导权落到孟什维克手中。
一九一七年十一月七日，
列宁发动了二次革命，
停泊在涅瓦河上“阿芙乐尔”号巡洋舰，
打响了第一炮，
发出了向冬宫进攻的命令，
斗志昂扬的战士，
到深夜攻下冬宫，
取得了革命胜利，
逮捕了临时政府的领导人。

一个新型政权诞生。
建立以公民为基础的民主制度，
它确保过去受压迫人民的基本权利，
消灭了人剥削人。
十月革命胜利不久，
十四个帝国主义国家武装干涉，
国内反革命乘机叛乱，
它们从四面八方猛扑过来，
四分之三的国土被占领，
分裂成六十多个国家遍地称雄。
在列宁领导下，
以牺牲一千二百万人的代价，
粉碎了国内外敌人的猖狂进攻，
苏维埃削归一统，
一九二二年苏联正式诞生。

苏联的统治跨十个时区，
二千二百多万平方公里土地，
一百多个民族组成一个和谐的大家庭。
所有流浪儿都能免费读书，
没有人沿街乞讨，
彻底消灭贫困，
它确保所有人都有就业机会，
免费医疗和教育，
铲除了“产品的社会性和私人占有”的矛盾。
苏联让青年人有出路，
让老年人尽享幸福晚景，
让穷人都彻底翻身，
社公安定，
一派欣欣向荣。

世纪之交，
列宁被评为俄世纪人物的榜首
紧随其后的是斯大林。
列宁巩固了苏维埃政权，
斯大林是强大苏联的象征，
把一个扶木犁的穷国，
建设成一个拥有核武器的超级大国，
与美国一起并称世界两大强雄。

斯大林逝世后没有留下私人财产，
他没有银行存款，
也没有在黄金海岸留下别墅，
更没有在兰色港湾中留下豪华的游艇。
他留下的主要财产是，
三件衣服，
两双皮靴，
三个烟斗，
大元帅服上还打过补丁。
斯大林还公而忘私，
不顾亲情，
二战中，
德国将军保卢斯被俘，
希特勒想用斯大林的儿子交换，
斯大林说：
“我不会用一名将军交换一名士兵。”
斯大林相信“资本主义的野狼法则”，
他不想成为被动挨打的人，
只有综合国力提高，
大力发展经济才是强国之本。
一九二七年十二月，
苏联开展了农业集体化运动，

剥夺富农财产，
发展集体农庄，
一九三二年农业集体化基本完成，
同年工业产值在国民经济中已达到百分之七十的比重，
从农业国变成了工业国举世震惊。
斯大林及后继者的共同拼搏，
到二十世纪八十年代，
苏联固定资产达到三万亿卢布，
工业总产值占世界百分之二十的比重，
天然气、钢铁和水泥超过美国，
有十七种产品位居世界第一名。
虽然经过戈尔巴乔夫的折腾，
到一九九〇年负增长百分之四，
国民生产总值还能达到二点八万亿美元，
仅次于美国，
居世界第二名。

第二次世界大战，
在抗击希特勒的战争中，
苏联是主战场，
在二战中死亡二千七百万人，
苏联红军为打败纳粹德国起了相当重要的作用。
苏联还在世界上支持民族解放斗争，
二战后旧的殖民体系的崩溃，
与苏联密不可分。

一九四九年八月，
苏联爆炸了第一枚原子弹，
打破了美国的核垄断，
两个超级大国的核均势，
阻止了大国之间爆发核战争。

苏联先于美国一年试爆了第一颗氢弹，
一九五七年发射了第一枚洲际导弹，
同年发射了第一颗人造地球卫星，
第一个把人送上太空。
国民经济突飞猛进，
在短时间内与美国并驾齐躯，
使苏美成为主宰世界的两雄。
苏联的存在，
给人类社会镂刻一道深深的烙痕，
闪烁在二十世纪的历史天空。

美国总统里根与罗马教皇的神圣联盟

苏联与美国是世界上两个超级大国，
两极世界在全球争雄。
共产党人是无神论者，
认为宇宙万物按固有规律运行，
触动着罗马教皇的神经。
里根与罗马教皇为捣毁苏联，
结成了神圣联盟。

一九八二年六月七日，
里根与罗马教皇在梵蒂冈会晤，
他们集中讨论波兰形势，
和瓦解苏联对东欧的控制，
一致同意开展一场秘密运动。
一个自由的非共产党波兰，
是插入苏联心脏的一把利剑，
继而可瓦解共产党在东欧的阵营。
一九八二年，
美国制定了一项战略，

首先迫使苏联与美国搞军备竞赛，
拖垮苏联经济，
其次进行秘密宣传，
鼓励东欧共产党的改革运动。
其三分别情况向华约国经济援助，
引导他们向西方靠拢。
其四，加强美国之音等电台对苏联集团的宣传活动，
搞垮苏联要经济挂帅思想先行。

一九八一年十二月十三日，
波兰总统雅鲁泽尔斯基将军宣布戒严令，
团结工会被取消，
逮捕了六千多名工会领导人，
首领瓦文萨也被关进监狱中。
许多人到教堂和神父家里避难，
罗马教皇通过教会建议团结工会转入地下活动，
他们还对团结工会进行金钱援助，
号召工人举行示威罢工。
几百万人在教堂里看反政府录相，
千方百计制造波兰政局不稳定。

戈尔巴乔夫的新思维，
也影响着波兰国情。
一九八八年七月戈尔巴乔夫访问华沙，
在戈尔巴乔夫的援意下，
波兰政府一九八九年四月与团结工会签定协议，
六月举行议会选举，
九月份团结工会大获全胜，
一九九〇年十二月瓦文萨成为波兰总统。
波兰打开了缺口，
决堤的洪水狂奔。

堡垒最容易从内部攻破，
里根与教皇的联手只是变化条件，
戈尔巴乔夫才是变化的根本。
一九八九年波兰共产党政权垮台后，
雅鲁泽尔斯基一直官司缠身，
二〇〇七年四月，
他已经八十四岁高龄，
波兰检察官对他因一九八一年宣布实行军管，
以“共产主义罪”被正式起诉，
要对他判刑，
事情过去了二十多年，
还要惩治这位共产党总统。

东欧巨变

戈尔巴乔夫的新思维，
把东欧共产党政权全部断送。
戈氏对苏联在东欧的过去，
俨然象一个君子正人。
一九五六年苏联保卫匈牙利，
他宣布这是犯罪行动。
一九六八年捷克事件，
他认为是干涉了捷克内政。
赫鲁晓夫修了柏林墙，
他给推倒，
砸碎铁幕，
大开山门。

苏联不再干涉东欧各国内政，
弄糊涂了法国总统密特朗，
使西方领导人大吃一惊。

第二次世界大战，
苏联红军赶走了希特勒对东欧的占领，
使这些东欧的农业国，
提升到工业化水平。
戈尔巴乔夫摒弃了勃列日涅夫主义，
他推行经济和政治自由化，
允许各国自主行动。
一九八九年成千上万的东德人到匈牙利避难，
匈牙利的盟友东德要求遣返难民，
匈牙利不但没满足，
反而应西德要求，
放东德人西行。
一九八九年十一月柏林墙倒塌，
拉开了铁幕，
此举决定了东欧共产党的命运。
华沙、柏林、布拉格、索菲亚和布加勒斯特，
发生了更多引人注目的事情。

东欧巨变，
刮起一股龙卷风，
共产党的领导人，
有的人头落地，
有的人身陷囹圄，
江山易人。
一九九一年二月社会主义阵营的代表，
在布达佩斯开会，
存在了三十六年的华沙条约组织正式解散，
结束了世界两大军事集团的对阵。
东欧巨变，
国有企业民营化，
集体农庄解体，

土地归还原来的主人。

东欧巨变，
阿尔巴尼亚原国王莱卡回国，
昔日国王做着旧梦。
罗马尼亚原国王米哈伊一世，
希望重新登上宝座，
只交给他一项具体工作，
为罗马尼亚加入北约和欧盟。
南斯拉夫原国王亚历山大·卡拉乔尔杰维奇，
他提出要实现“议会制君主政权”，
可是南斯拉夫不希望出现一位国君。
民主化十年，
保加利亚要喊国王万岁，
保加利亚二战时站在纳粹一边，
一九九六年老国王西美昂回国，
在世纪末大选中，
他大获全胜，
成为东欧王室中第一个重新掌权之人。

东欧巨变，
希望很快赶上西欧，
但随之而来的是幻想落空。
若干感悟，
几许寄托，
广宇之下，
使人思绪重重。

柏林墙倒塌

赫鲁晓夫下令，

东德领导人乌布利希执行，
一九六一年八月十三日修建柏林墙，
隔断东西两个世界，
给冷战烙上厚重的印痕。
柏林墙全长一百五十五公里，
一百零六公里是由混凝土块砌成，
设置了三百零二个瞭望塔楼，
有七个小分队的巡逻兵，
二十个掩体，
一百二十六公里长的侦察网，
犹如天罗地网，
若想逾越，
留下尸体，
只走灵魂。

在修建柏林墙的当天，
西柏林强烈反应，
聚集了许多人大喊大叫，
勃兰特市长发表了言辞激烈的声明，
他呼吁盟国用坦克将此墙碾平。
但坦克没有出现，
西方保持缄默，
资本主义世界对苏联的影响力很轻。

乌布利希为了提高综合国力，
推行新经济政策，
实力才是和平的保证。
一九六五年九月，
勃列日涅夫要求乌布利希放弃改革，
家长作风把东德前途断送。
东德人感到失望，

全国处于危机之中。

一九八五年戈尔巴乔夫在苏联执政，
他提出新思维。
让东欧自主行动。
当时东欧分成了两派，
一派主张用武力对付反对派，
一派对反对派放纵。
当时反对派力量很弱，
戈尔巴乔夫放弃对东欧的控制，
西方大力支持东欧的反对派活动。
借着西风，
反对派的势力如雨后春笋。
匈牙利的反对派把卡达尔赶下了台，
首先打开铁幕，
东德人通过匈牙利出境。
一九八九年八月，
九百名东德人通过匈牙利远走高飞，
到九月份，
有十万人穿过匈牙利西行。

里根总统站在柏林墙旁边，
大声呼喊戈尔巴乔夫打开大门。
一九八九年十一月九日，
耸立了二十八年的柏林墙，
被几句结结巴巴的声明推倒了，
大约二百万东德人在那个周末潮水般涌向西柏林。
一百二十亿马克买断一堵墙，
这是支付苏联从东德撤军的费用。

一九九〇年十月三日，

柏林墙推倒一年后，
东德政府消亡，
东西德并归一统。
一九九一年二月，
存在了三十六年的华约集团正式解散，
东欧发生了强烈地震，
一个推动柏林墙倒塌之手，
推倒了整个苏联阵营。

风烟散尽，
便留下不同的毁誉声音。
位于柏林墙几米之遥的酒吧，
人们称为边墙之花，
经常聚集着一群年轻人，
他们在那里进行历史反思，
在怀旧中慰藉心灵。

齐奥塞斯库

一九八九年底，
罗马尼亚爆发了圣诞节革命。
反对派组织了大规模游行，
齐奥塞斯库想动用军队，
但是没有成功。
一九八九年十二月二十二日，
事变后成立了临时政府。
十二月二十五日，
齐奥塞斯库夫妇被匆忙而神秘地执行了死刑。

经过多年反思，
人们倒觉得齐奥塞斯库亲近，

那个年代使人充满理想、信念和热情。
八十年代罗马尼亚工农业迅速发展，
有欧州粮仓的美称，
一九五〇年贫富收入差距是二十三倍，
八十年代降到五点五倍，
大大缩小了贫富不均，
食品充足，
物价低而平稳，
人人都有工作，
家家都有饭吃，
社会安定，
日子过得充盈。

这位鞋匠出身的领导人，
在很多罗马尼亚人的心目中，
真正成了一名殉道者，
一位紧握着妻子的手面对死亡的英雄。

昂纳克

柏林墙的倒塌，
砸伤了一些人，
昂纳克就是其中一个，
长时间纠缠在诉讼之中。

昂纳克一九一二年出生于德国一个矿工家庭，
一九三五年因反对法西斯被希特勒判刑，
一九七五年集党政军最高权力于一身。
改革遇到勃勃列日涅夫制止，
使东德处于危机之中。
一九八九年东德人走上街头示威游行

十月十七日，
东德发生了宫廷政变，
昂纳克辞去了一切职务，
由克伦茨继任。
克伦茨政权非常短命，
上任一个月，
柏林墙倒塌，
柏林墙倒塌一年之际，
一九九〇年十月三日东德被西德合并。

一九九〇年四月，
戈尔巴乔夫受到良心的谴责，
同意将年近八旬身患重病的昂纳克住进东德苏军医院。
一九九〇年十二月一日，
柏林司法局下达了昂纳克的逮捕令。
戈尔巴乔夫受到舆论压力，
一九九一年三月十三日，
派专机接昂纳克去莫斯科治病。
通知了波恩政府，
德国总理科尔进行讨论，
有人主张军用飞机空中拦截，
有人建议封锁医院或机场捕人，
面对三十万驻德苏军，
谁也不敢轻举妄动。

苏联解体后，
叶利钦宣布昂纳克在莫斯科逗留为非法，
下了逐客令。
一九九一年十二月十日，
限昂纳克三天内离境。
十二月十一日，

被智利大使接进大使馆中。
于是智德俄三国陷入外交僵局，
多次交涉谈判，
德国向智利要人。
一九九二年七月二十九日，
智利取消了昂纳克的避难权，
当天在俄安全人员监护下，
遣送回柏林，
没下飞机就被逮捕，
关进柏林莫亚比特监狱中。

对昂纳克的审讯曾标榜为德国历史上最重要的审讯，
可以与纽伦堡法庭审判纳粹战犯相提并论。
对昂纳克的指控是：
“一九七四年五月三日他作出决定：
为捍卫东德安全，
可用武力阻止越境。
因而在柏林墙边犯有杀人罪。
在柏林墙存在的二十八年中，
总共有二百人丧生。”
审讯昂纳克一共开了十二次庭，
他的律师进行了义正词严的庭审辩论。
枪击事件的年代东德是一个主权国家，
此案只能按东德的法律裁定，
而东德的宪法对保卫边界的措施给予肯定，
为了捍卫国家主权，
行使法律赋予的权力，
昂纳克是主权国家的领袖，
有权颁布法律保护边疆安定。
柏林墙的修建是华沙条约国的集体决定，
把柏林墙推到昂纳克一人身上，

掩盖两大体系沿两德边界的对抗，
是对冷战的否定。

对昂纳克的审讯，
社会反应强烈，
群众议论纷纷，
如今物价上涨，
失业严重，
许多人渺茫，
对民主德国具有浓厚的怀念之情。
把一个病入膏肓的老人硬是抬上法庭，
也得到许多人同情，
他们说，
柏林无权对一个主权国家的领袖问罪量刑，
就连领导地下运动反对昂纳克的反对派，
也要求中止庭审。
西德前司法部长金克尔对昂纳克的定罪深表怀疑，
德国报纸说审判昂纳克在司法上有很大困难，
法官发现审讯昂纳克越来越难证明它的合法性。
昂纳克无罪释放，
审判昂纳克成为一场闹剧告终。

帷幕终于落下，
但永远忘记不了，
昂纳克在柏林法庭宣读的个人声明。
他说：
“马克思、倍倍尔、李卜克内西和许多共产党人，
早已受到德国法制国家的审判
大约一百九十年来，
这种专断行为一直在进行。
东德是以十分低廉价格出卖的，

出卖者也出卖了灵魂。
我执政时，
人们拥有一切。
现在科尔的资本主义，
拉大了贫富差距，
这就是资本主义的证明。
我为民主德国奋斗了一生，
我认为民主德国的建立不是徒劳的，
它证明社会主义不仅能够存在，
而且比资本主义更具优越性。
民主德国的成立是一次试验，
只不过它失败了，
在这次试验失败后。
人类并没有放弃对新道路的探寻。”

日夫科夫

保加利亚位于巴尔干东部，
风景秀丽，
气候宜人，
素有玫瑰之国的美称。
托多尔·日夫科夫领导了这个国家三十三年，
日夫科夫与戈尔巴乔夫进行过激烈争论，
不改变社会制度改革能不能进行？
于是日夫科夫成了戈尔巴乔夫的眼中钉，
为了把日夫科夫赶下台，
戈尔巴乔夫在策划索菲亚剧变中起了决定作用，
他向保共中央政治局的亲信面授机宜，
培养了十一月政变的急先锋，
一九八九年十一月十日，
把党的掌舵权从日夫科夫手中夺走，

十一月十八日索菲亚举行了大规模反共游行。
共产党政权瓦解土崩。

一九九〇年一月，
日夫科夫被软禁，
总检察长下令逮捕日夫科夫没有任何事实根据，
理由是：
“在保加利亚没有日夫科夫参与，
任何事情都做不成，
就凭这一点，
他就是有罪之人。”
一九九二年九月四日，
最高法院以不能成立的罪名判处他七年监禁。

一九九四年岁末，
社会党执政，
它们搞了一个“大私有计划”，
按不同工龄分发私有化证券，
然后按国有资产等分，
让大家参与购买国有资产，
大家都有变成了大家都没有，
出现了百分之五百的年通货膨胀率，
群众的多年积蓄一夜间荡然无存。
一九九七年民盟上台，
抑制了通货膨胀，
但没有提高人民的生活水平。
老百姓说“社会党”和“民盟”，
哪个都不是好东西，
造孽于人民。

保加利亚在巨变时，

人们曾兴高采烈，
欢声雷动，
随着私有化进程，
贫富悬殊，
社会动荡，
失业严重，
激起了人们的怀旧，
思念日夫科夫时代的光景。
全国百分之六十点五的人认为日夫科夫无罪，
应恢复他的名声。
参与一九九〇年对日夫科夫侦讯的法官，
说纯粹是政治报复，
应纠正错误的判刑。
一九九六年三月，
八十四岁高龄的日夫科夫，
被保加利亚高等法院宣判无罪，
恢复了他的清白之身。

保加利亚二战时站在希特勒一边，
一九四六年西美昂国王被逐出境，
一九九六年回国。
在二〇〇一年六月十七日的选举中，
刚成立了两个月的“西美昂二世国民运动”，
击败了社会党和民盟，
流亡五十多年的前国王重新执政。
民主化十年，
保加利亚人要喊“国王万岁”，
但西美昂希望建立西班牙式的君主立宪制，
全国只有百分之十五的人赞成。
一九八九年以来的十年间，
保加利亚政局巨变，

八换政府，
两选总统，
五选议会，
政坛变更像走马灯。

南斯拉夫分崩离析

斯拉夫民族在公元前二千年形成，
他们生活在俄罗斯腹地到波兰和捷克的广阔地域中。
公元五世纪，
其中的一支开始南迁，
越过喀尔巴阡山
到达巴尔干半岛，
这就是南斯拉夫人。

南斯拉夫地处欧亚非三大洲要冲，
历来兵家必争之地，
贝尔格来德在其存在的一千年中，
被战火毁灭上百次，
巴尔干素称欧洲的火药桶。
南斯拉夫分多合少。
斯洛文尼亚、克罗地亚与波黑长期被哈布斯堡王朝统治，
塞尔维尔、黑山和马其顿被奥斯曼帝国占领。
第一次世界大战奥匈帝国战败，
塞尔维亚人亚历山大国王成立南斯拉夫，
南斯拉夫人归于一统。
第二次世界大战期间，
南斯拉夫王国站在希特勒一边，
铁托领导的游击队进行抗击纳粹的战争。
一九四五年十一月建立了南斯拉夫联邦，
由六个共和国组成。

南斯拉夫在铁托统治下，
保持了四十多年的统一和稳定，
铁托提出所有南斯拉夫人都是兄弟，
团结加兄弟是南斯拉夫共同的民族特征。
他重视社会各阶层，
特别关照穷人，
他采用工人自治，
创造了社会繁荣。
铁托信奉共产主义，
但抗拒莫斯科控制，
没有参加华约的军事同盟。
南斯拉夫是一个处在铁幕之外的开放社会，
积极参与世界的不结盟运动。

铁托一九八〇年去世，
十年后南斯拉夫陷入了离析分崩，
戈尔巴乔夫的新思维。
同样影响着南斯拉夫人，
南共联盟放弃了领导作用。
西方乘机而入，
采取分裂南斯拉夫活动，
煽动南斯拉夫社会冲突，
利用经济封锁和武力干预，
它们蓄谋已久的阴谋终于得逞。

南斯拉夫的斯洛文尼亚、克罗地亚、波黑和科索沃
经历了八年持续战争，
同一个祖先，
同属南斯拉夫一族，
同操一种语言，
竟以“民族不同”相互进攻，

南斯拉夫毁于熊熊战火中。

波黑战争

波黑是由波斯尼亚和黑塞哥维那组成。
在南斯拉夫中波黑是个大国，
面积五万平方公里，
有五百万居民，
十五世纪它们被土耳其占领，
许多克罗地亚和塞尔维亚人成了穆斯林。
波黑三个民族实际上是同一个祖先，
都是南斯拉夫人。

一九〇八年波黑归奥匈帝国统治，
第一次世界大战，
奥匈帝国战败，
一九一八年南斯拉夫归于一统，
第二次世界大战，
南斯拉夫王国投靠希特勒，
铁托领导游击队抗击纳粹侵略军，
反法西斯战役都是在波黑进行。
解放后，
波黑和其他南斯拉夫人一起，
近半个世纪内，
享受着团结加兄弟的稳定和繁荣。
在南斯拉夫崩溃时，
进行了分裂南斯拉夫的第三场战争。
萨那热窝在燃烧，
波黑人在流血，
南斯拉夫联盟在哭泣，
巴尔干在颤颤惊惊。

一九九一年独立浪潮中，
穆克两族主张独立，
塞族坚决不答应。
一九九二年三月三日，
波黑议会不顾塞族议员的强烈反对，
硬性宣布波黑独立，
爆发了战争。
战火燃烧时，
三方都不希望扩大，
三月十八日，
三方代表在萨那热窝达成了协议，
决定未来波黑像瑞士那样治政。

一九九二年四月六日，
西方国家承认波黑为主权国家，
这一天并没有成为一个新国家的诞生日，
反而在波黑土地上开始了最为残酷的战争。
塞族感到受骗，
宣布成立“塞尔维亚波黑共和国”，
从此三方五十万大军开始火拚。
塞尔维亚利用南人民军为波黑塞族争夺地盘，
克罗地区派去四万援兵，
冲突各方阵地犬牙交错，
战场遍及波黑全境。
北约舰队抵达亚得里亚海，
这是南斯拉夫危机爆发以来，
北约首次采取军事行动。
一九九二年夏季波黑战火继续燃烧，
同年秋波黑塞族占领了波斯尼亚布罗德市，
控制波黑北部通道，
北约军队加强了对南联盟的封锁行动。

一九九二年四月，
波黑内战爆发伊始，
塞族武装很快就包围了首都萨那热窝城，
塞族总部就设在距首都三十公里的帕莱小镇，
战斗十分激烈，
许多建筑物变成一片废墟，
犹如一座令人恐怖的鬼城。
一九九四年二月五日，
一颗炮弹落到萨那热窝市中心，
二百多人受伤，
夺走了六十八条人命。
二月九日，
由法国提出，
美国修改，
北约批准，
以联合国最后通牒出笼，
规定从二月二十日起，
所有重武器撤离萨那热窝二十公里以外，
二月十七日，
俄外长宣布塞族已接受俄建议，
决定撤走重武器，
俄同时派四百人，
到萨那热窝市帮助停火活动。

一九九四年二月二十四日，
美国建议成立“穆克联邦”，
使三足鼎立变成两军对阵。
三月二十六日穆族军队在波黑东部和北部，
对塞军发起进攻，
塞军顶住了攻势，
集中力量在戈拉日代进行猛烈反攻，

并进行了长达数月的围困。
四月十日和十一日，
北约飞机首次袭击塞军，
并于四月二十二日发出了当年的第二道通牒令，
波黑塞族在通牒期限到来前数小时，
撤走了重武器，
停止了攻城。

一九九四年十一月十一日，
美国总统克林顿宣布，
单方面停止武器禁运，
刺激了穆克信心，
穆斯林在波黑西北部比哈奇市，
向四周塞军进攻，
开始时塞军被动，
两周后开始反攻，
收复了失地，
并对比哈奇市进行围困。
一九九四年十一月二十一日，
北约出动了九架飞机，
炸毁了克拉伊纳塞族军用机场，
二十三日又炸毁了塞军导弹基地，
但塞军以更加猛烈的攻城来回敬。
比哈奇之战，
美国看到了塞族对穆克有绝对的优势，
穆克取胜绝无可能。

一九九四年十二月十八日，
美国前总统卡特应卡拉季奇之邀，
对波黑三方进行调解，
翰旋成功。

交战各方达成了八点协议，
十二月二十三日开始实施为期四个月的停火协定。
一九九五年十一月二十三日，
前南三方代表在美国签定了“代顿和平协定”，
承认波黑是单一国家，
波黑国家由一个软弱的中央政府及
两个实体和三支军队组成。

一九九五年四月二十四日，
海牙国际法庭宣布卡拉季奇为战犯，
“代顿协议”明确规定，
卡拉季奇必须辞职。
一九九六年七月十九日，
卡拉季奇宣布辞去总统职务，
北约要捉拿他，
到处寻找这个波黑幽灵。
卡拉季奇藏在云深不知处，
躲进烟雾潦绕的深山中。

科索沃战争

科索沃是塞尔维亚的一个省，
面积一万一千平方公里，
人口为二百二十万人。
科索沃是塞族古老家园，
中世纪是塞尔维亚国的政治中心，
塞尔维亚人一直把它当作历史的发祥地和宗教的灵魂。
阿族人认为，
他们的祖先是科索沃第一代居住者伊里利亚人。
科索沃曾被奥斯曼帝国占领四百多年，
塞族人被迫外迁，

阿族人就成了多数居民。

当波黑一九九五年独立后，
许多科索沃人就失去了耐心，
他们成立了科索沃共和国，
一支武装游击队应运而生。
一九九七年七月他们公开露面，
声称他们在科索沃干了许多恐怖活动。
一九九七年十一月他们第一次与塞尔维亚保安部队正面冲突，
为了消灭科索沃分裂主义者，
米洛舍维奇一九九八年二月下令攻打科索沃解放军。

一九九九年一月二十五日，
科索沃的拉察克村，
四十五名阿族人被处以死刑。
美英不能容忍拉察克村事件发生。
元月二十八日，
联络小组在法国朗布依埃谈判，
二月二十六日协议达成，
科索沃在塞尔维亚内实行自治，
决定先派驻二万八千名北约士兵。
科索沃阿族代表签字，
塞族人拒绝，
理由是科索沃不容许外国干涉，
它是塞尔维亚内政。
三月十九日西方警告南斯拉夫，
“若不签字就要轰炸贝尔格莱德城”。

一九九九年三月二十四日，
竞管联合国没有授权，
北约秘书长索拉纳公然下达了命令，

导弹呼啸着飞向贝尔格莱德，
炸响南斯拉夫沉睡的天空。
这是北约五十年来第一次进攻了一个主权国家，
这个国家既没有威胁北约，
也没有入侵它的近邻，
只是为了维护领土完整，
反对分裂而进行斗争。
北约空军出动数万架次，
历时七十八天的滥炸狂轰，
飞行员在五千米的高空投弹，
炸弹扔向基础设施和平民百姓，
贝尔格莱德每座建筑物下都有地堡，
这是铁托的英明，
防空地堡保护了老百姓。
北约炸弹摧毁了塞尔维亚电视台，
将十人生命送上了祭坛中。
石墨炸弹产生了大范围的碳纤维素，
使供电系统短路，
破坏塞尔维亚电力供应。
一些工厂被炸，
数十万工人无法劳动。
三百多所中小学遭到轰炸，
学生上课无法进行。
五十多座桥梁被毁，
阻断交通。
还炸毁了贝尔格莱德的供水系统。
二百零二个炸弹组成了集束炸弹威力巨大，
贫铀炸弹留下了永久的伤痛。

共和国广场上开着摇滚音乐会，
胸前佩戴着黑白相间的靶子，

踏着节拍摇滚，
他们挥动着标牌，
牌子上写着，
“哥伦布，我们诅咒你发现了美洲！”
“不做奴隶，宁进坟墓”
在炸弹下期望和平。

一九九九年五月五日，
意大利把鲁戈马请到罗马，
此举表示意大利更致力于和平，
意大利数万人举行反战游行。
百分之九十二的希腊人反对轰炸南斯拉夫，
百分之六十九点七的希腊人呼吁把克林顿送上法庭。
美国人布赖恩·贝克撰文指出：
“审判美国和北约值得载入史册，
克林顿和克拉克犯有战争罪行。”
十六国代表在柏林开会，
组成欧洲国际法庭，
裁定空袭南联盟有罪，
北约领导人应该送上法庭。

第三世界非常恐惧，
二战之前他们都还是殖民地，
而今刚刚获得独立，
作为他们生存的命根。
外国势力挑动内乱，
然后又以人权对其发动进攻。

科索沃和北爱尔兰的情况十分相近，
两个地方的分离主义者，
都想通过恐怖手段谋求独立，

北爱尔兰经常受到英国军警镇压，
如果世界某国以人权为由，
要求在北爱尔兰部署维和部队，
英国要是拒绝，
是否巡航导弹应该飞向伦敦?

北约没有损失一兵一卒，
单靠空军就打赢了这场战争，
北约历时七十八天的空袭，
使科索沃摆脱了塞尔维亚人。
一九九九年六月九日，
南斯拉夫被迫在协议上签字，
同意科索沃驻进外国维和部队，
南联盟从自己领土上撤军，
科索沃一步步向独立迈进。

米洛舍维奇

一九八九年，
米洛舍维奇当上南斯拉夫总统，
他无法理解柏林墙的倒塌，
东欧刮起的巨大西风，
他仍然自行其道。
仍采用社会主义经济运行系统。
米洛舍维奇觉得到处有针对南斯拉夫的阴谋，
南人民军实行紧急状态，
阻止共和国的分裂活动。
斯洛文尼亚和克罗地亚经过内战分裂出去，
波黑的独立也经受内战的阵痛。
科索沃是塞尔维亚的一个省，
分裂主义者挑起了内乱，

米洛舍维奇领导了平叛斗争。
西方以维护人权为由，
对一个主权国家发动了七十八天的滥炸狂轰，
米洛舍维奇饱受欺凌。
一个主权国家的国家元首，
第一个被送往海牙国际法庭。

一九九九年五月七日，
北约的战斗机还在南斯拉夫的领土上轰鸣，
海牙国际法庭就指控米洛舍维奇为战争罪人。
二○○一年米洛舍维奇下台，
反对派领袖科什图尼察当上了总统。
塞尔维亚总理金吉奇以米氏换钞票，
二○○一年四月一日凌晨，
没有动武，
没有抵抗，
米洛舍维奇束手就擒，
押进贝尔格莱德中央监狱中。
六月二十九日午夜，
英国军用飞机把他送往海牙受刑。

米洛舍维奇被捕后，
贝尔格莱德一片抗议声，
成千上万人走上街头，
高呼口号：
“金吉奇是塞尔维亚民族败类！”
“利索沃是塞尔维亚领土，
米洛舍维亚是捍卫国家的英雄。”
二○○三年三月十二日，
一颗复仇的子弹从背后射进金吉奇的右心。
刺客兹韦兹丹被捕后告诉警方，

金吉奇是把米洛舍维奇送到海牙法庭的叛徒，
我代表塞尔维亚人处决他，
以解心头之恨。
南联盟总理佐兰·日日奇的政府愤而辞职，
米洛舍维奇被引渡是他辞职的原因。
美国前司法部长直言，
“海牙法庭不合法，
它受美国操纵，
对南斯拉夫长达七十八天轰炸的美国，
这个超级大国不被起诉，
而起诉受侵略的国家元首，
应该考虑这场战争的后果前因，
才能对罪责作出公正判定。”
法国一位律师说：
“审判米洛舍维奇是一场悲剧，
如果审判米洛舍维奇，
更应该审判下令轰炸南斯拉夫的美国将军。”
空袭南联盟的最高指挥官说：
“唯有审判米洛维奇，
才能为北约的空袭补上合法性”。

米洛舍维奇不承认前南国际法庭的合法性，
他对自己的国家所做的一切感到骄傲，
他说：
“我所做的一切就是行使我的权力捍卫我的国家
我的所作所为都是为了捍卫南斯拉夫的领土完整。”
米洛舍维奇因种族灭绝性大屠杀和危害人类罪受审，
海牙法庭的首席检察官因为找不到负有责任的材料，
不得不承认缺乏实证，
给米洛舍维奇定罪困难重重，
这一切难倒了海牙法庭的法官们。

海牙法庭门前的抗议者，
进行法庭门外的审讯。
海牙前南法庭，
不仅违犯联合国宪章不干涉成员国主权的宗旨，
还以凌驾主权之上的司法体制，
审判一个民选总统算不算公正？
北约对南联盟七十八天的轰炸应是什么罪行？
海牙法庭门前的抗议者高举着标语牌写着：
“对强权者来说，
战争就等于和平，
奴役就等于自由，
海牙就等于公正”。

叶利钦风雷激荡的八年执政

一九九一年十二月八日，
别洛韦日协定，
给苏联判了死刑，
叶利钦当上了的俄罗斯总统，
他开始了风雷激荡的八年执政。

叶利钦大刀阔斧地推进改革，
实行私有化，
一九九二年元月，
叶利钦取消了国家对物价控制，
大搞土地私有化，
自由买卖经营。
一九九二年十月一日，
每个俄罗斯公民发放一张私有化券证，
用这张四十美元的证券购买国营企业的股票，
这一年有五万三千多家企业转入私人之手，

群众的证券最终落入新富翁手中，
一九九二年俄罗斯工业下降了百分之十八点八，
国民收入减少了百分之二十，
农产品下降了百分之八十，
日用品价格上涨了二十五倍，
年通货膨胀率达到百分之一千的水平。
卢布贬值，
失业严重，
商品货架上空空荡荡，
缺乏食品供应，
有百分之三十七的人生活在贫困之中。
叶利钦实行的休克疗法，
使整个社会滑向第三世界的行列中。

叶利钦向八十八个州和共和国宣布，
你们能吃得下多少自主权，
我都会喂给你们，
助长了这些基层单位想当主权国家之风。
车臣和鞑靼都认为自己独立，
其他州也蠢蠢欲动，
大有重蹈苏联复辙，
俄罗斯也大有分崩离析的可能。
西方对叶利钦的援助，
即使做做样子，
也是杯水车薪，
西方并不想让俄罗斯真正独立存在，
俄仍具有唯一能摧毁美国的本领，
西方真正的目的是希望俄罗斯和苏联一样
化整为零。

人们不能原谅叶利钦毁掉苏联的罪过，

认为单凭这一点他就是千古罪人，
一些与叶利钦同一战壕的战友，
对毁灭苏联也不是他们改革的初衷，
他们开始站到叶利钦的对立面，
加入了反对叶利钦的阵营。
许多老百姓在集会上直言：
“美国应对俄罗斯弊端负有很大责任，
我们知道它们想拚命毁掉我们。”
美国前总统尼克松说：
“俄罗斯人由强烈的亲美态度变成了令人不安的反美行动，
冷战时期对美反感的是政府，
如今对美强烈不满的是老百姓。”
一九九二年十二月二十四日，
一位少校军官基斯洛夫谋刺叶利钦，
他在受审时说：
“苏联的解体，
俄罗斯的衰败，
人民不堪痛苦，
都是叶利钦一手造成，
刺杀叶利钦是我义不容辞的责任。”

一九九二年二月二十三日，
首都莫斯科上万名群众游行，
反对叶利钦。
一九九二年九月反对派组成了救国阵线，
声言要推翻叶利钦。
十月二十七日，
叶利钦下达了取缔救国阵线的命令，
二十九日俄救国阵线抗拒取缔令。
一九九三年三月十日，
俄罗斯召开第八次非常人代会，

会上他遭到猛烈抨击，
议会指责他凌驾法律之上，
颁布了一百多项违宪决议和命令。
而对强大的指责，
叶利钦两次退场，
愤愤不平。

一九九三年三月二十日，
叶利钦讲话要实行总统特别治理，
三月二十一日莫斯科举行了反对叶利钦的示威游行。
各种标语牌上写着：
“叶利钦就是饥饿和死亡”，
高音喇叭不断播出反对叶利钦特别治理讲话，
人们高喊着口号，
叶利钦毁掉了祖国，
滚出克里姆林宫。
一九九一年八·一九事件许多支持叶利钦的人，
他们认为上当受骗，
也参加了这次游行。

三月二十六日，
俄罗斯第九次非常人代会开幕，
第九次非常人代会经过四天的激烈辩论，
终于双方达成了妥协协议而告终。
叶利钦宣布放弃特别治理计划，
并让最高法院监督执行，
弹劾总统和议长均被否定。
并作出了四月二十五日对总统信任进行全民投票的决定。
一九九三年四月二十五日全民公决结果，
叶利钦获得了百分之五十八点七的信任票，
通过了信任。

叶利钦在全民公决后，
全力以赴要将新宪法促成。
总统和议会分别于四月二十五日和五月八日公布了
两份基调不同的新宪法草案，
总统的宪法削弱议会，
议会宪法架空总统。
五月七日俄议会否决了总统的宪法草案，
六月五日叶利钦把议会抛到一边，
召开制宪会议，
叶利钦作了洋洋洒洒的说明。
会上拒绝议长哈斯布拉托夫的发言，
引起了一百多位议员退场的愤怒行动。
会议原定开到六月十六日，
只好无果而终。

叶利钦对待俄罗斯议会，
决定采取武力行动。
一九九三年七月二十七日，
叶利钦解除了巴兰尼科夫安全部长职务，
接着停止了鲁茨科伊副总统。
叶争取到了国防部、内务部、安全部的支持，
腰杆已硬。
一九九三年九月二十一日，
叶利钦宣布解散议会和人代会，
立即引起轰动。
议会立刻召集紧急会议，
遣责叶利钦的政变行动，
议会决定停止叶利钦的职务，
由鲁茨科伊代理总统。
议会在白宫里组建了一千多人的警卫兵。
叶利钦也采取了应变措施，

九月二十三日下令剥夺议会资产。
二十四日又封锁了所有通往白宫的道路，
切断白宫里的电话，
停止水电供应。
叶利钦发出了最后通牒，
要求议会在一小时内交出武器，
否则就要采取行动。
为避免总统与议会的对抗导致流血，
俄宪法法院院长佐里金出面调停，
但所有方案叶利钦全不答应。
反叶利钦的群众组织了游行，
游行队伍还短时间占领了市政府和电视台，
白宫里的人们对胜利充满了盲目自信，
他们在烛光下举办了一个音乐会，
歌唱、跳舞、朗颂诗，
“苏维埃之家”响彻夜空。
十月三日叶利钦下达了动用军队的命令，
国防部长格拉乔夫把军队开赴白宫。
十月四日七时半，
格拉乔夫到现场亲自指挥，
上午八点，
装甲部队向白宫发起进攻，
首先将拥护议会的示威者驱赶出白宫广场，
十一点向白宫开炮，
议会大厦墙体千疮百孔，
浓烟滚滚。
下午七时，
政府军攻下了白宫，
哈斯布拉托夫和鲁茨科伊等一千三百多人被捕，
一千五百具尸体留在白宫中，
“真理报”等八家报纸被查封，

莫斯科从十月四日实行宵梦，
叶利钦用大炮击败了议会，
这就是他的自由和公正。

一九九三年十月十三日决定，
十二月十二日同时选举议会两院，
下院改为沙皇时代“国家杜马”名称。
十二月十二日俄议会选举结束，
一个新的不友好的议会将取代不友善的旧议会，
仍然与叶利钦作斗争。
一九九四年元月十四日，
杜马选出叶利钦的一位政敌为议长，
反对叶利钦仍在下院占上风。
一九九六年三月十五日，
俄杜马通过决议废除解散苏联的别洛韦日协定，
叶利钦最大的错误是分裂了苏联，
人们已经体验到了解散苏联的苦痛，
他把苏联祖辈争得的土地拱手让了出去，
使超级大国变成一个穷国，
经济崩溃，
外交孤立，
债台高筑，
犯罪横行，
失业严重，
民不瞭生。
一九九九年五月十三日，
俄杜马开会议论弹劾总统，
将对叶利钦提出解散苏联等五项罪责进行指控，
叶利钦的声望几乎降到了零。
在新千年到来还有几个小时，
在迎接二十一世纪的爆竹声中，

叶利钦的总统任期尚未届满，
他提前宣布辞去总统，
把一个岌岌可危的俄罗斯交给了普京。
叶利钦的千秋功罪，
让世人置评。

贫富的鸿沟越来越深

人世间，
有的人贪婪的享受。
有的人在饥饿中呻吟，
贫富悬殊越来越深。
世界三巨富的财产超过四十八个国家产值的总和，
三百五十八个大富豪的收入超过二十三亿穷人，
世界首富有六百多亿美元，
世界百分之二十的人口享受着全球百分之八十的财富，
大亨们花钱似流水，
一百万美元就是零用。

现在全球有六十多亿人口，
有一半人生活贫困，
其中十五亿人每天生活不足一美元，
全世界有街头流浪儿一亿多，
每年饿死五百万儿童。
在埃及开罗有五十万人住在死人城，
他们以墓地为家，
与尸骨为伍，
空气始终充斥着一股怪味难闻。
绝对贫困集中在非洲，
每两个人中就有一个穷人。
美国经理与工人的工资差距四百一十九比一，

世界首富就在美国产生。
许多无家可归者，
风刀霜剑夜难寝，
英国每晚有二千人露宿街头，
巴黎每晚有三十多人住在报纸箱中，
日本无家可归者随处可见，
早在黎明前，
这些衣服褴褛之人，
在四处漏风的棚屋里，
踱来踱去，
不时地跺着脚，
以抵御刺骨的寒风。

尽管奴隶制早已不复存在，
现代奴隶触目惊心。
当今世界有一亿多人过着奴隶般生活，
有二千七百万作奴隶的人们。
奴隶制是以控制为特征，
奴隶完全在主人的暴力威胁下工作，
却得不到半点分文。
他们被锁在主人家里，
拷打和折磨是家常便饭，
还用烧红的烙铁烫上记印。
有一对年龄为十岁和八岁的兄弟，
用铁链把他们锁在织毯机上，
每天干十二个小时的劳动。
一九四八年《世界人权宣言》，
要求废除奴隶制劳动，
奴隶生活在人类的最底层。
世界上的奴隶们正渴望获得自由光明。

这个世界究竟谁欠谁?
资本的原始积累,
亚非拉的民脂民膏凝集其中。
美国科罗拉多州议会一项决议承认,
殖民者迫害印第安人堪比纳粹大屠杀,
殖民者残暴和不人道对待当地印第安人。
一八三八年切罗基族遭屠杀,
一八六四年发生在科罗拉多的“沙溪大屠杀”,
残酷地剥削和压迫,
不把印第安人当人,
敲骨吸髓榨干榨尽,
资本主义在血与火中诞生。
社会最富有的人是以最贫穷的人为代价,
殖民帝国的侵略造成了第三世界的贫穷。

世界贫困大军越来越长,
贫富鸿沟越来越深。
资本主义的基本矛盾是生产的社会性和私人占有的矛盾,
资本家只关心发财致富,
不关心国计民生,
他们只管掠夺性开发地球资源,
不顾及人类生存。
资本家追求的是高额利润,
随着自动化程度越来越高,
用人越来越少,
受现代化高科技的挤压,
会出现成千上万无法雇佣的人。

二〇〇五年七月初,
八国峰会召开之际,
许多人高呼“让贫困成为历史”的口号,

举行世界大游行。
贫富鸿沟成为埋在地球上的一颗炸弹，
它终究要把吸血鬼炸进地狱中。
社会变革不是一朝一夕，
它需要一个漫长而反复的曲折过程。

马克思主义

历史的长河从亘古流来，
将向远方运行，
它有着固有的流动规律，
在生产力和生产关系的矛盾中运动。
从奴隶制社会以来，
一种剥削代替另一种剥削制度，
一切社会的历史都处在阶级对立中。
贪者的狞笑，
弱者呻吟，
统统卷进历史的画卷中。

历史的长河流到十五世纪，
欧洲航海业的发展，
哥伦布打开了美洲大门，
他相信黄金能把人的灵魂引到天庭。
欧洲殖民主义者，
大肆掠夺殖民地财富，
增加资本原始积累。
这一阶段，
西班牙葡萄牙和荷兰首先在世界称雄。
蒸汽机是资本主义初期生产力的象征，
十八世纪七十年代，
蒸汽机的巨大轰鸣声，

推动了资本主义的产业革命，
仿佛用法术呼唤出巨大魔力，
充分发挥了生产力的潜能，
财产在资本和雇佣劳动的对立中运动，
使人与人变成了赤裸裸的金钱关系，
一切淹没在利已主义的冰火之中。
资本主义统治的根本条件是财富在私人手里积累，
资本的生存条件是雇佣劳动，
社会最富有人是以最贫穷的人为代价获得财富，
资本家只关注利润，
资本的死劳动就像吸血鬼一样，
只有吸吮到劳动才有生命。
这一时期，
英国率先完成了资本主义革命和产业革命，
法国也紧步后尘，
殖民者的坚船利炮敲碎了许多国家，
使这些国家成为殖民地和半殖民地，
宗主国无情地掠夺亚非拉人民，
抢走不计其数带血的黄金。
中国也遭受到切肤之痛，
十九世纪英国向中国走私鸦片，
掠走白银四亿两，
鸦片战争后一百年间，
帝国主义列强从中国勒索走十三亿两白银。
由于殖民帝国的侵略，
使殖民地半殖民地积弱积贫，
资本主义在血与火中诞生。
资本主义飞速发展，
资本家贪婪成性。
资本主义固有的基本矛盾，
引起了工人运动。

马克思出身于中产阶级家庭，
却热情捍卫工人权利，
认识了社会的不公正，
他的《资本论》是以笔作锤敲响了资本主义丧钟。
马克思认为一切社会都是阶级斗争历史，
解决社会问题的关键是消灭私有制，
消灭人剥削人。
马克思使许多人欢欣鼓舞，
对于另外一些人，
只要提起他的名字，
恐惧和厌恶油然而生。

一八四八年二月，
马克思恩格斯发表了《共产党宣言》，
它集中探讨了资产阶级对无产阶级的剥削，
及其所导致的阶级斗争，
私有制是家庭和国家的起源，
消灭私有制也必须消灭家庭，
它是漫长的社会发展过程。
《共产党宣言》对形形色色的社会主义进行了剖析，
半是挽歌，
半是谤文，
半是未来的恫吓，
半是过去的回音。
必须全面地正确地把握《宣言》的精髓，
理解共产主义的真正灵魂，
《宣言》读起来犹如美妙的诗篇，
震憾和启迪人们的心灵，
《共产党宣言》伴随着《国际歌》，
响彻了地球上空。
列宁把马克思主义发展到一个新阶段，

他成功地领导了俄国一九一七年的革命，
建立了世界上第一个社主义国家，
人民成为国家主人。
苏联迅速成了强国，
与美国并称世界双雄。
苏联支持民族解放和工人运动，
对砸烂旧的殖民帝国体系起了很大的作用。

堡垒往往从内部攻破，
苏联共产党领袖戈尔巴乔夫却推翻了共产党执政，
成为苏联的掘墓人，
叶利钦给苏联判了死刑。
苏联维持了七十五年，
在最艰难的岁月能够幸存，
但发展成为超级大国后，
却毁灭于自己营垒中的蛀虫。

苏联解体后，
马克思主义在原来一些社会主义国家确实不再存在，
但马克思的影响依然很深，
我们遇到了一个越来越分裂的社会，
世界矛盾越来越深，
马克思的思想学说对于我们认识当今世界，
仍极有参考价值，
仍在一些人中共鸣。
社会变革不是一朝一夕，
它需要一个漫长的过程，
这是历史长河的曲折部分，
不管多么曲折迂回，
历史长河依旧按固有规律前行，
历史发展本身充斥着矛盾，

包含着失败与成功。
苏联解体后，
世界共产主义运动处于低潮，
在这种情况下，
英国千禧年中，
马克思被评为一千年来最伟大的思想家。
抚今思昔，
感慨万重。

古巴风云

一个小小古巴，
距美只有一百多公里路程，
为了维护国家主权和领土完整，
在超级大国的家门口与其抗衡，
菲德尔·卡斯特罗曾令美国十位总统怒不可遏，
挺立在加勒比海的浪涛中。

菲德尔·卡斯特罗，
一九二六年八月十三日出生，
一九五〇年获哈瓦那大学法学博士，
一九五三年七月二十六日领导武装起义，
带领一百三十五名革命者攻打蒙卡达兵营。
由于敌强我弱，
以失败而告终。
卡斯特罗被捕，
被判十五年徒刑，
一九五五年大赦，
出狱后组织“七二六”运动，
在山区开展游击战争，
一九五九年一月推翻了巴蒂斯塔政权，

建立了西半球第一个社会主义国家，
古巴人民成了国家的主人。

古巴革命成功。
引起美国巨大震惊，
它企图扼杀新生政权，
中情局一直在秘密行动。
一九六一年四月十七日晨，
经中情局训练的一千四百名古巴流亡分子，
在猪湾登陆，
突袭古巴，
要把新生的古巴扼杀在摇篮中。
猪湾事件发生的第二天，
苏联赫鲁晓夫写信给美国肯尼迪总统，
紧急呼吁肯尼迪停止对古巴的侵略行动。
并称苏联不会袖手旁观，
准备支援古巴反击敌人。
卡斯特罗在谈笑间指挥反击战，
下达了一个又一个命令，
下令击沉来犯的所有船只，
追击炮和飞机一齐上阵，
登陆艇和补给船纷纷被击沉。
七十二小时结束了战斗，
一千四百名来犯者全军复没，
猪湾失败使肯尼迪经受声誉扫地的教训。

美国在土耳其布署了“丘比特”导弹，
赫鲁晓夫把导弹布署在美国的近邻，
也叫美国尝尝在它身旁布署导弹是什么样心情。
一九六二年五月开始，
苏联偷偷向古巴运进导弹、轰炸机和军队，

在美国海岸出现了二十个导弹发射架，
七十二枚核弹头威胁着古巴的近邻。

一九六二年十月十四日，
美国的一架间谍飞机发现了这些导弹装置，
十月十八日肯尼迪开始研究对付行动。
十月二十二日晚肯尼迪发表了电视讲话，
为对付苏联在古巴的导弹，
实行海面封锁，
每天都有美国飞机在苏军驻地上空轰鸣。
十月二十三日赫鲁晓夫谴责了封锁，
卡斯特罗发布军队处于战备状态的命令。
肯尼迪要求苏联撤出导弹，
赫鲁晓夫要求解除封锁并把美国导弹撤出土耳其国境，
双方针峰相对，
怒目圆睁。
核武器在发生丝丝的响声，
世界濒临一场核战争，
紧张得使人们的心脏几乎停止了跳动。

弗克利索夫和斯卡利两个间谍，
在解决导弹危机中起了作用。
十月二十六日，
弗克利索夫邀请斯卡利共进午餐，
午餐时，
斯卡利故意夸大其词说：
“五角大楼发誓在四十八小时把古巴扫平”
弗克利索夫说：
“只要美国出兵古巴
苏联坦克会在瞬间攻下西柏林”。
两人暂别数小时后，

斯卡利约见弗克利索夫，
传达了肯尼迪总统的条件：
“苏联撤出导弹，
美国不再封锁
并承诺不再将古巴入侵。”
弗克利索夫很快将肯尼迪开出的条件，
送到了赫鲁晓夫手中。
赫鲁晓夫放弃了原来的主张，
十月二十七日，
苏联的导弹开始从古巴撤走，
美军结束了封锁，
并从土耳其撤走了导弹，
作为对苏联的回敬。
古巴导弹危机，
惊爆十三天，
美苏双方在核按扭旁徘徊，
差一点踏进核地狱之门。

切·格瓦拉

切·格瓦拉，
一九二八年出生于阿根廷。
一九五三年取得医生资格。
开始了穿越中美洲的旅行，
在中美洲漫游，
一九五五年他在墨西哥见到了菲德尔·卡斯特罗，
弃医从戎，
卷进了古巴革命的浪潮中。
他参加了从墨西哥到古巴东南部的远征，
参与了反对古巴独裁者蒂斯塔的战斗，
一九五九年一月古巴革命成功。

一九六一年至一九六五年，
他担任古巴工业部长，
但他热心于世界革命，
他要埋葬帝国主义阵营。

格瓦拉一九六五年四月十九日，
他亲领古巴游击队员秘密潜入刚果东部，
那里有几支游击部队，
残存于丛林之中。
他对非洲现实缺乏了解，
在非洲没有大批追随者，
他不能解放那些不愿意斗争的人们。
他的部队惨遭失败后，
同年十一月二十二日，
打道回营。

格瓦拉了解拉丁美洲人民的贫困，
决心在拉丁美洲再开辟一个基地，
首先想到他的祖国阿根廷，
他的先遣部队被发现，
大多数成员被捕和牺牲。
一九六六年十一月格瓦拉进入了玻利维亚，
他的活动一开始就困难重重，
玻利维亚共产党没有提供任何帮助，
农民对许诺土地的外国人无动于衷，
在一种不利的环境中发动，
战斗伤亡、疾病、疲劳和士气低沉。
格瓦拉在玻利维亚的出现惊动了美国人，
他们资助玻利维亚政府围剿格瓦拉的斗争。
一九六七年八月三十一日，
玻利维亚部队进行了一次伏击，

许多游击队员不幸牺牲。
一九六七年十月八日，
玻利维亚军队在原始森林中找到了格瓦拉足迹，
将格瓦拉包围在尤罗山中，
格瓦拉试图逃出而被捕，
十月九日被处“死刑”，
做了面膜和截去双手后，
格瓦拉埋葬在巴耶格兰德林中。

外因是变化的条件，
内因是变化的根据，
一个外国人跑到别人家里闹革命，
而这个国家还没有觉醒，
没有支持，
没有基础，
这种革命输出一定不会成功。

对格瓦拉的奇特崇拜，
格瓦拉逝世后却成了国际明星。
许多产品以他的名字作为商标，
古巴的旅游线路以他的名字命名，
有十二种传记叙述了他的一生，
有几部记录片和影片讲述了他的爱情，
一些妇女杂志推出切式贝雷帽，
古铁雷斯一九六零年三月五日拍摄格瓦拉的一张照片，
这幅照片后来周游了世界，
在巴黎的拉普街，
他的头像被印在出售的 T 恤衫上，
以吸引那些迷恋格瓦拉的年轻人。
波利维亚还要为格瓦拉建纪念馆，
地点就设在他的埋葬地巴耶格兰德林。

尼基塔·赫鲁晓夫

尼基塔·赫鲁晓夫，
曾叱咤风云。
在领导职务终身制的苏联，
是唯一一个被赶下台的领导人。

尼基塔·赫鲁晓夫出身于矿工家庭，
当过装配钳工，
他任乌克兰党委第一书记，
一九五〇年被斯大林调到莫斯科，
进入苏共中央领导层。
斯大林逝世后，
赫鲁晓夫上台，
在一九五六年苏共二十大上，
他作“秘密报告”，
把斯大林称为暴君，
把过去所有坏事的罪责都推给斯大林。
赫鲁晓夫反斯大林，
在国际上引起了纷争。
中苏开始论战，
苏联派古巴代表团来中国讲和，
又通过齐奥塞斯库来调停，
一九六〇年柯西金亲自来北京，
毛泽东主席向他宣布：
“我们准备对他进行一万年的斗争。”

一九六〇年十月一日，
赫鲁晓夫在联合国大会上例行发言，
他憎恨西班牙外交大臣的表情，

他转变话题开始指责佛朗哥。
联大主席要求他放弃对国家领导人的人身攻击，
他反过来把佛朗哥骂得狗血淋淋。
西班牙外交大臣用“更加令人讨厌”的表情回敬。
西班牙外长发言后路过赫鲁晓夫坐位，
两人拳脚相加，
保安人员将他们拉开，
赫鲁晓夫坐下后仍怒气冲冲，
脱下鞋子，
猛敲桌子，
发泄心头之恨。
从此，
“赫鲁晓夫那只鞋”
代表着他的作风。

一九六二年五月开始，
赫鲁晓夫把导弹核武器运进古巴，
对付古巴傲慢的近邻。
苏联导弹的古巴之行，
发生了加勒比危机，
差一点爆发了世界核战争，
惊爆十三天，
赫鲁晓夫放弃了原来的主张，
苏联导弹撤离，
但得到了肯尼迪不再侵略古巴的保证，
美国也把自己的导弹撤离土耳其国境。

赫鲁晓夫匪夷所思地筑起柏林墙，
在柏林地图上画上了东西柏林的分界线，
由东德领导人乌布列希去执行。
一九六一年八月十三日开始修建柏林墙，

虽然双方剑拔弩张，
但西方没有采取踏平柏林墙的行动。
柏林墙是两级世界对峙的象征，
隔断东西两个世界，
给冷战烙上厚重的印痕。
赫鲁晓夫威胁要埋葬西方资本主义，
认为世界共产主义革命可以很快完成。
在赫鲁晓夫时代，
有一张《生活》杂志的封面，
赫鲁晓夫的手指着尼克松说：
“你的孙子、孙女们，
将生活在共产党的美国”，
可见他对共产主义在全世界的胜利多么自信。

罢免赫鲁晓夫的活动，
一九六三年就紧锣密鼓地进行。
勃列日涅夫和波德戈尔内是主谋人，
一个是最高苏维埃主席团主席，
一个是中央委员会书记，
他俩四处活动，
暗地拉拢，
但行动谨慎。
在乌克兰和俄罗斯联络了一大邦人，
赫鲁晓夫的反对者的队伍越来越大，
但也走漏了一些风声。
赫鲁晓夫有所觉警，
他在一九六四年十月一日的主席团会议上说：
“朋友们，”
你们好像准备反对我，
当心，
我会像狗一样流放你们。”

“朋友们”当时十分震惊，
马上发誓：
“从来没有那种念头，
你是我们心中最好的领导人。”
赫鲁晓夫叫米高扬负责调查一下，
他就起程去了南方渡假村。
策划者搞清楚军方与克格勃与他们的立场相同，
便开始了总攻，
他们起草了报告，
列举赫鲁晓夫的罪行。
一九六四年十月十二日，
通知赫鲁晓夫出席中央主席团会议，
对赫鲁晓夫的批评与遣责似潮水云涌。
他试图解释没人听，
他刚一开口，
别人的慷慨陈词就阻断了他的声音。
十月十四日他再也招架不住，
写了辞职声明。
赫鲁晓夫拒绝出席午餐会，
也没有人留他，
他灰溜溜地自回家门。

一九七一年秋赫鲁晓夫去世，
他没有进入红场，
埋在新圣女公墓中。
他的墓碑风格独具，
由黑白花岗岩组成，
反差鲜明。
对墓碑的寓义，
众说纷纭，
有人说黑白花岗岩是他一生功过的写照，

功绩使人们对他难以忘怀，
罪过使他没有进入红场，
而下葬于名人公墓中。
也有人说，
黑白花岗岩反映了赫鲁晓夫的性格，
既鲁莽又狡黠，
经常处于矛盾之中。
还有人说：
这是一种寄托，
赫鲁晓夫遭受过不公正，
他是唯一一个被赶出克里姆林宫的领导人，
黑色代表这种遭遇，
白色寄托对他公正评价。
赫鲁晓夫大起大落的一生，
是非功过，
褒贬不同。

朝鲜战争

朝鲜半岛，
像一只雄鸡的嘴巴，
注视着太平洋上的米粒和蚕虫。
它是抵制入侵的桥头堡，
又是外强侵略的捷径。
朝鲜民族是一个古老民族，
大约在公元前三千年，
蒙古和中国东北向这里移民。
公元九百三十五年，
高丽王国控制了半岛，
朝鲜从此得名。
一八九六年日俄战争，

以三八线为界对朝鲜分割占领。
一九〇五年日本赶走了俄国人，
实行对朝鲜的殖民统治，
把朝鲜变成日本的一个省。

一九四五年八月八日，
苏联对日宣战，
迅速打败了日本关东军，
立刻向朝鲜挺进。
当苏军进入朝鲜半岛时，
美兵还在千里之外的冲绳，
但打到三八线却停止前进，
在三八线上坐等美国人。
苏美以三八线为界分而治之，
三八线又成了最不幸的象征。

朝鲜被一条铁丝网分成南北两部分，
在北边，
以金日成为首的共产党人，
建立了社会主义制度，
打土豪，
分田地，
劳动人民成了国家主人。
在南边，
美国远东军司令麦克阿瑟行使职权，
殖民统治者继续留任，
美国人把最保守的势力和朝奸视为伙伴，
杀害成千上万志士仁人，
造成了南朝鲜大规模的抗议和罢工，
最著名的是一九四六年大丘十月抗争。

一九四七年十月十七日，
苏联向联合国提案，
提议一九四八年苏美同时从朝鲜撤军，
遭到了美国否定。
一九四八年七月十二日，
美国人操纵了南朝鲜选举，
八月十五日成立了大韩民国，
七十三岁的李承晚当上总统。
李承晚对爱国人士进行了讨伐，
杀害了十万人。
一九四八年九月九日，
朝鲜民主主义人民共和国诞生，
抗日英雄金日成成为最高领导人。
金日成与李承晓都拒绝承认对方的合法性。
一九四八年底，
苏联首先从朝鲜撤走了部队，
一九四九年美国被迫从韩国撤军。
李承晚反复声称，
他要统一朝鲜，
向北进军。
金日成处于高度警惕中。
为了帮助北朝鲜的防御，
毛泽东把中国人民解放军中的两个朝鲜师，
移交给了金日成。
金日成一方面进行备战，
一方面又呼吁《促进祖国统一和平》。
一九五〇年六月七日，
金日成的呼吁书遭李承晚否定。
六月十七日，
美国总统杜鲁门的顾问杜勒斯来到朝鲜，
在三八线的战壕上，

举起望远镜眺望北方，
并在战壕里审查了李承晚的北进。
六月十九日，
金日成再次建议和平统一祖国，
再次遭到李承晚的否定。
一九五〇年六月二十五日，
朝鲜爆发了为了统一的战争，
这完全是朝鲜的内政，
如果美国不干涉，
朝鲜人民就会自己决定自己的命运。

一九五〇年六月二十五日凌晨，
隆隆炮声从三八线响起，
朝鲜三千里锦秀山河被击碎。
战争沿三八线全线展开，
四个小时之内，
金日成的军队突破了李承晚的防线，
涌过边境。
滂沱大雨中到处可见南朝鲜军队向南逃命
汉城人民相信李承晚反复说过的一句话：
“战争一旦打响，
在短时间内就可以打到平壤，
统一朝鲜全境。”
六月二十六日，
汉城平民听到了炮声，
北朝鲜的飞机扫射了总统府。
李承晚还在说：
“他的军队已经从三八线北进。”
到底是李承晚的军队打到平壤，
还是金日成的军队进攻汉城，
汉城的平民百姓到处是不知所措的神情。

六月二十七日夜，
李承晚在夜幕中乘专机逃跑，
这一夜是汉城人民的地狱之夜，
惊慌失措的逃难者达四十万之众。
通过汉江大桥逃跑，
还在人如潮涌，
二十八日凌晨，
一个巨大的橙色火球在汉江大桥上升腾，
南朝鲜的军队过早地炸毁了大桥，
车辆军人和难民随大桥一起飞上夜空，
在断裂的桥面上尸体纵横。

朝鲜战争爆发的第二天，
美国总统杜鲁门作了三条决定，
向南朝鲜提供援助，
命令空军轰炸北朝鲜人民军，
派美第七舰队封锁台湾海峡，
干涉中国内政。
六月二十七日，
在苏联代表缺席的情况下，
美国操纵联合国拚凑由十五个国家组成的所谓联合国军，
麦克阿瑟任总司令。
美国人深信，
只要美国人出现在前线，
金日成的部队就会向北逃命。
麦克阿瑟大言不惭地说：
“我可以把一只手绑在身后，
只用一只手就可以对付朝鲜战争。”
六月二十九日，
麦克阿瑟飞到南朝鲜作实地视察，
承诺美国采取全面干涉行动。

三十日麦克阿瑟访问了台湾，
他对蒋介石说：
“美国将会全力助蒋，
对付中国共产党对台湾的进攻。”
蒋介石声称，
“美国和中华民国一致努力，
争取最终战胜中共。”
六月二十九日上午，
美国决定派两个师直接参与朝鲜战争。
六月三十日，
美国第二十四师开始进入朝鲜，
史密斯先遣队打头阵。
史密斯营长赴朝前的一个晚上，
风雨交加，
他吻别了妻子，
风趣地说：
“上帝在为我们的爱情哭泣。”
他自信，
只要美军象征性出现，
金日成的军队将跑得无影无踪。
七月五日上午八点，
史密斯在乌山打响了在朝鲜战争的第一炮，
炮弹落到北朝鲜的坦克群中。
坦克仍在继续前进，
并冲进史密斯的阵地中。
十一时，
北朝鲜的坦克通过了美国炮兵阵地，
接着步兵蜂拥而上，
向美军冲锋。
美国人尖叫着从阵地上滚下去，
每个人只管逃命。

有的人倒在血泊中。
下午三时，
史密斯下达了撤退的命令，
北朝鲜的重机枪横扫潜逃的美国兵。
史密斯的乌山之战，
几乎全军复没，
美国在朝鲜战争的第一仗，
以失败而告终。
在七月长达三个星期的战斗中，
迪安率领的美第二十四师，
被打得落花流水，
美国兵从战场上逃跑，
一边扔下武器，
一边咒骂美国政府不该卷入这场战争。
七月十九日争夺大田城，
七月二十日金日成军队分三路进攻，
黄昏时候美军撤出，
并俘虏了二十四师师长迪安将军。

七月二十九日金日成的军队打到洛东江北岸，
它的背后就是釜山城。
北朝鲜的军队解放了南朝鲜百分之九十的土地，
把美军困在狭小的地带中。
沃克将军发出了“誓死保卫阵地”的命令，
他们建立了釜山防御圈，
集中了十三个师的兵力，
进行了长达六个星期的防御战争。
八月六日，
北朝鲜第四师涉水渡过洛东江均没成功。
八月三十一日，
北朝鲜军队发起了三次猛烈冲锋，

美军击退了他们的进攻。
九月十日，
美军进行了反攻，
朝鲜人民军全线防御，
双方处于胶着中。

仁川是汉城的门户，
处于朝鲜中部最狭窄的蜂腰部分，
在此登陆可以把金日成的军队拦腰斩断，
重创北朝鲜人民军。
一九五〇年九月十五日，
麦克阿瑟亲自坐阵，
美军第十军团进行登陆行动。
凌晨五点，
美军对月尾岛进行轰炸，
一个小时就把该岛占领。
下午进行仁川登陆，
美军在泥泞的海滩上爬行，
受到了北朝鲜军队顽强抵抗，
双方展开了激烈的白刃战，
美军登上仁川是午夜时辰。
夺取仁川紧接着向汉城进军，
双方在汉城进行激战，
九月二十五日美军占领了汉城。
美第十军团从汉城向东前进，
美第八集团军从釜山向北进攻，
九月二十七日两军在乌山会师，
一直打到三八线附近。

美国人相信，
可以攻入北朝鲜，

让整个朝鲜半岛统一在李承晚的反共政权中。
十月一日李承晚军队沿北朝鲜东海岸向前推进，
十月十日进入元山，
十月中旬它的前锋接近中朝．边境。
十月九日，
美军越过三八线，
兵分两路同时进军。
沃克指挥的第八集团军从汉城向平壤进发，
阿蒙德率领的第十军团沿东海岸向北推进。
美海军陆战队挺进至长津湖，
向西北方向的鸭绿江进军。
十月二十四日，
麦克阿瑟命令美军全速前进，
宣布部队将在圣诞节得胜回营。

二十世纪三十年代，
日本人利用朝鲜充当侵略中国的基地，
中国人义愤填膺。
如今美国人打到中国边境，
唇亡齿寒，
中国不能容忍一个强国控制中国的近邻。
中国领导人多次警告，
不能容忍敌人向鸭绿江靠近，
中国第十三军团的四个军集结东北待命。
中国经过八年抗日和四年解放战争，
迎来了新中国诞生，
许多复员的将士刚刚享受和平的温馨，
如今又要拿起武器，
抗美援朝，
到战场上撕拼。
三十八军的一位营长曾玉海，

复员后在武汉一所监狱任监狱长，
与疗养院一位护士产生了爱情，
他们处在热恋中，
正准备结婚，
朝鲜战争打破了曾玉海的脉脉温情。
他重回三十八军继任营长，
八个月后，
他倒在朝鲜汉江南岸，
喷涌的热血凝集在零下二十多度的积雪中。

抗美援朝，
中国人民志愿军，
雄纠纠，
气昂昂，
跨过中朝边境，
在夜幕掩护下，
美国人丝毫没有觉察中国志愿军的行动。
十月十九日，
第四十二军首次跨过鸭绿江，
向朝鲜长津湖挺进，
接着三十八军渡江，
他们向江界进军，
三十九军跟着入朝，
他们的目标是秦川和龟城。
十月二十六日，
南朝鲜军队在鸭绿江边遭中国军队打击，
几乎全军复没，
接下来一个星期，
李承晚的军队几乎溃不成军。

十月十九日，

中国人民志愿军司令员彭德怀到达安东，
几十万大军的统帅先于士兵插到战场前沿，
只带一名参谋和几个警卫兵。
他在异国他乡进行冒险的行军，
与南朝鲜的军队擦肩而过，
实际上陷于敌人的包围中。
又奇迹般从包围圈中走了出来，
终于在北镇大榆洞第一次会见了金日成。

中国军队利用突然袭击战胜美国人，
他们夜间行军，
穿过种种艰险的地形，
在白天躲藏得无影无踪，
在夜间能够极其秘密地渗透到美军阵地中，
狠狠地痛击敌人。
朝鲜的隆冬处于零下二三十度的低温，
衣服不能穿得太厚，
爬山时肯定会出汗，
休息时内衣就会结成冰，
枪和手会冻在一起，
双脚麻木不仁，
寒风钻心，

第四十军邓岳率领的一一八师，
经过五个夜晚急行军到达温井，
他们是最早与联合国军交战的部队，
二十五日凌晨在温井痛击南朝鲜第六师，
旗开得胜。
第四十军一二〇师，
在云山阻击敌人，
二十五日双方在长满马尾松的山岗激战，

当南朝鲜军队爬上山岗时，
中国战士石宝山抱着爆破筒。
冲进敌阵，
与敌人同归于尽。
他们阻击十分顽强，
使南朝鲜军队寸步难行。
十月二十九日，
第三十八军发起对熙川的进攻，
南朝鲜第八师迅速逃命。
第三十八军和第四十军准备夺取清川江至军隅里，
第三十九军已经包围了云山城，
第五十和六十六军在西海岸等待美军。

中美两军第一次战斗发生在云山镇，
一九五〇年十一月一日，
炮火震荡着云山山谷，
中国志愿军向美军冲锋。
许多志愿军绕行到美国机枪手后面，
抱住机枪手一起向山崖下滚，
美国兵争相逃命。
在肃清云山外围的战斗中，
副班长李连华和二名战士缴获了四架美机。
为清除云山公路大桥头美军窝点，
李富贵赤脚跳下结冰的小河中，
当他炸掉敌人的窝点后，
他的双脚却与河水一起结冰。
面对敌人五十五吨坦克的扫射，
王有爬上去炸毁了坦克，
还活捉了坦克旁边的五个美国兵。
中美两军在云山的第一次交锋，
美国兵以失败而告终。

十月二十五日，
西线打响的同时，
东线战场也响起了战斗的枪声。
黄草岭是盖马高原的一个隘口，
中国四十二军在这里阻击敌人。
二十五日佛晓，
南朝鲜首都师走进了中国军队的伏击圈，
遭到了中国炮火的猛攻，
南朝鲜队伍满山遍野奔跑，
尸体纵横。

中国军队有两个团负责诱敌深入，
他们从这个山头退到另一个山头，
边打边撤，
又不让敌人靠近。
在他们的诱敌深入下，
联合国军进入了志愿军的大口袋中，
在这个口袋的口子上集结着中国的九个军。
一九五〇年十一月二十五日，
第二次战役打响，
志愿军副司令韩先楚负责指挥三十八军和四十二军，
这两个军负责正面进攻，
第三十八军主攻方向是德川，
四十二军攻打宁远城。
第三十八军采取奇袭。
侦察科长张魁印带着先遣队，
神不知鬼不觉穿过敌人的前沿阵地。
二十六日上午七时，
深入敌后炸毁了武陵里大桥，
阻断了敌人逃跑的交通。
十一月二十五日黄昏，

梁兴初军长率领三十八军，
从三面一齐猛攻，
南朝鲜第七师被歼灭，
德川一役取胜。
吴瑞林军长率领的第四十二军，
二十五日黄昏，
向南朝鲜第八师进攻，
吴瑞林采取运动战，
迂回分割，
歼灭敌人。
战斗一夜，
李承晚第八师就溃不成军。
十一月二十五日晚，
美第八集团军遭受了攻击，
许多防线被撕碎，
不少部队被打垮，
美军争相逃命。

宋时轮率领第九兵团，
十一月七日进入朝鲜，
在北风呼啸中向东线前进，
按时到达予定目标待命。
一九五〇年十一月二十七日，
西线美第八集团军已经全线崩溃，
而东线阿尔蒙德还在命令第十军全速前进，
等待他的数万中国官兵，
潜藏在盖马高原的冰天雪地中。
十一月二十七日，
第九兵团向美军发起了进攻。
首先进行柳潭里攻防战，
中国军队包围了美陆战一师，

双方进行了一夜血战，
美军被中国军队分割，
一块一块地吃掉美国兵。
在长津湖以东，
麦克利恩特遣队遭到了全军复灭的命运，
麦克利恩被俘，
他的继任者弗恩中校死在战场中。
在长津湖西边，
美第一陆战师和英国皇家海军，
受到中国军队包围，
他们杀出一条血路逃生。
下碣隅里，
长津湖南端一个小镇，
二十八日夜，
二十军五十八师向下碣隅里进攻，
中国士兵的冲击波前赴后继沸腾。
二十军一位连长杨根思，
带着一个排坚守高地，
美国一波又一波冲锋，
两军混战在一起，
只听到士兵的搏斗声，
最后这个高地只剩下杨根思一个人，
当敌人再次冲上来时，
他抱着一个炸药包，
和美军一齐飞上飘雪的天空。
二十八日晚，
中国的二十七军八十师不断向新兴里猛攻，
满山遍野都是逃跑的美军，
二千五百人的美军队伍，
逃走的只有六百七十人。
十一月三十日，

麦克阿瑟下达了全面撤退的命令，
后撤了二百五十公里的路程。
十月二十日，
麦克阿瑟多么趾高气扬，
他说：
“我已经打了保票，
小伙子将在圣诞节回国，
东西两线在鸭绿江会合，
就是美军取胜的时辰。”
如今麦克阿瑟圣诞取胜的梦想已成泡影。

三年的抗美援朝，
有十四万志愿军将士埋在朝鲜的青山绿水中，
毛泽东的儿子毛岸英就是其中的一个，
他为朝鲜人民献出了宝贵的生命。
一九五〇年十一月二十五日，
一枚凝固汽油弹落到了毛岸英房子上空，
烧焦了毛岸英的尸体，
房子化成了灰烬，
他永远长眠在朝鲜的大榆洞。

第二次战役，
美军受到了重创，
美国总统杜鲁门说：
“美国有可能使用原子弹”。
引起了世界轰动。
中国领袖毛泽东说：
“这是赤裸裸地核讹诈，
只有傻瓜才事先把自己的绝密告知人。”
杜鲁门要使用原子弹，
最惊慌的还是他的友人，

在英国议会引起了轩然大波，
他们坚决反对美国使用原子弹，
担心把欧洲拖入亚洲战争的深渊，
害怕苏联向欧进攻。

中国军队打到三八线，
毛泽东说：
“你们敢越过三八线北进，
我为什么不敢跨过三八线南攻。”
一九五一年元旦，
第三次战役开始发动，
中朝军队浩浩荡荡越过三八线前进。
一九五〇年十二月三十一日十七时，
中国军队猛烈的炮火红透了天空，
临津江南岸的联合国军阵地陷入一片火海中。
临津江水流湍急的地方没有结冰，
结了冰的河段被炮火击碎，
不少战士涉冰河而行，
冰水浸透的身体和冰块冻结在一起，
浸透冰的棉衣棉裤冻得如石头般坚硬，
三十九军和四十军突破成功。

釜谷里是离汉城三十公里的小镇，
守卫这里的是英军，
三十九军七连抢占了致高点，
英军的炮火猛攻。
指导员和排长们全部牺牲，
连长厉凤堂奄奄一息，
司号员郑起担负起指挥责任。
阵地上只剩下十三个人，
在郑起指挥下打退了英军的多次进攻。

他到英军的尸体上爬来爬去，
英军的机枪几乎跟随他的身影，
他从敌人的尸体中背回了十几条子弹袋和一堆手榴弹，
这时又有六个人牺牲。
英军发起了最后一次冲锋，
七名中国兵一起站起来开枪，
手榴弹投向敌人，
英国人冲上阵地，
郑起拿着小钢号吹个不停，
英国军转身逃命，
七连几乎以全部伤亡为代价，
坚守了一天一夜，
终于迎来了主力部队，
消灭了英军。
一九五一年一月三日上午
中国军队完成了对汉城的包围
美军弃城而逃
一直退到三七线附近。

李奇微认为，
中国军队的三次攻势每次都历时八天，
“八”是由中国军队的后勤补给决定，
李奇微称之为中国军队的“礼拜攻势”。
他决定，
当中国礼拜攻势接近尾声，
美军向弹尽粮绝的中国军队，
进攻！进攻！再进攻！
一九五一年一月十五日，
李奇微采取了“磁性战术”，
集中了五十万人，
利用炮兵、空军和坦克的火力准备密集进攻。

正当此时，
中国军队发动了第四次战役行动。
一月三十一日，
中国的五十军与美军第二十五师在修理山交锋，
双方进行肉搏战，
二月六日，
五十军放弃了修理山阵地，
向北运动。
一九五一年一月二十八日，
中国的第三十八军开始汉城阻击战，
美军采用火海战术，
草木烧光，
山头削平，
三十八军伤亡巨大，
险象环生。
二月七日，
彭德怀命令第五十军撤到汉江北岸，
三十八军继续留在南岸迟滞敌人。

在东线横城反击战动魄惊心，
一九五一年二月十一日晚，
温玉成率领四十军负责正面攻击，
他采用分割包围，
大胆迂回行动，
攻击和封锁敌军。
张竭成师长率领一一七师，
进行大规模敌后穿插，
卡死从横城南逃的敌人。
东线砥平里被中国军队包围，
李奇微下达了坚守的命令，
阵地在中美士兵之间来回易手，

前面的士兵倒下，
后面队伍踏着尸体前进。
十五日中国军队停止了进攻，
开始向北撤兵，
西线三十八军也准备撤过汉江，
范天恩团长率部进行掩护行动。
连续八天顶住了美军的猛攻，
营长刘保平，
用机枪扫射敌人，
他的肚子被炮弹炸破，
他一手托着肠子，
一手坚持射击，
直至鲜血流尽。
一九五一年二月十六日，
中国军队从东西两线撤军，
第四次战役结束了行动。

杜鲁门撤了麦克阿瑟职务，
由李奇傲接任，
范弗里特指挥美第八集团军。
一九五一年四月二十二日夜，
中国军队开始了第五次战役行动，
杨得志率领第十九兵团涉水渡过临津江，
宋时轮率领第九兵团在左翼进攻。
在追击敌人中，
刘光子追击几个逃跑的英军，
在接近之后，
石头后面一下子站起来一大群人，
几十张凶狠的面孔和几十个黑洞洞的枪口向他逼来，
刘光子拉开了手雷保险，
向敌人一扔，

他顺势滚下山坡，
手雷的爆炸声引来了中国军队，
消灭了敌人，
刘光子再次截住一大群英军，
创造了朝鲜战争的最高纪录，
一次抓获了六十三个敌人。
二十九日中国军队全线停止了进攻，
第五次战役第一阶段告停。
一九五一年五月十六日，
中国志愿军开始了第五次战役的第二阶段进攻，
在中国军队的猛烈攻击下，
南朝鲜第三兵团兵败如山倒，
成了一群失去控制的散兵。
美军认为，
如此无能的军队根本没有存在的价值，
解散了南朝鲜第三军团，
南朝鲜的军队由美国除名。

五月二十二日，
美军开始了全线反攻，
各部队组织“特遣突击队”，
在中国军队的阵地中打穿插。
彭德怀命令中国军队向北转移，
宋时轮率领的第九兵团，
向南攻击得太远，
赵兰田师长率领的三十一师钻进了敌人肚子里，
他们要从敌人的肚子里逃生。
一九五一年五月二十三日，
郑其贵率领的一八〇师掩护大部队撤退，
留在汉江南岸阻击敌人。
二十四日美军完成对一八〇师的包围，

二十四日夜，
一八〇师也开始了撤退行动，
渡口全被美军占领，
成千上万人涉水渡江，
敌人的大炮猛烈轰击，
中国将士的鲜血把江水染红。
过江后。
一八〇师弹尽粮绝，
五倍于已的美军将其包围得密不透风。
二十六日黄昏，
他们决定分散突围，
只有一百五十多人突围成功，
一八〇师损失七千六百多人。

一九五一年五月二十六日，
美军全军越过三八线，
在铁三角双方死打硬拚。
这是中国军队必须守住的最后防线，
杨得志和李志民率领的十九兵团，
在这里筑起了钢铁长城。
六月一日，
美军开始了猛攻，
傅崇碧的六十三军坚守阵地，
双方的尸体重叠在一起，
残酷的铁原阻击战打了十天，
使美军筋疲力尽。
六月十日，
北进的美军停止了行动，
第五次战役结束，
交战双方对峙线得到稳定。

美国人认识到，
朝鲜战争是无底洞，
杜鲁门考虑要结束战争。
朝鲜战争一开始，
中国就主张和平解决这场战争，
美国在仁川登陆，
中国希望美军在三八线上停止行动，
但气势汹汹的美军一心北进，
造成中美在朝鲜对阵。
一九五一年六月二十一日，
苏联驻联合国大使马立克发表声明，
希望双方停火并结束战争。
七月十日，
交战双方代表在开城举行了第一次谈判，
谈判双方进行了无休止的争论。
一九五一年十一月，
谈判由开城移至板门店举行。
停战谈判整整进行了两年，
边谈判，
边战斗，
寸土必争。
在这两年内没有发生大兵团的运动战，
在双方的防御线上密集着两百多万大军，
一边是一道不可逾越的死亡深渊，
一边是世界上最浩大的防御工程。
在这两年中，
无时无刻不在发生阵地对攻战，
一个高不过数米的山包，
阵地易手数十次，
散发着血雨腥风。

停战协议的签字即将举行，
李承晚说：
“不要联合国了，
要单独行动。”
结果中国军队专打要单干的李承晚军，
使李承晚赔了土地又折兵。
一九五三年七月二十七日上午十时签字，
签字的全过程仅仅只有十分钟。
美国人哈里逊中将代表联合国军，
中朝方面代表南日大将，
在协定上签字。
十二个小时后生效，
但在这个时间内，
炮声更加隆隆，
好像打完所有炮弹才一身轻松，
有些人回家最终成了一个梦。
晚上十点。
全线炮火归于寂静，
三千里江山终于恢复了和平。
次日凌晨，
双方士兵纷纷走出坑道，
昨天的对手今天握手言欢，
相互交换礼品。
南北军事分界线全长二百四十一公里，
四公里的非军事区把朝鲜分成南北两部分，
军事分界线无情地阻隔着千百万骨肉分离的家庭。
三八线穿板门店而过，
两边分别站着真枪荷弹的士兵，
他们剑拔弩张，
怒目园睁。

朝鲜战争，
历时三年多，
夺走了五百万军民的生命。
几百年来，
帝国主义的坚船利炮打开了亚非拉一个个闭关锁国的大门，
殖民主义者在海边架起几尊大炮，
就可以征服那里的人民。
朝鲜战争，
雄辩的证明，
世界上受压迫民族已经站起来了，
打破了西方列强不可一世的美梦。

越南战争

第二次世界大战，
促进了民族的觉醒，
打碎了旧世界的秩序，
殖民帝国的帷幕最终飘零。
当欧洲殖民王国衰落后，
美国充当世界警察，
活跃于世界舞台中。

越南是东南亚一个富饶国家，
除一个狭长的近海平原外，
从北向南是森林复盖的高原丘陵。
越南的先民是史前南迁的中国民众，
公元九三九年
越南成立了独立王国。
十九世纪五十年代，
法国人开始入侵，
一八六一年夺取了南部城市西贡，

一八六三年将北部重镇河内占领。
法国人将越南老挝东埔寨合成一统，
残酷地压榨殖民地人民，

胡志明一八九〇年出生于越南义安省，
出身贫穷。
早年在法国勤工俭学，
与中国周恩来和蔡畅建立了革命友情，
一九三〇年胡志明成立了越南共产党，
领导了越南人民进行三十年反对帝国主义战争，
他为越南的民族解放鞠躬尽瘁，
是颗神秘而坚强的红星。

一九四五年八月，
胡志明解放了河内，
九月二日，
他在河内巴亭广场上发表了《独立宣言》，
成为独立越南的最高领导人。
抗日战争胜利后，
法国殖民主义者卷土重来，
一九四六年三月，
法军向越南开进。
胡志明为赢得越南的彻底独立而奋斗，
进行第二次抗法战争。
杜鲁门支持法国重返东南亚，
重温殖民帝国的旧梦。
法国人为推翻胡志明的独立政权，
一九四六年十一月向北越发动了进攻。
法国海军轰炸了港口城市海防，
伤亡了六千多名北越平民。
胡志明以乡村为据点，

运用游击战术反击法军。
游击队员隐蔽于高山丘陵，
法国人退缩到城市和坚固据点，
淹没在人民战争的汪洋大海中。
一九五〇年六月二十九日，
八架美国运输机向法军运送武器
提供军援达三十亿美金，
占法国越战中百分之八十的费用。
法国人在越南频频失败，
一九五三年五月纳瓦尔将军获法军指挥权，
妄图在奠边府一举歼灭越军。
一九五三年深秋，
法国在奠边府部署了精锐部队，
与胡志明一决雌雄。
越南武装部队总司令武元甲计高一筹，
又十分熟悉这里的地形。
双方交战了几个月，
在白云缭绕的连绵起伏的山峦中，
武元甲的军队包围了法军，
一九五四年三月三十一日，
架在奠边府周围山顶的重炮，
昼夜不停地向奠边府猛攻，
法军在奠边府被围困了五十六天，
一九五四年五月七日，
法军投降，
越南人赢得了划时代的胜利，
赶走了法国人。

法国人战败达成了日内瓦协议，
规定在一九五六年在国际观察下举行选举，
决定谁来统治统一的越南，

但美国不赞成，
要卷入越南战争。
一九五四年法国人从越南撤走，
美国人承认保大皇帝，
全力支援南越，
遏制共产党的统一行动。
一九五四年六月，
南越保大皇帝任命吴庭艳为总理，
一九五五年十月，
吴庭艳在美国支持下通过全民投票，
废除了保大皇帝，
当上南越的首任总统。
南越实际上是美国智慧的产物，
艾森豪威尔全力支持吴庭艳的反共活动。
到五十年代末，
美国向吴庭艳提供了二十亿美金。

在北方胡志明建立了共产党政权，
进行土地改革，
打土豪
分田地，
劳动人民成了国家的主人。
在南方，
吴庭艳把共产党反法战争中分给农民的土地，
重新归还给大地主们，
成千上万爱国人士被处死，
吴庭艳不得人心。
二十世纪五十年代，
自发地反抗风起云涌。
一九五七年南越共产党开始在湄公河三角洲组织游击队，
不久便蔓延到沿海平原和高原丘陵。

一九五九年北越向南越游击队提供援助，
胡志明小道开始使用，
经过老挝和柬埔寨向南越提供人员和补品。
一九六〇年南越共产党组建了民族解放阵线，
进行解放战争。
这场战争本来是越南民族的内政，
演变成美国干涉越南内政的侵略战争。

一九六〇年十一月肯尼迪当选为美国总统，
他关心吴庭艳政府的命运。
为阻止共产党统一越南，
美国开始向吴庭艳提供武器装备和军事顾问。
一九六一年越共加快了游击战节奏。
攻战了西贡西北的省会福平。
游击队与人民是鱼水关系，
美国人要使大海干涸，
派特种部队，
在丛林地区进行非常规战争。
一九六三年二月，
在湄公河三角洲的北邑进行了一场战斗，
美国的空降突击队进入了越共的伏击圈，
五架美军直升机被击落，
十五名机组人员丧命。

吴庭艳的兄弟吴庭儒掌握着南越的秘密警察，
他帮助吴庭艳镇压人民。
一九六三年春夏之交，
发生了佛教徒抗议运动，
吴氏兄弟采取高压政策对付他们。
一九六三年五月八日，
佛教徒在顺化庆祝佛祖诞生纪念日，

与警察发生了冲突，
有九名佛教徒丧生。
一九六三年六月十一日，
光度和尚当众自焚，
以抗议吴氏兄弟对宗教的迫害，
该事件引起了大规模的抗议活动。
一九六三年夏天，
又有六名佛教徒自焚而死，
动荡不安的南越更加不稳定。
八月底，
美国训练的南越特种部队，
突袭了南越各地的寺庙，
逑捕和尚一千四百多名，
南越人义愤填膺。
美国人支持南越将领发动政变，
一九六三年十一月一日，
政变者逮捕了吴庭艳弟兄，
并立即处死了他们。
一九六三年十一月至一九六五年一月，
在西贡发生了三次政变，
组成过五次新的政府，
像走马灯似易人，
最后阮文绍当上了南越总统。

一九六三年十一月下旬，
肯尼迪遇刺丧命，
约翰逊继任美国总统。
一九六四年，
南越共产党的军队已经拥有十七万人，
改进了胡志明小道，
武器装备得到了更新。

多次重创南越军。
一九六五年约翰逊总统宣布：
“如果我们被赶出南越，
世界上没有一个国家对美国的保护再有信心。
他准备升级越南战争。”
美国人谎编的东京湾事件。
开始了在越南的升级行动。
八月四日傍晚，
美国两艘战舰错误地发现了北越舰船，
操作声纳的船员误报有二十六枚鱼雷向“马多克斯”号进攻，
该舰胡乱地发射了四百多发炮弹，
海军飞机飞临作战上空。
往返奔波于这一海域，
始终没有发现北越舰船的踪影。
结果是声纳员误报了信息，
造成了一场虚惊。
约翰逊总统迫不及待地作出了决定，
对北越进行大规模空袭，
要把北越炸回到石器时代，
并派地面部队参加越南战争。
国防部长麦克纳马拉绘声绘色地介绍了，
东京湾海战的详情，
声称在战斗中有两艘北越军舰被击沉。
美国开始对北越狂轰滥炸，
到一九六八年十月，
美机向北越倾泻炸弹六十四万多吨。
一九六五年三月八日，
美海军陆战队开始在岘港登陆，
第一批三千五百名队员首次参加了地面战争。
五月第一七三空降旅进驻南越，
七月末美国第一〇一空降师参加越战行动，

越战期间参加美军达到三百万人。

共产党部队挖掘地下通道，
密如蛛网的地道和暗堡，
非常隐蔽地对付美军。
古芝地区二百五十公里长的地道，
隐蔽了几万越南人，
还有到处伪装的陷阱，
里面埋有饵雷、手雷和竹签，
令美军随时随地都会丧命。
美国人宣布南越为自由射击区，
可随意射击无辜老百姓。
美国人寻找藏匿于森林和深山中的越共，
采用“发现并摧毁”的军事行动。

一九六五年十一月十四日，
发生了为期四天的德浪河谷战争。
美第七骑兵师一营乘直升机着陆于德浪河谷，
遭到了包围，
并损失惨重。
美第七骑兵师二营前来营救遭到了顽强抵抗，
打得美军发出刺耳的尖叫声，
战斗一直打到十一月十八日。
打死美军二百三十多人。
一九六七年初，
美军在西贡西北越共的铁三角根据地大举进攻，
他们极力破坏村庄，
枪杀无辜平民，
并用推土机破坏大片森林。
共产党人在隐蔽处不断袭击美军，
美军很难发现他们的行踪。

越共还采取“贴紧腰带”行动。
在战斗中尽量靠近美军，
使美军的强大火力，
无法发挥优势作用。
越共进行的是人民战争，
人民主动向越共报告美军的行动，
帮助共产党埋地雷，
挖陷阱，
使美国人草木皆兵。

对北越的空战是美国战略的重要部分。
一九六五年三月，
美国空军发动了“滚雷行动”，
越战期间，
一共炸死了十多万北越平民。
美机还向越南喷洒化学脱叶剂，
将一千二百万加仑的橙剂喷洒于丛林，
美军还用灭草剂毁坏庄稼，
妄图断绝越南人的生活必需品，
这些化学药剂都具有极大毒性，
越战结束数年后，
美国老兵和越南人民，
不少人发生各种怪病和癌症，
并且殃及子孙。
萨姆导弹和米格飞机，
有效地对付了美国空军。
在整个越战期间，
美国损失八千五百多架飞机，
美机的狂轰滥炸对越战没起多大作用。

一九六七年十一月，

侵越美军司令威斯特摩兰信誓旦旦宣布：
“我们正在取得进展，
已经看到隧道尽头的光明。”
就在此时，
越共发动的春节攻势势头凶猛。
一九六八年一月三十一日凌晨，
西贡多处目标受到袭击，
美国大使馆，
南越傀儡政权大楼，
遭到了共产党人的进攻。
美国大使馆的外墙炸开了一个大洞，
打死了美国卫兵，
双方激战了六个小时，
大使馆的墙壁炸的窟窟隆隆。
春节攻势，
越共攻占了一百多座南越城镇。
为了将控制城镇的共产党军队赶出去，
美国人不惜动用血本，
最激烈的战斗发生在顺化，
双方进行了二十五天的逐巷激战，
美军占领顺化城。
一九六八年一月二十一日，
越共军队包围了美军在溪山的基地，
四月一日美第一空降师发动了解救溪山美军行动，
经过几场激战，
美军于六月放弃了溪山，
越共军队以胜利告终。
春节攻势在心理上战胜了美国人，
威斯特摩兰被解职，
粉碎了美国人胜利在即的美梦，

一九六八年十一月一日，
约翰逊停止了对北越的全面轰炸行动。
一九六八十一月五日，
尼克松在总统选举中获胜。
一九六九年五月，
美军对萧河谷发动了攻击行动，
在十天内发动了十一次进攻，
遭到了共产党军队的顽强抵抗，
美军损失惨重，
伤亡了五百多人，
美军最终还是没有将这些阵地占领。
一九六九年春，
尼克松对北越人作为庇护所的柬埔寨进行秘密轰炸行动。
西哈努克领导的柬埔寨，
越战一开始就保持中立，
他允许越共把庇护所设在他的国境，
美国人对他的国家进行轰炸也默不作声。
一九七〇年三月，
西哈努克被朗诺推翻，
朗诺倾向美国人。
四月二十九日，
美军和南越军队进入柬埔寨，
要拔掉越共在柬埔寨大本营，
但没有成功。
一九七一年二月，
尼克松发动了对老挝的入侵，
要切断胡志明小道的交通。
这次入侵由南越军队单独进行，
南越军队被北越人打得一败涂地，
死伤一万多人。
一九七一年春季，

共产党军队发动了新一轮进攻，
南越军队溃不成军，
丢弃了十四个基地和广治省省城。
为回应共产党人的春季攻势，
尼克松对北越恢复了一九六八年以来首次空中行动，
通过对港口布雷，
摧毁军事目标，
破坏胡志明小道，
阻断北越的外部供应，
美军狂轰滥炸了十一天，
尼克松停止了轰炸行动。

大多数美国人认为，
美国介入越南事务是一个错误，
反战者多次组织抗议游行。
一九六七年四月，
马克·路德·金在纽约指责美国是当今世界动乱的始作俑者，
在纽约发生了三十万人的反战游行。
一九六九年十月十五日，
华盛顿反战游行队伍多达五十万人。
有些反战者在美军的枪管中插一支鲜花，
呼唤和平和爱情。
美国举国反对拖延结束越南战争，
国会的反战议员们，
纷纷要求从东南亚撤军，
《东京湾决议案》终于被否定。
各大学校园里出现反战最强音，
美国民警枪杀了俄亥俄州肯特大学的四名学生，
激起了全国学生义愤，
有四百多所大学举行罢课游行。
美军士气低落，

开小差时有发生，
士兵袭击军官以泄心头之恨，
一些部队拒绝执行作战命令。
部分基层官兵支持反战运动，
参加过越战老兵在反战游行中发挥主导作用，
他们在国会大厦和华盛顿纪念碑之间露营，
并把战斗勋章扔进国会大厦的院子中。

尼克松内外交困，
为寻求中国和苏联支持，
一九七二年他先后访了莫斯科和北京。
一九六九年在巴黎开始的和平谈判，
双方在一九七二年秋达成了框架协定。
一九七三年一月二十七日，
结束越战的协定正式签字，
尼克松的战争越南化真正实行。
一九七三年三月二十九日，
在越南撤出了最后一批美军。

尼克松巨资武装南越军队，
要把南越空军建成世界第四大空军。
阮文绍认为最好的防御是进攻，
停火协议墨迹未干，
双方磨擦频频发生。
一九七三年夏季，
阮文绍的军队向共产党发动进攻，
越共开始处于下风，
北越通过胡志明小道加强了对南方的支援，
一九七三年秋，
共产党军队发动了攻势行动。
一九七五年一月，

越共攻占了西贡北面的福隆省，
三月攻占了中部高原的邦美蜀省城。
多年来，
南越军队被美国人的空中存在惯坏了，
但在最后决战时刻，
美国的轰炸机不见踪影。
阮文绍命令南越军队全部撤出北部省份，
南越军队的撤退变成了大溃败，
指挥官丢下部队自己逃命。
第一军区的指挥官在没有抵抗的情况下，
放弃了顺化城，
第二军区的指挥官逃跑了，
导致山地战线的溃崩。
共产党的军队已经开到西贡，
成千上万的南越军队被打死，
仅南越的北方军区就有十五万人成为逃兵。
四月二十一日，
共产党军队向西贡发动了最后进攻，
当天阮文绍充满泪水发表了辞职讲话，
四月二十六日夜他携带黄金逃往中国台湾省。
阮文香当了七天南越总统，
由杨文明接任。
四月三十日西贡解放，
当了四十二小时总统的杨文明，
向全世界宣读了投降书，
越共实现了越南大一统。

美国人狼狈撤离，
抛弃了作战物资达数百万美金，
一些秘密文件来不及销毁，
甚至间谍名单，

也落到共产党的手中。
一些愤怒的南越人向美国人开枪，
这就是美国赢得的人心。
一九七五年五月一日，
美国驻西贡大使卷起国旗，
乘直升机从屋顶逃遁。
越南战争以越南人民的完全胜利
和美国的彻底失败而告终，
越战是美国永远的伤痛。
美国兵回国时，
有的士兵被人啐一脸唾沫，
被人称为“杀死婴儿的人”。

越南有长达一个世纪的殖民统治，
胡志明领导越南人民战斗了三十年，
进行了反法斗日和抗美救国战争，
洗刷了百年耻辱，
锻造了民族的精气神。
一九六九年九月二日胡志明与世长辞，
他没有看到西贡解放这一天，
没有参加普国同庆。
一九七五年四月三十日，
进入西贡的共产党士兵燃放礼炮，
高呼：
“祖国万岁！”
告慰胡志明在天之灵。

地球很不安宁

静静追忆历史，
岁月沧桑，

历史沉重，
世界充满巧取豪夺的刀光剑影血腥。
枪不杀人，
杀人的是人，
要减少兽性，
增加人性，
尊重和珍惜生命。

当今世界
限制大规模杀伤性武器扩散很有必要，
更应该彻底销毁核武器，
让一个无核武世界诞生，
人类才能万古长存。
只准州官放火，
不许百姓点灯。
老烟鬼叫别人禁烟，
只能发出软弱无力声音。

推行军控机制，
不能变成强国追求利益的一支矛和一张盾。
俄罗斯武官赫普诺夫说：
“常规武器杀伤面积每平方公里耗资二千美元，
核武器需八百美金。
神经毒气需六百美元，
生物武器一美元就够用。
美国梅肯学院的教授翁格尔说：
“如果生化武器是合法的，
穷国就可能对富国构成更大的威胁作用。”
伊拉克没有大规模杀伤性武器
英国首相布莱尔子虚乌有地说：
“萨达姆可以在四十五分钟内布署化学武器。”
因而伊拉克遭到毁灭性进攻。

能在四十五分钟内布置核武的国家，
不知布莱尔应该采取何种行动？

古今中外，
战事就是利益争夺，
比谁的拳头硬，
强权政治，
弱肉强吞。
兵者，
国之大事情。
实力决定一切，
打铁还要腰板硬。
现代战争是一场输不起战争，
必须慎之又慎。
强大的经济基础，
高度发达的科技，
众志成城的人心，
廉政清明政治，
是克敌制胜的根本。
地球并不安宁，
倾巢之下无完卵，
战争中不可能有悠闲自得的人。
国家兴亡，
匹夫有责，
国家领导责任更重，
高瞻远瞩，
运筹帷幄，
开拓进取，
与时俱进，
为政清廉，
要有谋万世之变的雄心。

高科技给未来战争带来全新的革命，
尖端武器日异月新。
海湾战争美军使用的精确制导武器占百分之九，
伊拉克战争却达到百分之九十的水平。
未来战争是一场恶战，
要深谋远虑，
未雨绸缪，
只有准备打仗，
才能无往而不胜。

沧海横流，
多少航船葬身其中。
广结善缘，
办好自己的事情。
千里之行，
始于足下，
一步一个脚印。
深挖洞，
广积粮，
建筑地下万里长城，
为不劳民伤财，
建设战时与平时民用的人防工程
要以人为本，
未来战争，
谁尽可能多的保存了人，
谁就能赢得乾坤。

我们的地球很不安宁，
现在世界贫困大军越来越长，
贫困鸿沟越来越深，
火山在慢慢升腾。

第三部分
宇宙永恒

宇宙永恒

繁星点点，
浩淼苍穹，
深不可测，
神奇而博大精深。
具有感知思维的万物之灵，
几千年来，
一直处于苦思冥想之中，
渴望将宇宙的奥秘探寻。
公元前三百四十年，
希腊哲学家亚里士多德，
根据日月星辰东升西落，
提出了地球是宇宙的中心。
公元二世纪，
托勒密按照“地心说”的思考，
创造了宇宙模型，
以地球为中心，
周围是太阳，月亮和五大行星
最外层的天球上镶着固定的恒星。
地心说迎合了基督教“圣经”，
恒星天球之上是上帝富丽堂皇的天庭。
一五一四年，
波兰的哥白尼，
提出了太阳静止不动，
地球和其他行星围绕太阳运行，
哥白尼的“日心地动说”
动摇了基督教所奉行的“地心说”理论。
一六〇九年，
“地心说”寿终正寝。

现在的宇宙观，
太阳只是银河系的一颗普通恒星，
它率领太阳系的臣民，
围绕银河中心在不停运转，
银河系之外还有星系，
星系之外还有星云。
宇宙无边无际，
时间无始无终。
宇宙万物处于永恒的运动中。
牛顿的万有引力支配着天体运动，
以很高的精确度计算星体运行。
开普勒行星运动规律，
研究天体有效可行。

现在风靡全球的宇宙模型是“创世大爆炸”理论，
在一百四十亿年前的一个瞬间，
在没有时间、空间和物质的一个点上，
一个原始原子，
“砰”然一声爆炸，
在万亿分之一秒的时间内，
宇宙诞生，
才开始有了物质和时空。
英国人霍金提出“豌豆”里长出世上万物，
宇宙是一个“豌豆”大小的微小物体，
它是在一个没有时间没有空间内，
也是“砰”然一声，
导致了今天宇宙的诞生。
不管是“原始原子”还是“豌豆”模型，
都得出“创世大爆炸”的结论。
宇宙大爆炸喷出的微粒，
随后形成了星系、恒星和行星。

大爆炸后，^
宇宙疯狂膨胀，
时至今日，
膨胀仍在加速进行。
大爆炸的余辉，
宇宙微波背景辐射，
现在的测定与大爆炸的计算雷同。
宇宙膨胀与微波背景辐射，
是两项支持“创世大爆炸”的观测证明。
上帝“创造世界”和“世界末日”，
宇宙大爆炸论者也紧步上帝后尘。
他们散布宇宙生于爆炸，
也毁于爆炸，
设想宇宙毁灭有两种可能。
一种是星系一直膨胀，
相互分离，
恒星死亡，
只剩下一个寒冷的天空。
另一种是宇宙扩张到一定程度，
转向相反方向，
使空间和时间凝聚成一个点，
宇宙死亡时又是“砰”然一声，
届时星系和行星被炸得四分五裂，
连原子核也全部爆裂，
太空全是辐射，
宇宙将处于黑暗中。
创世大爆炸理论宣扬，
“宇宙有始也有终”。

现在的宇宙质量到底有多少？
谁能算得清？

根据现在天文学家的观测，
宇宙中有一千二百五十亿个星系，
我们的银河系还算中等，
银河系的质量相等于两万亿颗太阳，
太阳有二千四百亿亿吨，
可以估计宇宙中可见物质有多重。
还有人说可见物质只占宇宙质量的百分之十，
暗物质占百分之九十的比重，
可见物质加上暗物质，
宇宙质量只能用不计其数来形容。
一个小小的原子，
可生成宇宙中如此庞大的物质和能量，
完全不可能，
它违背了“物质不灭”和“能量守恒”原理，
是反科学的理论，
真正的物理学家谁敢雷同。

宇宙加速膨胀和微波背景辐射，
支持着“创世大爆炸论”。
利用多普勒效应的红移现象，
印证着宇宙在膨胀中，
实际上多普勒效应在声波中适用
在光学中还无法验证，
应用于天体是否可行？
我们的银河系没有观测到膨胀，
远离我们的星系却在远离我们，
为什么越远的星系膨胀得越迅猛？
是用错了定律，还是看走了眼神？
一百四十亿年了，
大爆炸余辉还有没有保持到现在的可能？
现在的所有恒星和超新星爆发，

都有强烈的宇宙辐射，
星光被宇宙尘埃吸收，
也有产生微波的可能，
宇宙微波背景辐射是宇宙天体的总效应，
决不是大爆炸的余辉流淌至今。
当今的宇宙，
具有无法计算的巨大质能，
谁给了 这颗“原始原子”的无穷的质能？
又是谁引爆了它，
让它“砰”然一声？
只有上帝才有这种本领，
万能的上帝站在，
没有时空没有物质一个莫名其妙的地方，
按动创世起动按扭，
“砰”的一声，
宇宙诞生，
创造出了物质和时空
《创世大爆炸》理论与《上帝创世说》一脉相承。
霍金使我们看到了上帝思想
使宇宙遵循着“上帝的旨意”运行。
霍金成为罗马教皇的座上宾。
只有爱因斯坦问道：
“在制造宇宙时，
上帝有多少选择性？”

宇宙是不以人的意志为转移客观存在，
按照自身的法则处于永恒的运动中。
空间是物质运动的平台，
时间度量着它的演化过程，
物质在空间中聚聚散散，
时间和空间通过物质演化息息相通。

微观世界与宏观世界构筑了宇宙，
物理与化学定律在整个宇宙中适用，
宇宙大千物质处于永恒变化中。
万物质量的差别在于原子，
原子严格按照一定的规律构成，
泡利不相容原理和门捷列夫周期率揭示它的特征。
原子是永远运动着的微粒，
挤在一起就互相排斥，
分开一点距离就彼此吸引。
定组成定律决定着化合物，
有机物构成生命，
生命和非生命的区别在于有无新陈代谢和自我复制功能
宇宙的存在在于运动，
微观与宏观世界有着惊人的相似性，
电子一边自旋一边绕原子核运动，
行星在自转的同时围绕太阳运行，
太阳也自转并绕银河中心转动。
在引力作用下，
行星稳稳地运行在自己的轨道中，
向心引力刚好与离心张力平衡。
既不会被太阳吸去，
也不会脱离太阳远行，
使太阳系成为一个稳定系统。
所有星系的恒星，
在星系核的引力下，
井然有序的绕星系中心运行。
如果没有运动，
电子吸引到原子核上，
行星被吸进它的恒星，
恒星落进它的星系中心，
宇宙中所有星系都会彼此吸引到一起，

所有物质就会结成一个大团块，
凝固而不动。

星系有两种，
一种螺旋型，
它占百分之八十的比重，
另一钟是椭园型，
它是由两个螺旋型星系碰撞而成。
我们的银河系属于中等星系，
它有一千多亿颗恒星。
在星系之间还流浪着独立星团，
它们脱离星系的引力影响，
在星系之间运行，
独立星团中有成百上千颗恒星。
星系与星系也会相碰撞，
产生一个大型星系，
还可生成数以千计的新恒星，
两星系核可能合二为一，
也可能形成两个核心，
天文学家观测到了两个核心的星系，
这是星系相撞的证明。
宇宙中也存在着弱肉强吞
我们的银河系贪婪吞食伴星系，
来自伴星系的星球，
不断流入银河中，
这个现象存在于整个宇宙系统。
目前银河系与仙女星座系相距二百五十万光年
它们是近邻，
这两个星系正以每秒一百二十公里的速度向对方移动。

黑洞在宇宙中大量存在

在宇宙的演化过程中起着重要作用。
星系中心有一个巨大超级黑洞，
黑洞严格说来应是母核，
星系中心的黑洞是星系的缔造者，
控制着自己星系内的所有天体和恒星
巨大黑洞是宇宙中所有星系萌生的母亲，
黑洞孕育恒星和行星的生成，
黑洞具有十分强大的吸引力，
所有接近它的天体和物质都被它吸进去，
连光线也难逃厄运。
黑洞吸收物质越来越多，
由量变到质变，
又重新诞生恒星，
火凤凰的悲喜剧永无止境。
我们的银河系中心有一个强大的黑洞，
它离地球二点六万光年，
是我们银河系的统治者，
银河系围绕银核运动。
我们的太阳以每秒二百一十七公里的速度，
绕银河中心运转，
运转一周需要二亿二千六百年的行程。
银河中心的巨大黑洞是银河系的母亲，
平均每年有十颗恒星生成。
哈勃望远镜发现了幼星团，
在距地球四千万光年星系中
发现了许多年龄不足五百万年的幼小新星。
小麦星云喜得贵子，
这些新降生的恒星笼罩在伴随它们诞生的天体烟火中。
天文学家在猎户星座发现一百六十八颗新恒星
这些恒星距地球一千四百光年
分别有一百万至一千万年年龄。

天文学家还发现遥远宇宙的超级造星机器，
这个星系正经历着生育高峰，
它的恒星生成数量惊人。
斯皮策太空望远镜捕捉到了距地球一万光年的巨大星云，
这个星云中有多达十万颗恒星诞生，
它充斥着许许多多胚胎状恒星。
恒星也分老中青，
宇宙中不时地响起恒星婴儿诞生时，
喜庆鞭炮的爆炸声，
宇宙决不是一次“创世大爆炸”定乾坤。

由于母核黑洞的作用，
在宇宙空间的大舞台上，
一批恒星死去，
又一批恒星诞生，
生生死死，
死死生生，
火凤凰的悲喜剧永无止境，
铸造着宇宙的永恒。

时间

看阴阳交替，
观日月浮沉，
滴答作响的时钟记录着每个事件的发展过程。
人生苦短，
过客匆匆，
世上人来来往往，
体现时间的流动性。

地球的自转和公转，

决定地球时间，
人为设定年月日时，
记录着人类的活动。
宇宙天体，
运动规律各不相同，
都有自己的时间性。

创世大爆炸论者认为，
在一百四十亿年前，
有一个“原始原子”“砰”然一声，
开始产生了时间，
宇宙诞生。
他们还认为
能够作时间旅行回到从前，
时间倒流有可能性。
时间无始无终，
它不会倒流，
有不可逆转特征，
它不会进入事件内部影响事件的进程。
开弓没有回头箭，
我们只能从事件发展的顺序上思考时空，
事件的产生有先有后，
主观感觉好像时间在流动。
万物之灵的人类会利用文字，
将人类文明传承。
人类的悲欢离合
统统卷进时间的长卷中。
由于人有感知和思维，
好像时间也有感情，
和讨厌者一起，
片刻就嫌长，

与热恋者一起，
三天还觉短
实际上与事件本身长度毫无关系，
这个事件仍是那么长，
是人们的心理作用。

时间是丈量所有事件的一把尺子，
天体演化，
宇宙物质的聚聚散散，
动植物的生命过程。
有的事件瞬间结束，
有的事件经过长时间才能完成，
人有上百年的寿命。
大型恒星生存只有几千万年，
中小型恒星有一百多亿年的生命历程。
由于母核黑洞的育星作用，
宇宙天体，
生生死死，
死死生生，
宇宙不灭，
时间无始无终。

物质

千姿百态
五彩缤纷
形形色色的物质映入眼帘中。
宇宙的本质是物质的，
物质就是能量，
质能在宇宙空间聚聚散散 ，
质能不灭，

没有穷尽。

二千多年前，
古希腊哲学家德谟克利特认为，
物质是由看不见的原子组成。
一九三二年，
科学家认定原子是由原子核和电子构成，
原子核带正电，
电子带负电，
电荷相等，
原子显中性。
后来又确定，
原子核是由质子和中子组成，
质子的多少，
决定原子的特性，
物质的质量由原子结构决定。
一九六七年
^物理学家又设想，
质子和中子是由更小的粒子夸克和胶子组成，
基本粒子参与了物质的成分。
在基本粒子中，
质子、电子、光子和中微子最稳定，
它们构成的原子具有稳定性。
如果质子会衰退，
原子也将瓦解，
一切物质都会荡然无存。

大自然有四种力，
所有力都通过粒子来传情，
力也具有物质性。
维持原子核是强作用力，

弱作用力和引力司空见惯，
光子传递电磁力，
光电效应证明了光子的粒子性。
W 波色子和 Z 波色子传递弱相互作用力，
胶子在原子核中传递强相互作用。
人们认为传递引力的应该是引力子，
但引力子到现在尚没得到验证。
使太阳系保持稳定关系的就是引力，
我们地球的质量是五十八万亿亿吨，
太阳系的引力却能紧紧地抓住它，
使它稳稳地运行在自己的轨道中，
这就是我们的幸运。
引力控制着整个宇宙的天体运行。
如果引力稍微变化
整个宇宙将是另外一番情景，
引力是电磁力的 1036 分之一，
假如变成 1030 分之一，
强大引力使恒星死亡太快，
行星很难生成，
生命也不能诞生，
引力在宇宙和生命的演化中起着重要作用。
光速、电子电量和精细结构常数的数值恰如其分，
如果稍有偏差，
原子和分子将不复存在，
所有星系、恒星和生命都不会产生。
大自然就是这么和谐，
井然有序地运行。

物质有多少形态，
基本粒子态、等离子态和固液气体五种，
全由温度决定。

在恒星的高温高压下，
所有原子都会撕得破碎，
它以基本粒子态运动，
这里的核反应表现为基本粒子之间的反应，
它们还会生成反物质，
物质与反物质发生湮灭，
释放强烈的辐射能，
恒星的核反应是稳定态，
产生与散发的能量动态平衡。
当恒星的温度降到一定值时，
化学元素生成，
所有的基本粒子回到原子中。
当温度再下降到常态时，
这些化学元素就结合成化合物和混合物，
也有的重元素以单质混在其中，
岩石型行星诞生。
岩石经过风化，
形成了沙粒和土壤。
在适宜的条件下
有机物生成，
动植物诞生。
在形成单质元素时，
也产生了一些重核
具有放射性，
放射性物质按照位移规律衰变，
直到变成铅，
原子核才稳定。

宇宙空间被物质充斥着，
现在知道宇宙中有一千二百五十亿个星系，
有不计其数闪闪发光的恒星，

还有众多的白矮星和中子星，
无数的星云和尘埃在游动，
行星和它的恒星自成一统。
母核黑洞是恒星的母亲，
所有星系的星系核是本星系的指挥中心，
这个统治者质量大的惊人。
还有那虚空并不空虚，
它蕴含着各种波长粒子和能量，
宇宙射线密布太空，
所有燃烧着的恒星都在抛出中微子，
电磁风暴频频发生。
r 射线眩目闪烁，
各种波长的光司空见惯，
还有所谓的暗物质众说纷纭。
我们自己全然不知，
每时每刻有数以百万计的亚原子粒子，
在我们身体内穿行。

大千宇宙，
从基本粒力到高分子化合物，
从沙粒到恒星，
从无机物到生命，
所有物质处于永恒地运动中。

物质运动

脚蹬斑斓大地，
头顶绚丽太空，
形形色色的物质世界，
深藏着奥秘无穷。
物质遵照宇宙法则在不停地运动中。

物质是由原子组成。
原子是由原子核和电子构成。
原子核带正电，
电子带负电，
正负电荷相等。
阴阳对立统一，
是宇宙之源，
万物根本。
电子和原子核组成原子，
必须遵守泡利原理和最低能理论，
电子在原子壳层的周期性排列，
形成元素的性质具有周期性。
质子和中子相等的原子核最稳定，
凡是幻数原子，
处于分布曲线的顶峰。
由于原子外壳具有不饱和性，
这是组成分子的成因，
定组成定律决定着纯净化合物的组成。
化学现象只改变分子结构，
原子物理都改变原子核本身 。

电子原子都处于永恒的运动中。
各种波长的光是物质，
电磁波、生物波和热能，
也具有物质特征。
物质和能量密不可分，
统称为质能。
物质的运动具有波动性，
它在亚原子领域内突显其特征。
质能联系定律是普遍定律，
运动是物质的本性。

从微观世界到宏观世界，
运动具有同一性，
电子绕原子核运动的轨道形态，
与地球绕太阳的轨道相同，
太阳与原子核都位于一个焦心，
地球与电子既自转又公转，
这种运动整个宇宙都雷同。

阴阳决定天地，
天体演化是基本粒子运动。
介子、超子寿命很短。
质子、电子、光子和中微子性质稳定。
光子来源于原子核和电子壳层，
中微子产生于原子核中，
热能由原子状态变化产生，
在原子中还发现其他基本粒子，
原子具有十分复杂性。
所有恒星的中心都在进行着热核反应，
那是基本粒子的聚散运动
聚集时放出能量，
拆散时吸收热能，
连同抛向太空的物质，
构成恒星的动态平衡。
第一代恒星有极高的温度和压力，
各种元素按照自然法则生成。
随着第一代星的爆发。
新的恒星和恒星系行星生成，
行星在冷却过程中，
单质、化合物和混合物构成了岩石，
岩石风化，
沙子和土壤生成，

在适宜的条件下，
生命诞生，
完成了从基本粒子到有机生命的运动过程。

我们地球上的生命以碳为基础，
不含碳的物质有五万，
含碳的物质有一百万种，
碳具有自相结合的性质，
生命物质在聚合中产生。
人类的出现是物质运动的最高形式，
思维是最高形式的物质运动。
只有人的存在，
宇宙的存在才有意义，
人的意识和思维，
感知和解读宇宙的空灵。
人是万物之灵，
在人类的啼笑背后，
隐藏着众多天体的雄壮悲鸣。

火凤凰

宇宙浩淼，
闪烁群星，
有的将要熄灭，
有的正在形成，
火凤凰一代又一代，
生了又死，
死了又生。
光芒万丈的恒星也有寿命，
中等恒星在一百多亿年以上，
巨大星球只有几千万年光景。

到了晚年，
超新星爆发，
余光似彩虹。

每一个星系都有星系核，
天文学家称之为黑洞。
星系核是星系母亲，
它管辖着星系中的所有臣民。
星系核是巨大星系萌生的种子，
它圆圆的螺旋运动的圆盘，
是天体母婴室，
产生的新星被光彩夺目的红衣包裹，
笼罩在伴随它们诞生的天体烟火中。
这些抛出的星胎，
不是星云，
却是星云，
不是恒星，
就是恒星。
凤凰涅盘，
使死亡的星球在浴火中重生
生生死死
死死生生，
铸造宇宙的永恒。

银河系

一条明亮的银河，
横贯天空，
气势磅礴恢宏，
使许多人处于心荡神迷中。
中国人认为王母娘娘挥动手中的玉簪，

划一道天河，
阻断牛郎织女的美满婚姻。
从此以后，
牛郎织女只能在每年的七月七日鹊桥相会，
倾吐思恋之情。

实际上这道天河就是银河系，
是当今我们知道的
宇宙中一千二百五十亿个星系中的一个弟兄，
它有十万光年宽，
一万二千光年厚，
扁平螺旋状。
有四条旋臂伸出银河系中心。
我们用肉眼可观察到的恒星有五千七百八十颗，
实际上它有二千亿颗像太阳一样的恒星，
这些恒星也分老中青
银河系的质量相当于二千亿颗太阳。
我们的太阳有二千四百亿亿亿吨。
银河系的中央不断发出神秘的无线电波，;
宇宙射线充斥银河系的每一个角落中。

银河系中心有一个质量巨大的核，
它是银河系的统治中心，
银河系的所有天体都围绕银核运转，
我们的太阳以每秒二百一十七公里的速度绕银核转动，
转动一周需要二亿六千万年的行程。
银核还是银河系的母亲，
孕育和诞生许多新星，
在银河平面之上，
高悬着一个巨大蘑菇状氢气云，
它的宽度有十万光年，

有一百亿颗太阳的质量，
它围绕银河系高速运动，
银河系还长出新旋臂，
这个旋臂由氢气组成。
这些氢原料，
将会诞生新的恒星。

宇宙天体也有弱肉强吞，
银河系正在吞食人马座，
人马座在质量上仅为银河系的万分之一，
它正在被拉长撕裂，
最终会被吞入银河系的肚中。
银河系正在拆散与之比邻的两个小星系，
它把大小麦哲伦两个星系撕开。
使大量氢气呈河流状喷涌。

银河系中“生命型”行星很多，
现在在太阳系外发现了一百多颗行星。
我们的银河系中存在大量的水，
猎户座水的含量超过地球两千万倍，
只要有水加上空气和适宜温度等条件，
生命就有可能诞生。
宇宙具有同一性，
物质发展变化按照一定的自然法则运行，
银河系中许多恒星都像太阳系，
其中不乏像地球一样的行星。
我们的地球并不是得天独厚，
人类也决非天之骄子。
在银河系中一定有许多像人类一样的万物之灵。
他们只是离我们十分遥远。
我们到现在还没有寻觅到知音。

银河系充满浪漫和神秘色彩，
不断地给我们制造惊奇，
人类一直在孜孜不倦地探索和追寻。

太阳

霞光万道，
红日东升，
太阳是太阳系的家长，
率领它的臣民遨游在浩瀚的太空。

我们的太阳决不是由旋转的尘埃静悄悄生成，
它是在激烈的鞭炮声中诞生。
在银河系的郊外有一颗第一代星，
四十六亿年前轰的一声，
太阳及太阳系内的所有天体同时生成。
由于这颗恒星的自转，
它在爆发时的抛射物沿着同一平面朝着同一方向运动，
造成了太阳系以现有的状态运行。
第一代恒星只甩出了一小部分物质，
生成了各大行星、尘埃、小行星和慧星。
剩下的绝大多数物质和星核就是太阳的前身。
类地行星是那颗恒星的靠内部分，
类木行星是它的外层物质构成，
太阳系内同时还有许多散兵游勇，
它们有的以陨石状态落到地球中。
陨石中所有的原生氦都伴随着氙，
氦和氙都来自那颗恒星的外层，
在木星上也观察到氦和氙伴生的情形。
在陨石中还发现了铁和少量钻石，
这些物质只能在高温高压下生成，

这就是第一代恒星爆发的证明。

我们的太阳离银核三万二千光年，
以每秒二百一十七公里的速度绕银核转动，
运转一圈需要二亿二千六百年的行程。
太阳半径有七十万公里，
它离地球的距离光线要走八分多钟
它的质量是地球的三十三万多倍，
有二千四百亿亿亿吨。
太阳表面有时出现黑子，
在黑子群存在时耀斑同时发生，
黑子和耀斑的变化有十一年周期性。
我们看到的太阳表面是一个三百多公里厚的光球，
光球上面是色球层，
它由无数火舌组成，
巨大的日珥，
气柱可达一百多万公里的高空。
日冕是一圈微弱白光裹着日轮，
它是太阳的大气层，
太阳内部喷射的带电粒子产生的电磁震荡给日冕加热，
因此太阳表面温度只有六千度，
而日冕却可以达到一百万度的高温。

太阳是一团圆圆的大火球，
内部达到一千五百万度，
它的中心进行着核反应。
太阳内部喷发的大量带电粒子，
核反应存在着基本粒子的聚聚散散，
有时也可能生成反粒子，
正反粒子也会发生湮灭过程。
太阳核反应存在着吸收和释放能量，

还有部分能量，
以太阳光、热、带电粒子流和中微子释放到太空中。
维系动态平衡。
由于平时太阳产能和散能并不绝对平衡，
每十一年左右，
出现一次强烈活动的高峰，
以激烈的方式调整动态平衡。
伴随太阳黑子群出现的耀斑，
是太阳核反应达到了激烈程度的反映。
太阳表面有像锅里冒泡的水，
这是核反应产生的带电粒子和能量冲击表面的对流产生。
太阳表面有很强的磁场，
有人称为磁毯，
这些磁场处于不断变化中，
这是太阳核反应产生大量带电粒子的运动造成。
太阳活动高峰，
向外喷发带电粒子，
形成太阳风，
射向地球，
产生磁暴，
使人造卫星六神无主，
干扰通讯，
影响气候异常
引发地震，
甚至造成停电，
加拿大魁北克大停电事故
就是太阳风暴冲向地球造成。

地球的生物圈靠太阳生存，
太阳和地球是它们的双亲，
地球母亲哺乳着她的儿女，

生命之父源源不断送来能量，
欣欣向荣，
芸芸众生。

太阳系

太阳坐镇中心，
统治着它的臣民，
太阳系的兄弟姐妹，
和谐相处，
安守本分。

四十六亿年前，
在银河系的郊区，
有一颗第一代恒星突然爆发，
太阳系由此诞生。
最先抛出的物质成为类木行星，
它们是气体覆盖型，
氢氦为主要成份。
后来抛射物形成了类地行星，
主要由岩石和金属构成。
它还抛撒许多星星点点，
生成了小行星和慧星，
它们生成后就凝固，
保留了太阳系诞生时的信息，
对研究太阳系十分有用。
随后类地行星逐渐冷却，
岩石地壳封存了它内部的高压高温。
类木行星保留了一段时间的热核反应，
这几个小太阳与家长交相辉映，

水星离太阳最近，
它由第一代恒星的最后喷射物构成，
它有一个簿簿的外壳和一个金属核心。
水星在冷却收缩时，
形成的表面有奇异特征，
有古老的山脉和巨大的冲积层，
水星白天可高达400℃
但在火山口内部却有成片的冰，
水星的大气非常稀簿，
一片寂静。

金星与地球最亲近，
它有与地球相似的质量、密度、面积和构成。
金星被浓厚的云层覆盖，
它的面目不肯轻易示人。
金星在三亿年前，
曾发生激烈的地壳运动，
原来的面貌已被彻底清除，
像地球一样，
旧的痕迹丧失殆尽。

火星是地球的近邻，
像铁色战神。
它的内核是液态铁，
像地球和金星，
但比它的两个兄弟的内核要冷。
火星的岩石与地球相似，
它的荒凉红棕色地表崎岖不平，
布满陨石轰击后的累累伤痕。
火星上有薄的大气，
主要是二氧化碳成份。

火星的温度在 -10℃和 -50℃之间，
气压为6.71毫巴，
大气湍流和气压有大幅度摆动，
它有云彩而不下雨，
这颗红色的行星上没有蔚蓝色天空。
火星上曾有河流和海洋得到了地质证明，
干涸的河床，
大量的沙子和卵石，
证明火星表面曾泡在水里，
河流和湖泊构成复杂的水系统，
远古的火星曾温暖湿润，
由于木星燃烧的火熄灭，
火星离太阳不近，
它迅速变冷，
一小部分水随太阳风飘向太空，
部分水结了冰，
藏匿于地下，
或封存原来的湖泊海洋中，
数亿年来，
这些水冰面上积满了浮尘。
火星曾经温暖湿润，
它是否曾有生命？
地球与火星初始状态极其相同，
大气中都含有大量的二氧化碳，
两个星球都产生了厌氧细菌，
后来地球上出现了蓝藻，
进行光合作用，
海洋这个地球之肺开始运行。
过了二十亿年，
氧气占空气百分之二十的比重，
海洋和绿地植物双肺并存，

食物链和生物圈在地球上生成。
火星上的二氧化碳继续是大气中的主要成份，
太阳远离火星，
使它无法演化地球生命的全进程。
火星上的特殊环境，
它可能产生过生物，
但不是高级生命。

太阳系外类木行星，
主要元素由氢和氦组成。
这几颗行星都有一个坚固的内核，
外面是厚厚的大气层。
木星是行星之王，
它是太阳系中最大的行星，
它的直径是地球的十一倍，
自转一周需九小时五十五分，
它的大气压力是地球的二十倍，
有非常猛烈的涡流，
多飓风和飞速旋转的大气层。
它有强大的磁场和强辐射带，
它的南半球的红斑已存在了三百多年，
它的深处存在着高压高温。
这颗行星的组成更接近太阳，
它曾经是一个会发光的行星。
它也有自己的臣民，
围绕着它旋转的有十六颗卫星，
这十六颗卫星人们都感兴趣，
木卫一有太阳系中最猛烈的火山活动，
木卫三是太阳系中最大的卫星，
木卫十巨大的火山喷盐，
人们最关心的还是木卫二，

它的体积与月球相近，
冰架下面藏着咸海，
这个咸海形成机制与地球雷同，
人们猜测它可能存在生命，
特别是木星还是小太阳时可能有生命进程。

土星是太阳系仅次于木星的第二大行星，
直径约十二万公里
是地球的十倍，
主要成份氦和氢。
它与太阳的距离是十四亿公里，
绕太阳公转一周需要二十九点五年的行程。
土星在远古时期也是一颗会发光的星，
它有十八个子民。
土卫六是太阳系第二大卫星，
它有厚厚的雾蒙蒙的大气层，
地表松软，
河道交错，
沟渠纵横，
百川归海，
天文学家疑是液态烷类在海中。
人们关注的是土卫二，
它直径五百公里，
离土星较近，
它的南极间歇喷泉，
有水性羽状物向高空喷湧，
土卫二上存在生命基本元素，
也许有生命历程。

天王星和海王星具有类木行星的典型特征，
但它们的磁极与众不同，

其他星球的磁极只有一对，
这两星球的磁极以赤道为界有两对组成。
一九三零年发现的冥王星，
远离太阳六十亿公里，
一束遥远的光线无济于事，
那里仍处于一片黑暗中，
它的温度达到 -250℃，
比液态氦还要冷。
冥王星是一个体积很小的岩石型星球，
原来是太阳系的第九大行星，
现在被天文学家降级一等。
天文学家在冥王星之外又发现了一颗新星，
它的体积是冥王星的一点五倍，
在离太阳一百四十五亿公里的轨道上运行。

在太阳系中还有许多游兵散勇，
它们是小行星和慧星。
位于火星和木星之间有一个密集的小行星带，
它由三十万个大小不等的物体组成，
最大直径可达一千公里，
大多数为三公里左右不等。
在地球周围还有许多近地小行星。
有九十多颗的直径超过九百多米，
还有八百多颗体积较小，
不知哪一天它们会来亲近我们，
天外来客是地球的祸害，
我们要巧对它们。
慧星与小行星一样，
与太阳同生，
它由尘埃、岩石和冰组成，
在慧核率领下，

以双曲线或抛物线的轨道绕太阳运行，
在太阳系的外层边缘，
柯伊伯带和奥尔特云区，
是慧星的大家庭。

在太阳系中我们地球得天独厚，
蔚蓝色的水球哺育着生命，
地球离太阳不远不近，
食物链繁茂丰盛，
生物圈生机盈盈。
在地球上诞生了高级智慧的人类，
感知认识客观世界，
具有思维和创造精神。

有人提出“外星环境地球化”，
梦想唤醒火星，
他们认为给火星加热是改造火星的最基本途径。
火星荒漠干燥而寒冷，
缺乏氧气，
只有稀薄的大气层，
火星磁场是地球的八百分之一，
它的星核温度非常低，
是一个濒临死亡的行星，
唤醒这样的行星几乎不可能。
金星倒是值得人们关注。
它的大小与构成与地球相近，
也有一个炽热的核心。
金星的生命力正旺盛，
人们应集中精力改造金星，
加速金星环境地球化，
使之早日适合人类生存。

太阳正值中年，
再过几十亿年就会寿终正寝。
先膨胀成红巨星，
再坍塌为中子星或白矮星，
地球上的生物圈就会荡然无存。
我们要居安思危，
不能坐以待毙，
要面向太空。

地球母亲

地球母亲，
在太阳系中得天独厚，
温暖湿润，
它有个复杂的生态系统，
四十亿年来，
繁衍生息，
生机盈盈。
我们的母亲像一颗蓝宝石，
蔚蓝色的光芒闪烁太空。
我们的地球半径六千三百多公里，
以每秒三十公里的速度，
侧着身子绕太阳运行。

地表和地壳是地球的最外层，
地表的砂子和土壤由岩石风化而成。
它有丰富腐殖质和液态水，
为禾苗提供养份，
地球上还有丰富的资源，
养活着一代又一代儿孙。

地壳下面是地幔，
分上下两部分，
中间隔着过渡层。
地幔的岩石具有可塑性，
它的物质来回运动，
向下滑，
岩石熔化，
升向地表，
岩石就变硬。
地幔内部的岩浆喷涌，
板块碰撞挤压，
形成高原和山峰，
地幔的活动形成火山喷发、地震和大陆板块移动。
岩石崩塌朝地心落下，
减少地球的惯性，
加速地球的自转运动。

地幔下面是地核，
地核主要由铁元素组成，
也有重元素和放射性物质铀和钍等成分，
还含有大量的氢。
带电粒子的运动形成电流，
地磁两极形成。
没有磁场的星球不大可能产生生命。
磁场引导带电粒子形成极光，
保护地球生命。
地球磁场强度波动和地球表面的各种变化，
离不开地核的活动。

水是生命之源，
它在地球上十分丰盈。

有人说：
“地球上的汪洋大海是由慧星倾泻而成。”
地球上的水全靠地球本身，
孤独荒凉的小不点慧星还有水，
庞然大物的地球难道无水不成？
太阳系的兄弟姐妹和慧星产生于同一恒星，
水是宇宙中普遍存在的物质，
地球本身就固有水分。
在二十五亿年前，
地球几乎以水覆盖，
陆地面积只占百分之三，
由于地壳活动，
高山显露，
海洋变深，
今天的地表，
陆地占地球面积百分之二十八的比重。

在太阳系中只有地球拥有适合生命存在的大气层，
它共分五个层次，
与地表接触的是对流层，
它有十二公里厚，
百分之八十的空气在对流层中。
对流层上是平流层，
它从十二公里至五十公里高度，
在十五公里附近，
有一小臭氧层，
它集中了大气中百分之九十的臭氧，
阻挡着紫外线通过，
是地球生物的保护神。
五十公里到一百公里之间的大气是中间层，
它的平均温度为 10℃，

最低可达 -70℃的低温。
电离层在一百公里至五百公里的高空，
温度高达1000℃，
大气分离成离子和电子组成。
五百公里至一千公里是外逸层，
其主要成份的氦和氢。

人类生活在大气底层，
空气由各种气体混合而成，
氮气占百分之七十八
氧占百分之二十一
还有少量的惰性气体和其他成份。
大气层能调节气温，
二氧化碳、水和甲烷起着温室效应，
由于它们的存在，
使现在大气的平均温度为15度，
否则地球就会降到 -25度的低温。
地球上冷热不均形成了风，
风能行雨，
雨把大地滋润，
使大地一片葱茏，
红尘世界，
多亏风传情。
地球公转、倾斜度和太阳活动，
都会影响气候变动，
人类的活动也助长了温室效应，
温室效应阻碍了地球进入一个新的冰河期，
打破了每十万年变冷的节奏，
使人类仍处于温暖的环境。
温室效应是一把双刃剑，
二者兼顾，

巧对才行。

现在用的石油和煤是远古的太阳能，
但总有一天耗尽，
水电、风电、核电和太阳能，
是解决能源短缺的救星。
地热除了自然流露之外，
千万不要饮鸩止渴，
钻深井开发地热能。
太阳光无私地奉献给地球，
温暖了大地，
滋养了生命。
太阳能是地球能量的主角，
它每小时送给地球的能量，
人类十年也用之不尽，
发展利用太阳能，
是解决能源危机义不容辞的责任，
同时还可抑制温室效应。

地球是个不断变化的星球，
古代的造山运动摧毁了原来的地貌
使其焕然一新。
地球上的大陆板块在缓慢滑动，
合合分分，
距今天最近的盘古大陆，
三亿年前形成，
一亿年后分裂，
古大陆分裂后漂移，
今天的七大洲形成。

有人说：

“地球的生命来自太空，
天文学家在星际空间发现了五十多种有机分子，
还发现了陨石和慧星带给地球的原始生命。”
在冷酷太空的微小物体上，
居然发现生命物质，
难道存在丰富生命基础的地球上，
就不能自己诞生生命。
大约在四十亿年前，
地球大气中含有大量的二氧化碳，
出现了厌氧菌，
接下来出现了蓝藻，
它能够进行光合作用，
吸收二氧化碳，
释放氧气，
地球之肺先在海洋生存，
然后绿色植物在陆地上出现，
地球的双肺诞生。
二十亿年后，
大气中的氧气达到百分之二十的比重，
形成了食物链，
植物打头阵，
地球生物圈诞生。
三亿多年前，
树木统治者地球，
它看到恐龙的兴衰过程。
距今七百多万年前，
人类出现在热带丛林，
树木微笑着欢迎人类诞生。

我们地球母亲是美丽的，
蓝天万里，

林碧山青，
寒来暑往，
四季交替，
鸟儿鸣唱，
绿草如茵，
繁花似锦。

我们的地球母亲是富饶的，
流水孱孱，
大地湿润，
鱼儿游动，
资源丰富，
沃野无尽，
土可生万物，
地可产黄金，

我们的地球是神秘的，
她有一个鲜活的生物圈，
特别是人，
这种万物之灵，
只有人的存在宇宙才有意义，
人能够感知思维和解读宇宙空灵。
人们常常自问？
我是什么？
来自何处？
将向何方运行？

解读生命天书

我是谁？
从何处来？

向何处运行?
解读生命天书,
是人类义不容辞的责任。

有人认为我们这个星球产生生命的几率为零
生命源于天上,
慧星和陨石向地球播下生命。
还有人认为,
我们是火星人的后代。
巴颜喀拉山深处的朱巴人和康巴人认为,
他们是遥远星球的臣民。
在极度寒冷,没有空气和充满辐射的太空,
陨石和慧星还能产生生命,
我们地球上富含生命物质,
又有适宜的环境,
难道就不会产生生命?
地球生命就是在地球上诞生。

地球上是碳基生命,
生命是活体,
具有新陈代谢和自我复制功能。
它们的模式都一样,
相似的细胞,
一个细胞由一百多种蛋白质组成,
二十种氨基酸组成了蛋白质,
二十三对染色体包括全部基因,
遗传密码靠基因传承,
生命的演化起点是基因。
干细胞是生命体的基本建筑材料,
它可变成各种组织和器官,
在生命过程中,

它还具有修复功能。
受精卵是一个全能干细胞，
发育成一个完整的生命。
免疫系统是生命体的卫兵，
随时准备歼灭来犯敌人。
大脑是生命的统帅部，
身体各部分要靠大脑指引，
生命体的千差万别就差在大脑上，
大脑的进化是生物进化的根本。
基因变异可改变品种，
环境变化可改造基因，
使生物体改变形态和特征。

地球在四十六亿年前诞生，
当时的温度有六千多度，
随后逐渐降温，
四十亿年前，
达到适合生命存在的环境。
生命所需要的一切物质，
在球上早已存在，
在火山、温泉、雷电、太阳光的作用下，
促使有机分子生成，
然后核糖核酸出现，
接着活细胞产生，
RNA 和 DNA 担负遗传信息，
复制生命，
产生病毒和细菌。
早期地球缺乏氧气，
厌氧菌在地球上繁荣昌盛。
三十七亿年前，

藻青菌具有光合作用，
吸收二氧化碳释放氧气，
逐渐改变地球大气成份，
对地球生物起着决定作用。
微生物是地球上最古老的生命，
它是单细胞生命体，
从地球早期开始，
一直伴随着生命的全过程。
三十多亿年前，
产生了多细胞真核生物，
二十七亿年前，
首批微生物在陆地立稳脚跟，
六点五亿年前，
地球的氧和钼突然增加，
各种生物蓬勃发展，
欣欣向荣。
六点三亿年前，
海绵动物在地球上活跃，
五点八亿年前，
寒武纪生命大爆发，
各种动物如雨后春笋，
一点二五亿年前，
产生了胎生小动物，
在恐龙脚下谋生，
灵长类起源八千五百万年，
看似狐猴的小动物，
活跃在恐龙群中。
人类黑猩猩与大猩猩分化于一千万年前，
七百万年前，
类人猿又别于黑猩猩，
四百万年前，

原始人创造工具会劳动。
二百万年前，
原始人大脑开始增大，
直到十六万年才接近现代人水平。
地球上曾数度发生生物大灭绝，
又数度诞生新生命，
卵生和胎生决非在同一时期产生，
生命具有强大生命力，
重新复苏和诞生，
形成新的生态系统。

七亿年前，
海藻绿藻进化的第一批植物登陆，
五亿年左右，
斑斑点点的苔藓、地衣和小植物撒满陆地中，
四点五亿年前，
从苔藓脱颖而出的厥类植物繁盛，
并逐步高大化变成乔木，
到三亿年前，
陆地上布满了雨林，
今天的煤就是当年的森林生成，
随后出现了裸子植物，
一点四五亿年，
被子植物在陆地上兴盛，
陆地和海洋形成了地球的两肺，
动物、植物和微生物互动三赢。

生命是神秘的，
它是一个精密的自动化系统，
组织结构完全适应它的功能。
新陈代谢、自我复制还有免疫系统，

使生命体和谐运转，
奥妙无穷。
生命体的创造好象冥冥中有一种规律在起作用，
是神创还是进化论，
进行着旷日持久的争论。
人类将充当造物主，
叩开生命之门，
证明宇宙万物按自然法则运行。
从微观到宏观，
宇宙是一个精巧的演化系统，
生命是物质运动的一种形态，
自然法则支配着物质运行。

遗传基因

龙生龙，
凤生凤，
老鼠生儿会打洞。
各种生物千差万别，
但每个物种基本上都是代代传承，
细胞核里神秘的基因。
储藏着生命信息，
建造着生命的多样性。

遗传基因是一个双螺旋结构，
梯子的栏杆由碳水化合物和磷酸盐构成，
碱基对是梯子的横档，
它携带有制造生物体的遗传指令。
基因位于染色体中，
二十三对染色体包含，
全部三十亿个碱基对和十二万个基因，

制造一个机体的全部指令称为基因组，
基因组位于细胞核中，
它包括全部基因和缔合蛋白质分子，
基因是储存、复制和传递遗传信息的主要物质，
基因组是生物体构造与运转的指针，
记录着生物的演化过程。

DNA 承担基因的关键信息，
核糖核酸 RNA 是 DNA 的近亲。
RNA 有一个额外的氧气单元，
使它的反应极强，
长期储存信息不太可靠，
但它具有酶的作用，
有储存遗传信息和组装蛋白质的功能。

蛋白质对于每个细胞起着关键作用，
它由二十种氨基酸组成，
氨基酸被认为是地球生命的结构单元，
细胞解读 DNA 代码后，
抓住适合的氨基酸，
将蛋白质组装成功。
DNA 通过蛋白质的合成来传递信息，
蛋白质是生命的基本构件，
它具有液态属性。
一个细胞由一百种蛋白质建造。
蛋白质的无序使其与多种分子发生相互作用。
细胞分裂时，
DNA 在细胞内的复制方式，
先分成两条单链，
然后再组成两个新分子，
携带两个相同的遗传基因，

这种分裂有一种可靠的控制体系。
使其万无一失，
保证成功。

碳是生命支柱，
水是生命母液，
水碳蛋白质和 DNA 是生命的最佳选项，
碳将相关元素粘合在一起，
形成生命分子，
生成氨基酸、蛋白质、多糖和基因，
酶在生命中也起重要作用。
活细胞就像微型化工厂，
在地球之初，
RNA 与 DNA 组装出病毒和细菌。
生命从单细胞进化出真核多细胞，
由低等向高等。
DNA 集中在细胞核内，
携带着生命蓝图，
通过突变，
进化出令人目眩的无数神秘生命。
少数基因生来是领导者，
指挥大多数基因统一行动，
受精卵中有一种基因开关，
以级联的方式打开遗传基因大门，
把受精卵发育成复杂的生命。
完全不同的动物具有相似的基因，
基因是决定物种差异的重要因素，
基因开关在生命进化中起关键作用。

生命的长短取决于基因，
第 4 号染色体上，

发现了长寿基因。
端粒是染色体的末梢，
由于细胞会反复分裂，
每分裂一次，
它就会变短。
端粒短到一定程度细胞就进入衰老过程。
端粒酶可以修复端粒，
端粒酶和端粒的共同作用可以延长寿命。
人类细胞衰老的主导基因是 P16，
它影响端粒长度和端粒酶的作用。
人的寿命可以达到一百五十岁，
但疾病会缩短人生。
许多疾病可归因于基因组产生错误蛋白质，
或者某种有缺陷的基因。
破译基因，
可解决诊断预防和治病。
人类所有疾病，
在某种意义上都是基因造成。
在遗传物质中，
遗传信息总是从 DNA 流向 RNA，
一些由 RNA 组成的癌细胞，
能够逆向传递基因，
使正常细胞变成癌细胞，
癌细胞和正常细胞的根本不同在于基因。
每对染色体上的基因缺陷与某种疾病相对应，
用基因取代有缺陷的基因称基因疗法，
基因研究开辟了基因疗法新前景。

不同物种的基因数目不同，
人的基因数目有十二万个，
蛔虫有一点九万，

酵母有六千个，
细菌有一千个，
不超过两位数是病毒的基因。
幸福感在很大程度上由基因决定，
特殊性格由基因造成，
不同人个体之间 DNA 的差别仅为 0．2%，
基因与个性一脉相通。

转基因作物是基因被改变，
使其具有以前没有的特征，
转基因技术可以突破物种壁垒，
基因改性，
增加收成。
基因修补把一个物种变成了另一个物种，
它回答了物种如何形成，
基因突变是物种进化原因，
基因工程可以使人们在瞬间展现数万年的进化过程。

DNA 在四十亿年前就来到这个世界，
从单细胞生物到人类，
从低等到高等。
DNA 是大自然的记录员，
创造的生物圈五彩缤纷。
解读这部最难懂的天书，
将开辟无限广阔的前景。

干细胞

有人说“上帝造人没有备用零件”。
科学家说“大自然造化留有备品”1
许多成熟的组织都储存有“白板”干细胞，

足够终生受用。

每个人的生命都始于一个受精卵，
从 DNA 那里获取指令，
胚胎干细胞被激活，
通过分化成为人体的各种组织和器官，
发育成一个完整的人。
干细胞是一种未成熟的细胞，
能够自我复制，
发育成多种细胞，
它还是维修大军，
与人体相伴终生。
干细胞就像建造房子的砖瓦，
起初这些砖瓦十分相似，
一旦建到墙体上就不能再挪动。
干细胞也是这样，
一旦变成了人体的某种组织和器官，
只具备一种特定的功能。
干细胞分三类，
全能的胚胎干细胞，
它可以发育成人体的任何一部分，
全能干细胞可分化成多能干细胞，
多能干细胞再进一步分化，
就是专能干细胞，
负责某项专门作用。

胚胎中的干细胞占有很大部分，
到二十岁时显著降低，
随着年龄增长，
干细胞就不断减少在身体中的比重。
胚胎干细胞有一种能够无限繁殖和永不变老的基因，

它就是纳努格基因，
它只在胚胎干细胞里有活力，
能控制其他许多基因运行，
普通细胞有限次分裂后死亡，
胚胎干细胞能无限次分裂，
精力旺盛，
纳努格基因在成年细胞中也存在，
只是停止了活动。
胚胎干细胞十分活跃，
成年人干细胞没有这么灵活性。
人类胎盘中提取的干细胞，
它的用途与胚胎干细胞相同，
有一种间叶成年干细胞，
它是终极干细胞，
可以移植到任何人身上，
不会引起免疫反应。
成年人的骨髓、脂肪、皮肤和血液中都有干细胞，
使人具有一定的自我修复功能。

动物再生能力令人羡慕，
扁形虫断开部分很快重新长上，
鱼鳍会再生，
蜥蜴尾巴折断后会再长出，
蝾螈具有再生失去手脚和眼睛的功能，
真涡虫被切成骰子状会按原样长成。
人类除了头发、指甲、皮肤、血液和骨头之外，
已经失去了上述再生功能。
人如果失去了一条腿，
就会残疾终生。

干细胞是一种特效药，

具有特殊的治病功能，
它能转变成人体的任何细胞，
取代有病的部分。
干细胞疗法是对人体进行全面维修，
修旧如新使人焕发青春。
胚胎干细胞转化成胰岛细胞可治愈糖尿病，
干细胞育出人的心脏可自然跳动，
干细胞可变成神经细胞治神经系统疾病，
用干细胞可治疗肝病、肌肉萎缩等等。
对于慢性病和一切疑难杂症，
干细胞疗法展现出无限广阔的前景。
干细胞研究使人健康长寿不再是个梦，
人不能阻止最终死亡，
但可延缓生命历程。
每个细胞都带有整个机体蓝图，
它永远保留在细胞的记忆中，
干细胞为这一蓝图奋斗终生。

游荡在生物圈中的幽灵

探索冥冥法则，
打开生命之门，
应从病毒开始，
讲述生命。

病毒是分子级寄生物，
由基因和一层包裹基因的蛋白壳体组成。
病毒繁衍生息，
在细胞中复制完成，
病毒感染宿主细胞，
将基因注入宿主细胞中，

它含有复制病毒的指令，
宿主细胞复制病毒的蛋白质和基因，
重组生成新的病毒，
在宿主细胞中扩散，
不断重复这一复制过程。

从显微镜下才能看到病毒，
它的体积只有细菌的百分之一，
形状和大小各不相同。
大多数病毒的 DNA 不超过二位数，
艾滋病毒的基因有九个，
丁肝病毒只含一个基因。
地球的各个角落都有潜伏的病毒，
到处都有它藏身的踪影。
病毒是危害人类的恶魔，
一些病毒让人们病上一段时间，
另些病毒却能夺去许多生命，
埃博拉病毒可引起高烧出血致人于死命，
汉塔病毒导致患者两肺充液溺死而终，
流感病毒时常疯狂地杀人，
一九一八年爆发的西班牙大流感，
夺去了四千万人的生命，
二零零二年，
艾滋病使五百万人丧生。
病毒是看不见的敌人，
极易变异，
复制速度极快，
没有规律可循，
这种变色龙似的天性，
使人类消灭病毒的努力一直不能成功。

有些病毒也有利于人的特性，
噬菌体最奇特，
它攻击的目标是细菌，
在细菌体内感染和复制，
破坏病原菌，
治愈一系列因细菌导致的人类疾病。
还有一种能引起感冒的腺病毒，
能杀死癌细胞，
疱疹病毒也是癌细胞的克星，
良性病毒也能延缓艾滋病。

一般病毒不能长期离开宿主，
用肥皂水就可杀死它们。
而另一些病毒却有极强的抵抗力，
在极度严寒和酷热的环境中能长期生存。
病毒在人体的大敌是免疫系统，
白细胞在人体内不断巡视，
用大规模杀伤性生化武器，
对付病毒的入侵。
免疫系统是人体对付病毒的生力军，
接种疫苗，
可提高免疫大军的战斗水平。

在生命进化过程中，
病毒是最初演化形成，
利用极少的 DNA 和蛋白壳体组装简单的原始生命。
病毒看来像生化物质，
却更像生命，
生物也许全部由病毒进化而成。
所谓生命不过是蛋白质的存在方式，
生命的演化起源应是基因，

病毒是生命树之根，
它的构件简单，
是游荡生物圈中的幽灵。

最早来到地球上的居民

你们是单细胞生命，
以分裂生殖传承。
拥有几百个基因的生物体，
是最早来到地球上的居民，

微生物是地球生命的庞大家族，
细菌是这个家族的重要成份，
它是没有细胞核膜的原核生命体，
没有颜色，
形态为螺旋杆菌和球菌，
有眼点和鞭毛，
会在水中游动，
大部分细菌的细胞壁很坚硬，
使它的形态稳定，
它的细胞膜有褶皱，
对细胞分裂有重要作用，
有些细菌会合成孢子，
在条件不利时求生成。
生命都是起源于三十八亿年前的几种细菌，
早期地球缺氧而炽热，
生命就开始产生，
它们是不需要光合作用的生命形体，
铁的转换可能是微生物呼吸的最初形式，
氢、二氧化碳和硫化物维持原始生命。
微生物对地球生命发挥了极其重要作用，

三十七亿年前，
藻青菌通过光合作用生产氧气，
改变了地球原始大气的成份，
逐渐使地球适合动物居住，
它们是其他生命的开路先锋。

地球被微生物统治着，
存在于地球的各个角落，
要多陌生就有多陌生。
在地球内部四点二公里地方能找到微生物，
大量微生物处于无尽的黑暗中，
以硫磺和氢为食物在地层深处生活着，
它们完全是化合作用。
在海底热泉发现了许多陌生物种，
它们也是黑暗生物系统，
也和地层深处的生物一样，
都证明了地球生物不一定依赖光合作用。
极端环境下的微生物司空见惯，
有许多喜热的微生物，
在250℃的水域中生存，
还有的在575℃热泉的管形矿体中活动。
在极地冰层下数百米有微生物生息，
有的在酸碱溶液中游动，
有的在放射性核污染的土壤里生存。
在深海表面，
有个极薄的海洋表面微层，
它是微生物群落的奇特环境，
这里的微生物吞噬温室效应气体，
调节温室效应，
使海洋与大气互动。

细菌分益生菌和病原菌，
病原菌是致命的杀手，
人类与细菌进行着旷日持久的战争。
细菌进攻人类，
一手拿剑，
一手拿盾，
它用分子注射器来攻击人体细胞，
使用盾牌防御人体免疫系统。
细菌利用它的排药机能，
改变它的感受膜，
分泌出酶，
使抗生素很难发挥作用，
一种抗菌素刚刚问世，
马上就出现能抗这种药的细菌，
细菌的抗药性还有遗传功能。
益生菌有重大的利用价值，
参与一些生态过程，
它可以促进氮和碳的循环，
在土壤与水中保持生态平衡。
用细菌合成抗生素和维生素，
在食品工业中也有广泛应用。
它可以清除污染土壤中的放射物，
还能把矿物质转化为植物的养份，
在海洋中微生物是食物链的最底层。
在动物体内，
寄生着许多微生物，
对动物起着好的作用。

生命存在于三种环境，
生物体、陆地和水中。
一个生物居住在另一个生物体内，

互动双赢。
人体内寄居着一百万亿个以上的细菌，
皮肤是细菌之家，
它吞噬皮脂和汗液，
排出酸
使皮肤保持弱酸性，
阻止碱性病原菌入侵。
葡萄球菌与皮肤相互作用，
对皮肤有保湿性。
肠内细菌最多，
它有助于消化，
制造一些维生素和氨基酸，
对健康起着重要作用。
肠内微生物还影响人的体重，
吃下去的食物在胃中消化，
到小肠壁吸收供身体使用，
纤维素和无法消化的物质，
从小肠进入结肠，
被微生物发酵，
并分解为单糖和其他营养成份，
供微生物和人享用，
硬壁菌在结肠中制造养分的能力最强，
它的多少影响人的胖瘦之分。

地球生命由单细胞向有核多细胞进化，
从低等向高等，
基因突变，
出现生命大爆发的壮观情景。
有人说：
“微生物可能是所有生命的共同祖先”，
也许不是危言耸听。

大地披上绿色盛装

绿草如茵，
繁花似锦，
大地披上绿色盛装，
人间一派万紫千红，
牡丹雍容华贵，
玫瑰传递爱情，
花香使两情相悦，
成为迷幻的象征，
给诗人以激情。

绿藻是最古老的初级植物，
它能生活在两种截然不同的环境中，
在正常情况下它能进行光合作用，
在无氧的条件下，
它以另一种方式生存，
有两种新陈代谢的本领，
绿藻还保留原始基因。
藻类是地球现有生物圈的开路先锋。
藻类的形态大小不一，
大部分藻类生活在水中。
藻类大约有四万多种，
腰鞭毛虫属于藻类，
它是赤潮的主要成分。
硅藻生产氧气的本领很大，
它还用于饲料的添加剂中。
藻类还是人们餐桌上的食物，
在制药、化妆品、新型燃料和环境治理中也有广泛运用。

海洋表面藻类的作用很大，
当地球二氧化碳升高，
导致海水升温，
从而使海洋表面藻类大幅增加，
大量吸收温室气体，
使地球降温，
它们有平衡温室效应的本能反应。

从绿藻进化来的植物从水中来到陆地，
有人这样描写陆地植物形成，
十九亿年前，
一种变形虫吞噬藻青菌，
藻青菌在变形虫体内发展，
成为变形虫的一部分，
因此变形虫也具有光合作用，
成为今天陆地上花草树木的祖宗。
现在也有一种海蜗牛，
以绿藻为食，
消化了绿藻的细胞，
叶绿素积累在海蜗牛的身中，
使海蜗牛具有光合作用，
久而久之。
这种海蜗牛把体内叶绿素遗传给后代。
它是动物还是植物就很难划分

绿藻进化而来的植物在十亿年前来到陆地，
从风化的岩石中谋生，
它加剧了岩石的风化，
形成了碳酸盐，
增加了氧气，
此时海洋与陆地的地球两肺正式形成。

七亿年前，
陆地植物有苔藓和木贼之分。
四点五亿年前，
蕨类在陆上繁盛。
三点六亿年前，
树木开始了巨人化倾向，
出现了高大的蕨类、芦木和石松。
三点二亿年前，
地球上出现了大片大片的雨林，
包括五十多种不同的乔木，
它们植根于土壤，
威风凛凛。
随后出现了裸子植物、巨杉和柏松，
只结果不开花的松树和银杏，
至今仍是被子植物的好弟兄。
一点四五亿年前，
开花植物在陆地上繁衍，
一点二亿年前，
开花植物取得统治地位，
地球上的动植物互动双赢。

真菌十亿年前就已存在，
它被包括在植物王国里，
被认为是没有叶绿素的植物一种。
真菌无需阳光，
在潮湿和阴暗的地方长得更旺盛。
真菌存在一切地方，
水里地上和空气中。
真菌的体积和颜色多种多样，
它们需要现成的养分。
地球上的真菌超过一百万种，

它们通过孢子繁殖，
森林是它的自然栖息地，
真菌和林木共生。
可食用真菌多于有毒真菌，
各种各样的蘑菇是人们餐桌上的食品。
寄生真菌控制植物的病虫害。
利用真菌和微生物转化技术，
把垃圾变成蛋白质和塑料使用。
它可用作溶剂和传统饮料的发酵剂，
生产葡萄酒和啤酒供人饮用。
在医药上治疗皮肤出血和痢疾，
还能治疗溃疡和丘疹，
用真菌制作青霉素，
还应用真菌治疗移植器官的排异反应。
真菌也有不利于人类的一面，
可引起农业灾害，
有的还产生皮肤病。

植物没有大脑和神经，
它们利用激素和电子信号对外反应。
细听植物的心声，
采花花朵哭泣，
摘瓜瓜果呻吟，
植物的语言用气味和分子组成。
植物之间也存在生殖竞争，
它们的行为显示自私性。
当植物受到昆虫侵袭时，
会放出气味阻止昆虫，
并告诉同伴一起行动。
玉米、烟草和棉花遭到毛毛虫啃食时，
它们会放出气味招来黄蜂，

黄蜂将卵产于毛毛虫体内，
既治死了毛毛虫，
又养活了黄蜂的幼虫。
含羞草的叶子被触碰就蔫萎，
拍拍痒痒树它就抖动。
植物有察光的本领，
改变塑料大棚的颜色，
可提高农作物的收成，
对植物播放音乐可加快它的生长进程。
还有一些食肉植物，
猪笼草分泌花蜜，
利用瓦罐状的叶子诱捕昆虫。
在茫茫的沙漠上，
有一种植物，
当它遭到袭击时，
会喷出毒液反攻。
茄子缺水会叹气，
向日葵得日照会异常兴奋。
亚马逊的日轮花树，
谁去摘它娇艳的花朵，
它就把谁送到毛蜘蛛的口中。

树木粗壮高大，
寿命长得惊人，
几百岁上千岁不足为奇，
日本有棵七千二百岁的高龄雪松。
植物寿命因环境而大不相同，
羊齿类植物，
它的身旁若有一棵成熟的个体存在，
即使它的孢子才萌发两三个细胞，
它也迫不及待分化出生殖器，

制造精子，
结束它极为短暂的一生。
植物没有既定的形貌，
同样一种植物，
生长在不同环境中完全不同。
植物也有它的生存战略，
有些植物严冬一来，
叶子落尽，
有的还舍去地面上的所有部分，
第二年春天一到，
春风吹又生。
秋天把未来托付给种子，
将植物幼体安放在胚中，
双子叶和胚乳是给孩子预备的点心。
植物能在一生中各个阶段休眠，
休眠因环境而不同，
掉在地上的种子，
有的第二年发芽，
有的等数年或数十年，
甚至有的几百年后才发芽生根，
它们休眠等待发芽的环境。
就动物而言，
精子和卵子是单倍体细胞，
没有受精新生命就不会诞生，
植物既便是单倍体，
也不影响增殖为一个新的个体，
甚至它的一个细胞也能发育成一个新生命，
嫁接就是用个体的一部分。
大自然创造与环境相适应的生物，
植物具有适应性，
克尔格伦岛上常刮大风，

这里的树木高不过一米，'
有些还贴在地上匍匐生存。

先有树木，
后有人类。
树木把地球变成了最适合人类居住的环境，
葱绿大地，
鲜艳花朵，
甜美果实，
金黄粮食，
馈赠给人们，
微笑着迎接万物之灵，
人类投入大自然绿色怀抱中。

大脑

大脑是生物形态的最高花朵，
思维是物质的奇特运动。
生物进化造就了聪明绝伦的大脑，
使人成为万物之灵。

大脑是人体司令，
它占体重的百分二
却消耗百分之二十的养分。
人脑的核心是脑白金体，
整个身体都听从它的命令。
人的大脑最先生长，
身体各部分发育要靠大脑指引。
左右半球分别控制相对的半侧身体，
左脑主管语言和逻辑，
创造性思维是右脑的功能。

小脑控制动作，
扁桃体控制着人们的感情。
丘脑是大脑的中转站，
海马区有记忆功能。
楔前叶是意识网络的重要部分，
前额脑皮层安排未来思维进程。
形形色色的大脑网络，
尽管功能不同，
但它们的工作是协调进行。
人类大脑高容量缘于基因突变
使它出奇的大，
超过一切其他物种。
我们的大脑不仅容量大，
神经元之间存在着更多的高效网络，
神经突触复杂意味着智慧超群。
一千亿个神经细胞，
通过各种神经递质相互作用。
遗传变异使大脑极具可塑性，
不同文化塑造不同大脑，
后天的摸爬滚打影响大脑的聪明。

人体有两个神经系统。
中枢神经在颅骨里，
腹部神经在腹腔中，
通过迷走神经相通。
腹部神经由一亿多个神经细胞组成，
它只负责人体的消化功能，
对人的思维不起作用。
肠内有紧张感、绞痛感都是腹部神经起作用。
身体协调和对外事务都受头脑控制，
头脑是人体的指挥中心。

受孕后首先发育的是大脑，
三层胚胎中的一层发生弯曲形成神经管
神经管弯曲，
前脑、中脑和后脑发育成功。
头脑发育末期，
胎儿在母腹中拥有倾听功能。
脑在外界刺激下生成神经细胞新通道，
神经细胞有许多线接收和发射信息作用，
这种脑的可塑性伴随终生。
婴儿生下来虽有一千亿个神经细胞，
但没有形成网络，
没有思维活动。
半岁到一岁婴儿开始活跃起来，
顶叶和额叶在一岁半时联系更加紧密，
出现自我意识，
三至四岁就有独立行动。
童年的生活经历对塑造大脑十分重要，
娇惯与过分严厉都永久影响孩子终生。
青春期的青少年脑容量已经足够大，
但神经网络仍是一个半成品，
此时灰质减少，
白质增加，
有利于维持神经连接的稳定。
三十岁后大脑开始衰退，
进入老年由于神经细胞僵化，
认识能力迟纯。
经过终生知识积累，
夕阳并不暗淡，
老年人的世界更加充满玫瑰色，
最美不过夕阳红。

记忆是思考的基本要素，
它是大脑最神秘的生理过程。
人脑中的海马区与记忆有关，
控制臭觉的功能区有记忆作用，
一旦两个功能区的细胞活动达到同步
记忆就形成，
否则就记不清。
大脑中控制感觉的杏仁体，
也会传递信号，
刺激两个记忆功能区的细胞同步活动，
加强记忆功能。
人的神经细胞就像一棵大树，
长着许多枝杈和突起
突起上有无数刺，
从一个细胞释放的谷氨酸，
被另一个细胞的刺接收，
对谷氨酸的接收灵敏度决定记忆能力，
神经细胞突触对记忆有关键作用。
记忆分短期记忆和长期记忆，
海马区处理短期记忆，
新皮层是长期的记忆系统。
神奇的记忆力依靠自我，
专心致志是通向记忆的大门，
重复是记忆的定型剂，
好奇和联想可以产生奇迹，
冲动和激情使记忆长期储存。

意识的奥妙，
大脑之玄机
永远都是人之为人的终极命运。
意识由大脑物质中产生，

它对智力产生真正作用，
智力是人类特征的核心。
吃一堑，
长一智，
知识与经验的积累，
能提高意识与智力水平。
所有人都有潜意识，
潜意识对创造力有很大作用。
在所有大脑活动中，
只有百分之五是有意识，
百分之九十五是潜意识行动，
潜意识是大量经验积累的冲动。
在紧急情况下，
潜意识会迅速作出决定，
在几秒钟内它就付诸行动，
一闪念有着与长时间理论分析起同样作用。
潜意识也称灵感，
灵感冲动可产生梦幻的激情。

睡眠与梦密不可分，
梦灭梦园。
梦醉梦醒。
所有有脑的动物都有睡眠，
睡眠现象也包括昆虫。
脑干网状体是支配睡眠的中心，
也有抑制脑兴奋的功能，
二者结合控制睡眠过程。
脑细胞很容易疲劳，
需要睡眠来恢复和休整，
睡眠时大脑处理信息和存储记忆，
对创造性思维起着重要作用。

下丘脑有一个内部时钟，
决定着睡眠的时间过程。
古时候认为睡眠是灵魂脱离躯体，
就是对奇妙的梦联想而成。
做梦中心位于额页，
梦源于大脑中释放多巴胺的某个部分。
人的大脑是由纯意念的旧皮层和
支配高级意识的新皮层组成，
梦是新皮层在熟睡，
而旧皮层在急剧活动。
睡眠分慢波睡眠和快速眼动睡眠两种，
慢波睡眠处理记忆信息，
快速眼动睡眠伴随大脑急剧活动，
甜美的梦就发生在这个时辰。
日有所思，
夜有所梦，
内心的渴望幻化成梦。
当梦与记忆不吻合时，
就荒诞不经。，
当梦与记忆吻合时，
就有强化记忆功能。

精神分裂症
产生于第22对染色体的某个基因，
完全患有精神病人是个呆痴，
但略有一些精神病有助于事业有成。
大画家凡高，
患有躁狂抑郁症，
他切掉自己的耳朵，
吞食颜料。
这位怪异天才的幻觉，

成就了他的画名。
美国人安德烈娃，
把自己五个孩子一个个淹死，
她听到撒旦的声音，
是撒旦下达她杀死孩子的命令。
精神分裂症者，
确信与现实不符的东西，
看到不同的景象，
听到不同的声音，
亦真亦幻，
心理失衡，
焕发非比寻常激情。

人体的生物钟，
栖息在大脑中。
日夜交替是形成生物钟的客观条件，
自然光发挥着重要作用。
体内生物钟位于鼻梁后面的脑中，
它是两颗米粒大小的神经核，
视神经的光不断向它传达命令。
我们睡觉时按希望的时间醒来，
也是生物钟在起作用。
人体生物钟运行有精确周期，
它是二十四小时十一分钟。
生物钟对人体有很强的控制作用，
使身体按照一定的节奏发挥功能，
视网膜在夜间新陈代谢，
下午六时肝的工作旺盛，
夜间肺部工作不如白天，
健康的细胞上午进行分裂过程。
人体器官还有第二生物钟，

按照太阳升落进行蛋白质合成。

衰老意味着记忆力减退，
头脑糊涂，
反应迟钝。
健脑十分重要，
要保护好最高司令。
大脑十分贪吃，
营养素可改变大脑功能，
糖可使人敏锐，
碳水化合物使人大脑平衡，
叶酸保护大脑，
人参对大脑有特殊作用，
银杏扩张血管，
促进血液流入大脑进程
大豆和其他许多食品有健脑功能。
大脑衰退首先在于精神衰退，
要保持良好向上的精神，
心底无私，
行为端正，
淡泊名利，
耳无杂音。
脑子不用则废，
用则灵，
心中永远有一个大渴望，
终生燃烧激情。

千奇百怪的动物依偎着地球母亲

从辽阔的海洋，
到广袤的天空，

从高山平原，
到江河纵横，
千奇百怪的动物，
依偎着地球母亲。

地球已经四十六亿岁，
漫长的岁月，
低等生物一直统治着这颗行星。
第一批海洋生物来到陆地，
由头索动物向脊椎动物演化，
鱼类、两栖类、爬行类到哺乳类
一直到人类诞生。
六点三五亿年前多细胞海绵动物十分活跃，
两侧对称的胚胎动物开始形成，
从原始的辐射对称到两侧对称，
动物开始有头有尾有神经，
物种进行了复杂的演化过程。
五点四亿年寒武纪生命大爆发，
地球开始生机盈盈。
二亿年前，
两栖类动物随处可见，
恐龙动物的祖先刚刚诞生。
一亿年前，
只有老鼠大小的哺乳动物，
在恐龙脚下生活，
它们在树丛中攀登，
以昆虫为生。
二点三亿年到六千五百万年，
地球酷热湿润，
森林茂密，
水草丰盈，

地球是恐龙王国，-
在一亿多年里，
恐龙繁衍昌盛。
六千五百万年那场小行星撞击地球，
毁灭了身躯庞大而头脑简单的恐龙。
除了恐龙蛋和恐龙骨架，
它们没有给地球留下意识烙印。
恐龙之后，
哺乳动物的新世纪来临。

动物的发展有一个演化过程。
始祖鸟兼有爬行动物和鸟类特征，
文昌鱼是无脊椎动物和脊椎动物中间变种，
青蛙的蝌蚪有个时期很像鱼，
鸟与哺乳动物的胚胎早期有爬行动物的体征。
在庞大的物种中，
有冷血和恒温动物之分，
爬行动物皆为冷血动物，
它们是外热型动物，
当外界温度降低时就失去活力，
为减少能量消耗，
有冬眠习性。
哺乳动物和鸟类是热血动物，
体温恒定，
这是热源来自体内的内热型动物
能适应温度变化较大的环境。

眼睛的进化使动物更具竟争性。
一些海洋无脊椎动物只能分辨黑白两色，
像蠕虫这类动物只能捕捉光影，
只有脊椎动物和头索动物拥有眼睛。

眼睛形成于寒武纪，
首先三叶虫长出了复眼，
由感光细胞进化成晶状体，
完善了眼睛的功能。
这一时期有三十七门多细胞动物，
只有六类进化了眼睛，
使有眼的动物更具进攻性。
大脑是动物进化的最高成就，
使动物具有记忆和行为功能。
腔肠动物体内环形神经回路，
能对外界作出反映。
许多动物都进化出了大脑，
脑的进化使动物对环境变化更加适应，
强化生命体功能。
动物进化一步一步完善，
由简单到复杂
由低等向高等。
终于发展成今天的芸芸众生。

地球曾数度诞生生命，
千奇百怪的动物活跃在地球村。
海中的活化石鲎，
出现在四亿年前，^
比恐龙高令，
鲎至今尚存。
鲎的血液为蓝色，
它的甲壳上有七只眼，
尾巴上还有一串感光器。
当有病菌入侵，
肌体内立即分泌抗体杀死敌人，
它的血液还会凝固，

令病菌失去作用，
随即血液会形成屏障，
阻止其他病菌入侵。
海蛤蝓通体绿色，
它具有动植物双重基因，
是能进行光合作用的动物，
一代一代传承它的双重身份。
骆驼能在最恶劣干燥的环境中生存，
它可以两周不喝水，
它脱水的能力十分强，
人丧失百分之十二的水分就会死去，
骆驼脱水百分之四十照样行动，
它有“沙漠之舟”美称。
人与猿有亲缘关系，
猿类会根据生活环境来改变食谱，
能用工具砸核桃和捕捉洞穴中的昆虫。
社会约束和对年青一代的教育很像人。
黑猩猩的能力与人相仿，
能分出物体数量的多少。
但遗憾的是猿类不会说话，
因为它们没有发声系统。

社会群体动物有海豚鸟类蚂蚁和蜜蜂。
海豚的大脑大大超过其他哺乳动物，
它的脑沟和脑回多得惊人，
它们集体生活，
有复杂的关系，
有着与人类相似的语言功能。
它加工信息的速度超过人类，
学习八至十个动作速度与一个动作一样快，
它会按主人的示意进行表演活动。

鸟类的身体进化令人羡慕，
它能在空中飞、地上走和水中游泳。
如果它们有一个人类的大脑，
它的竞争能力一定超过人。
鸟儿也好集体行动，
成群结队的大雁排成一字形或人字形，
一同前进。
许多雀鸟叽叽喳喳结队成群。
大地回春，
鸟儿换上新装，
引吭高歌，
向异性倾诉心声。
仙鹤优美多姿的舞蹈如醉如痴
颠倒神魂。
蚂蚁是最古老的物种，
共同生活劳作，
有时一个集体可达数亿个臣民，
它们用气味互相沟通。
蜜蜂有严格的组织分工，
蜂王和雄蜂只管生育，
所有工蜂负责劳动。
蜂王和工蜂都是雌性，
只因营养各异，
发育不同，
蜂王吃的是王浆，
工蜂以花粉和花蜜为生。
蜜蜂找到蜜源后报信很有趣，
跳 8 字舞表示蜜源远，
跳圆形舞表示蜜源近。
头向上是对着太阳，
头向下是背着太阳而行。

人有人言，
兽有兽语，
犬吠、虎啸、狼嚎和狮吼，
都是动物的语言，
大多数动物都以鸣叫传心声。
蟋蟀在独处一方时，
会高声招引“情人”，
在雌雄相处时，
窃窃私语，
清脆动听。
青蛙叫声洪亮，
一场喜雨过后，
求偶交配，
池塘一片饥渴的蛙鸣。
蝉不是用口腔说话，
而是用肚皮发音。
蜜蜂和蚊虫煽动翅膀发出嗡嗡声。
气味也是语言，
蜂王和蚁后用分泌气味来传达命令。
动物用气味吸引异性，
雄鹿求偶时，
把它的芳香腺涂在树上
吸引雌鹿登门。

动物会思考，
也有感情。
它们也有红白喜事，
燕鸥在举行婚礼之前，
以小鱼相赠。
西北利亚灰鹤有奇特葬礼，
它们伫立在死者身旁，

随着头领一声嚎叫，
大伙低头默哀三分钟。
狐狸也开追悼会，
悼念亡灵。
非洲的沙蚊，
大战后会向阵亡者送行。
公鸡会欺骗，
它发现一粒米，
如果附近有另外一只公鸡，
它便不作声，
那只公鸡走后，
它就立即招引异性。
上百万只企鹅在一起大吵大闹，
“企鹅王”一唱歌，
便鸦雀无声。
在返回途中，
“企鹅王”唱着歌，
引队前行。

有些动物的某些功能超过了人。
蝎子可以觉察猎物百分之一米的滑动，
蜘蛛能察觉空气压力的细微变化，
“回声定值法”被蝙蝠、虎鲸和海豚应用。
伪装大师也有奇异功能，
变色龙根据周围环境变换体色，
雪兔和北极狐到了冬季，
脱下褐装换上白衣裙。
人不具备动物的生物罗盘，
经常迷失方向，
信鸽千里之外也能回到原处，
猫狗去家再远，

能顺利找到主人，
候鸟迁徙万里，
常年不变飞行路径。

亲近自然是人类与生俱来的本性，
动物是人类的朋友，
很多动物都和人类通灵。
为了生物多样化，
人类应与动物共生共荣。

物质进化的最高花朵

物质进化的最高花朵，
具有意识思维和精神，
大脑使人具有巨大智能，
使用劳动工具改造世界，
使地球更适合生存。
假如没有人的存在，
宇宙的存在有何意义，
谁会感知和解读宇宙空灵。

地球诞生于四十六亿年前，
四十亿年前病毒和微生物就在地球上诞生，
经过漫长的发展过程。
五点四亿年寒武纪生命大爆发，
地球生机盈盈。
一亿年前小拇指大的哺乳动物，
在恐龙脚下谋生。
九千万年灵长类动物从哺乳动物中分化出来，
类人猿、黑猩猩与大猩猩分化于一千万年前，
七百万年前原始人又别于黑猩猩。

四百万年前原始人制造工具会劳动，
劳动创造了人。
二百万年前原始人的大脑开始增大，
开始具有思维和记忆功能。
三十万年前古人类完善了语言，
语言是人类决定性特征。
有了语言人们就可以交流和表达，
创造文化和精神。
现代人类经历了类人猿原始人直立人
和智人的发展历程。

所有人都是由受精卵发育而成，
精子和卵子各携带父母的一半基因，
两性交配为基因洗牌，
受精卵获得了生长指令，
按基因蓝图发育生命。
在生长过程中，
它每分裂一次都将 DNA 复制。
受精卵首先形成了球形胚泡，
其外层变成胎盘，
内层变成胚胎，
胚胎分三层，
内胚层长出胃和肠，
外胚层发育成大脑，脊髓和神经，
中胚层产生心肺等内脏器官，
胚胎的两端变成嘴巴和肛门。
身体的各部分沿着轴线生长，
四肢逐渐形成。
胎盘像个交通警，
对胚胎有害的物质，
禁止通行。

经过十月怀胎，
一个小生命降临。

人类一百六十万年前开始用火，
带来火光照耀下的文明。
人类是唯一会烹调食物的物种，
使人之所以为人。
人类如果不会烹调食物，
就和猿类雷同。
吃熟食使人类的消化系统精兵简政，
让大脑发育得更大，
人变得更聪明。
八千年前新石器革命，
人类开始了农耕，
青铜器时代，
生产进一步分化，
出现了商品交换，
产生了城市文明。
十五世纪，
一望无际的大海，
很多人都想问津，
哥伦布到达了美洲，
麦哲伦绕地球一周，
证明了地球是球形。
人们梦想像鸟一样，
终于发明了飞机在蓝天上飞行。
苏联人加加林第一个上了太空。
人们在不断探索，
向茫茫宇宙进军。

人体是一架活的自动化机器，

各司其职，
各尽所能。
骨骼支撑着全身，
它上面附着肌肉和腱筋。
各种各样组织八百多种，
它们的组织结构与它们的功能相适应。
一个微笑会牵动面部十七块肌肉，
行走时需要五十四块肌肉协同。
心脏与生命攸关，
大脑不向它发号司令，
它永远按自己的节律振动，
每天把七千升的血液送往全身。
呼吸使五点五亿肺泡动起来，
从空气中吸收氧气，
由二十五万亿个红血球将氧气输送全身。
胃是消化食物的器官，
胃酸和胃蛋白酶消化食物。
胃酸还有杀死病原菌和防止食物腐败的作用。
肠的内壁布满了神经，
可感知营养物的化学成份，
令胰脏分泌消化酶，
令胆将胆汁供应，
把养份送到肝脏进行化学加工。
肝脏是化工厂，
借助上百种酶。
把肠送的养料转化为有用的营养成分，
进行五百种以上的化学反应，
它是营养素物流中心，
为糖类、脂肪和蛋白质的新陈代谢和储存，
稳定的向全身六十万亿个细胞供应。
肾过滤血浆。

起到净化站的功能。
人体有三大调节作用，
激素神经和免疫系统。
脑下垂体是全身总调节机关，
它的各种分泌素在全身发挥作用。
血液中有几亿个激素因子运转，
调配体内机能。
拥有一千三百克左右的大脑是统帅部，
脑白金体是最高司令。
个头与人类相似的哺乳动物，
其脑容量只是人的七分之一，
人脑优于其他一切物种，
它不仅脑容量大，
脑沟脑回多的惊人，
脑皮层厚和复杂的网络系统，
使人的智慧绝伦。
海马区和嗅觉区共负记忆功能，
伴有感情激动的记忆最牢，
一见钟情可铭记终生。
与后脑相连的脑下神经，
使人类的语言自如运用。
控制情感的中枢，
与扁桃体息息相通。
感知外部世界，
脑额叶在起作用。
世界是多彩的，
是细条纹区的机能。
人脑是进化的最高结晶，
是造物主给人类的最高馈赠，
使人有别于其他物种。

免疫系统是人体的国防军，
唾液、眼泪和粘液也都有抗菌作用，
肺是抗击敌人的前线，
它有一批与入侵者作战的尖兵，
胃酸有强化杀死病原菌的本领，
淋巴细胞在体内不断巡视，
一旦病菌入侵，
白血球淋巴因子和吞噬细胞一齐出动。
人体的结构功能单位是细胞，
由一百万亿个细胞组成。
它的核内有基因组，
二十三对染色体，
拥有十万个基因，
携带全部信息，
接代传宗。
细胞的寿命有长有短，
肠黏膜细胞的寿命为三天，
肝细胞有五百天寿命，
心脏细胞可伴随人的终生，
细胞在不断新陈代谢中。

人体是一个化学元素聚合体，
由物质组成。
从分子方面讲，
水占身体三分之二的比重，
其他为碳水化合物、脂肪、蛋白质和盐分。
从原子方面讲，
氧占百分之六十五，
碳占百分之十八，
氢占百分之十，
氮占百分之三，

这四种元素占去了身体百分之九十六的比重，
其余还有三十多种微量元素成份。

人有五种基本感觉，
与外部世界沟通。
人的视觉最灵敏，
进入眼球的光穿过晶体，
聚焦到视网膜上，
转变为电信号，
送入大脑，
使人看到外界的一切风景。
耳朵能听到外界声音，
中耳的三个“听小骨”将声波传到内耳，
内耳的淋巴液随之流动，
外毛细胞将听觉灵敏度提高一千倍，
内毛细胞将声波变成电信号，
传到大脑，
听到清脆的声音。
味、嗅和触觉都有相应的感官担任，
一举一动总关情。
人有七情六欲，
喜怒哀乐伴一生，
笑一笑，
少一少，
愁一愁，
白了头，
幸福就是我们对生活喜爱感受程度，
保持心情愉悦对健康有极大作用。

人是社会群体物种，
如果从小脱离了社会，

流落到荒山野岭中，
虽然身体内具有人类基因，
但不通人性，
一九二零年，
在印度原始森林中，
从狼窝里爬出了两个女孩，
像狼一样呲牙嚎叫，
只会爬行。
一九二三年，
猎人打死了一头母豹，
在豹窝里爬出了一个男孩，
见人就咬，
爬行的利索劲十分惊人。
一九三七年，
在叙利亚一片荒原中
一群羚羊中有一个男孩，
同羚羊一齐狂奔。
人若脱离社会，
必然导致精神退化，
人不再是人。
人的成长是一个不断与人交往实践和学习的过程。
人类社会具有严格的组织系统，
经济基础与上层建筑维系社会运行，
科学技术是社会发展的开路先锋。
文化艺术陶冶人们的情操，
实践是直接知识来源，
书籍传承着人类文明。

在冥冥中有一种自然法则支配着宇宙演化，
宇宙是个精巧的演化系统。
地球上几十亿年的漫长进化，

才产生人这样高度复杂的万物之灵。
人是从动物中走来，
带有一定的兽性，
减少兽性，
增加人性，
是人类社会的根本。
纵观嘈杂尘世，
环顾五洲风云，
想想人类来到这个世界的艰难历程，
我们要更加珍爱生命。

印度洋大海啸

吉凶难料，
祸福无门。
印度洋大海啸从天而降，
大口大口吞噬善良的人们，
房屋变成一片废墟，
到处是不绝于耳地悲惨哭泣声，
海底震起的杀人浪潮，
牵动全世界的神经。

二零零四年十二月二十六日晨，
印尼苏门答腊西北近海
发生了八点九级大地震。
这次地震是因为地球板块相撞，
一条 长一千公里的断层破裂，
垂直移动十米，
海底地壳突然起伏，
将巨量海水推出海床，
引起一连串海浪搅动，

它以每小时五百公里以上的速度横穿印度洋，
在深海中浪头并不算高，
但接近海边，
浪头陡增，
几十米高的大浪，
裹着沙石，
惊涛拍岸，
吞噬生灵。

印尼在哭泣，
它受到大地震和大海啸双重打击
海啸吞没了印尼的沿海村庄和城镇，
随处可见废墟和尸体，
惨不忍睹凄凉之景。
苏门答腊北部的亚齐省，
一名七旬老人被海水冲到一面墙下，
靠身旁的坑水活命，
一天后获救，
他的妻子和七个孩子全部丧生。
被教师救助的十岁孩子斯里，
他的父母和七个兄弟姐妹都失去了生命。
亚齐教育设施八成被毁，
至少有一千多名教师丧生，
海啸在亚齐就吞没了十万五千人。
苏门答腊拉姆特戈村，
海啸夺走了村长的妻子和五个儿女，
这个有几百人的村庄，
只剩下一百零五个男子和十九个女人。

在泰国普吉，
许多游客在海滩上租了遮阳伞，

脱衣服准备下水游玩尽兴，
看到海水突然后退了几百米，
许多人朝海水奔去看热闹，
紧接着十几米高的浪头打来，
这些人没来得及逃跑，
被海浪吞进。
在普吉岛的另一旅游地点，
一个十岁的小女孩救了数百条生命，
她发现海潮迅速退去，
运用所学的海啸知识，
呼喊着她的父母和游客们快跑，
这个地段没有伤亡一人。
泰国的披披岛，
有人间天堂的美称，
白色的沙滩，
清澈见底海水环绕小岛，
风景宜人。
当巨浪袭来时，
十五秒种内，
一切都消失了，
天堂变成地狱，
海滩上到处是涂炭生灵。

在印度，
泰米尔德拉邦成为一个露天墓地，
到处可见被海水冲上岸的渔民尸体，
恶臭难闻。
安达曼——尼科巴群岛是旅游圣地，
椰子树葱茏，
纯净白色的沙滩绵延数公里，
湛蓝的海水吸引游人。

但海啸毁灭了那里的一切，
所有建筑物被海啸摧毁殆尽，
到处是乱七八糟的杂物和横七竖八的死人。
海啸发生一周后，
岛上还躺着尸体散发着臭腥。
该岛的尼科巴部落，
一半人死于海啸中。
纳加帕蒂纳姆镇，
死亡了六千多人。
在卡彻尔岛上，
死亡了三千二百人。
一个三岁的小女孩
名叫西塔拉克西米，
海啸袭来时，
她的母亲给他一张十卢比纸币，
哄着她不要哭，
结果三个哥哥和双亲失去了生命，
她被十四岁的哥哥抱着奋力往高处，
讨得活命。
海嘛过后一个星期，
这个小女孩一直捏着那张纸币，
是对她母亲痛苦的记忆，
这个小女孩真有灵性。
古德洛尔昏暗的停尸房里
弥漫着死尸的气息和撕肝裂肺的哭声，
一个男人抱着一个幼小尸体的裹尸袋，
放声哀嚎：
“我的心肝宝贝，
你就是我生命的全部
失去了你，
就等于要了我的命。

斯里兰卡沿岸受灾地带，
临海建筑物化为瓦砾，
合抱的椰子树连根拔起，
渔船的残骸遍地飘零。
卡加勒是个美丽城市，
它的海滨大街变成一片废墟，
路上行驶的车辆被海浪卷起，
帮助大海横撞猛冲。
马特勒，
海啸袭来，
到处断树横陈。
市中心医院有三百五十个伤员，
太平间有五百二十名尸体存放其中。
这次海啸斯里兰卡死亡三万人，
有一万二千人是儿童，
还有一千名儿童成为无父母的孤儿，
三千二百名儿童失去了一个单亲。
在斯里兰卡还发生了九母争一子的纠纷，
三个月大的阿比拉什
被海浪从他姑姑怀里夺走也算命大，
海浪又把他卷到轮胎上，
搁浅在一片家具和建筑碎片中。
英语老师坎德拉贾发现了他，
并把他送到了卡尔穆奈医院，
有九对夫妇争相认领。
后经 DNA 亲子鉴定，
由法院判给他的亲生母亲。

这次大海啸，
没有死一头大象，
甚至连一只野兔也没有丧生。

有人说动物有第六感觉，
也有人说动物有某些感官比人灵。
大象是有特别能量的神圣动物
二零零四年十二月二十六日黎明，
泰国旅游地的大象开始鸣叫，
形似哭泣声，
原来印尼发生了大地震。
震后大象恢复了平静，
过了一个小时，
大象又开始哀鸣，
并一个劲地朝山上狂奔，
那些驮着游客的大象跑向山巅，
救了十多位游客的性命。
在天灾来临之前，
鸟飞走，
狗狂吠，
兽群惊慌狂奔。

爱心无国界，
印度洋海啸，
牵动着全球善良人们的心。
国际社会大力支援，
联合国在一周内收到十五亿美金。，
乐善好施的中国人民踊跃捐款，
中国当即空运二千一百多万元的救灾物资，
立即派去了国际救援队，
医疗队活跃在救灾中心。

印度洋大海啸，
十一个沿海国家造成了巨大经济损失，
死亡二十三万人

还有三十七个国家的旅行者，
数千人丧失了生命。
印度洋海啸为什么带来的灾害如此惨重?
首先对海边的人民缺乏海啸知识教育，
对海啸的前期征兆一窍不通。
海浪有波峰波谷之分，
首先到达海岸线的是波谷，
在其后形成的波峰会吸收前面海水，
造成海水回退。
这是海啸前老天警告呆在海边的人们。
这次海啸开始前也有这个征兆，
许多人看到海水迅速后退时，
追逐海水观看这一奇景，
当迅雷不及掩耳的惊涛涌来时，
措手不及被大潮侵吞。
如果大家都掌握海啸一点基本知识，
这次海啸的伤亡肯定会大大减轻。
其次是印度洋缺乏海啸予警系统，
不能及时将信息传达给处于危险中的人们。
我们还要利用人造卫星，
卫星覆盖和监视全球动静，
对抗灾减灾切实可行。
五湖四海皆兄弟，
为了人类大家庭
要发扬国际主义精神。

汶川大地震

四川山河绵秀，
传诵着大禹治水精神，
杜鹃啼血的真情。

古蜀缔造者蚕丛，
创立了灿烂的古蜀文化，
三星堆和金沙遗址是它的见证。
司马相如、诸葛亮、李白和杜甫，
书写着天府之国的风流和文明。
两千多年前李冰父子修建的都江堰，
世代向成都平原奉献甘霖。
岷江穿流而过，
三百公里的龙门山灵动风韵。

四千多万年前，
地球内部活动造就了喜马拉雅山脉，
印度板块钻进了亚洲板块中，
以每年五厘米的速度向北推进，
挤压结果青藏高原快速隆起，
在东边遇到了四川盆地的岩石坚硬，
形成了龙门山断裂带。
两大板块挤压积聚的能量，
到了一定程度就释放，
因此这里就不断产生地震，
二〇〇八年五月十二日十四时二十八分，
汶川爆发了八级大地震，
随着沉闷的地啸声，
地裂山崩，
一座座建筑物顷刻倒塌，
一个个鲜活的生灵瞬间失去了生命，
到处是揪心的呼喊，
仿佛世界末日来临。
遥远的越南和泰国都有震感，
大半个中国都在抖动。
大自然发作时，
那就是一场战争。

汶川大地震，
灾情就是命令，
时间就是生命。
整个中国在最短时间内调动起来，
启动一级救灾响应，
全国人民爱心沸腾，
奏响大爱的最强音。
全国性军队救援工作，
在地震发生后十二个小时内启动。
超过十三万人的军队被动员起来，
成为这场救灾的先锋。
五月十二日下午，
大地震仅仅过去四十二分钟，
成都军区就出动了三千多名官兵。
王毅参谋长带领六百七十名官兵，
从马尔康开赴汶川，
大雨滑坡余震，
日夜兼程，
徒步二十一小时，
冒死九十公里强行军
成为第一批到达汶川县城的军人。
五月十四日十二时，
十五名航空兵写下遗言式的请战书，
在五千米高空伞降茂县，
向外界传达茂县第一份灾情。

大地震产生的次生灾害不可低估，
堰塞湖会造成很大灾情。
一七八六年四川发生的那次大地震，
形成了堰塞湖，
十天后溃崩，
造成了十万人丧生。

这次汶川大地震，
形成了三十五座堰塞湖，
唐家山堰塞湖危险最大，
它悬在绵阳市的头顶，
危害着绵阳一百多万人的生命。
五月二十三日，
唐家山堰塞湖库容量达到一亿立方米，
还在以每天八百万方增加库容。
唐家山堰塞湖排险工程由武警水电部队担任，
五月二十六日唐家山会战开始，
官兵们头顶烈曰，
缺水少食，
与时间赛跑，
抢在唐家山堰塞湖溃堤之前，
将泄洪槽开挖成功。
六月七日开始放水，
没有伤亡一人。

公安警察，
发挥舍已救人的天性。
北川擂鼓镇警察李林国，
在他的组织下，
北川中学救出了四十多名学生，
他的儿子也在北川中学，
在废虚里喊着：
“爸爸救我，
我好难受。”
但李林国还是先救别的学生，
他的儿子最后一个救出，
却永远闭上了眼睛。
绵竹市消防战士荆利杰，
五月十二日下午三点到汉旺镇武都小学救援，

继续奋战二十多个小时，
体力透支，
还不减战斗热情。
警察蒋敏，
北川人，
她的母亲女儿等十位亲人深埋北川地下，
她强忍悲痛，
毅然坚守工作岗位，
因过度疲劳，
几次晕倒在抗震救灾工作中。

汶川大地震震撼了全中国人民的心，
志愿者成为政府救援的有力补充，
仅三天时间，
灾区绵阳市志愿者就达到一万之众。
十二日晚，
上千辆出租车穿梭在成都和都江堰之间，
抢救灾民。
出租车司机赖盛秀，
地震后两个小时赶到都江堰，
把受灾群众拉到自己不足一百平方米的家中，
这个成都首家家庭救助站，
先后安排了二十多人。
成都志愿者陈岩，
十二日晚开着车在去都江堰公路上跑了七趟，
十三日上午，
与国家救援队一起救援，
在灾区救援的十几天里，
陈岩参与救出二十多条生命。
河北唐山宋志永，
一九七六年唐山大地震他才三岁，
是上海医疗队救了他的生命。

他对汶川大地震灾民更富同情心，
他自费几经周折赶到北川县城，
与唐山救助队一起，
三天内救出了二十五名。
汶川大地震两个小时内，
企业家陈光标调集六十辆工程车，
带着一百二十多人，
向灾区突进，
几乎与军队同时到达，
是第一支民间救助志愿军。
在抗震救灾过程中，
志愿者队伍超过了百万人，
华夏儿女息息相关，
心都是热的，
血都同样鲜红。

中华儿女，
尽己所能，
奉献爱心，
在地震发生一个星期内捐款金额达到一百一十五亿元，
各地自发捐款和自愿献血排成了长龙。
成都市一个拾破烂老太婆，
向捐款箱塞进了一百元，
一个个老板看她可怜，
送了她二百元现金，
她转身又把这二百元投进捐款箱中，
这个老板把他公司全部废品送给了她，
下午，
她用卖废品钱买了两床新棉被，
捐给重灾区人民。
全国宣传文化系统《爱心奉献》晚会募捐现场，
仅仅四个小时就募捐了十五亿元现金，

十三日，
香港特首曾荫权决定拨款三点五亿元，
并成立专业救援队伍，
支援四川抗震斗争。
民众团体到五月十九日募捐赈灾款九十亿元，
澳门特区政府拨款一亿元人民币，
基金会拿出一千万元，
社会捐款二千七百多万澳金。
海峡两岸，
血浓于水，
台湾各界纷纷慰问和捐赠。
五月十六日，
台湾搜救队驰援灾区。
截止五月十五日，
台商慷慨解囊十三点四四亿元资金，
海外华人心系汶川大地震，
全球华人一条心。

灾难面前，
没有国界，
世界各国尽一切可能向中国提供援赠。
俄罗斯是第一个向四川灾区捐助的国家，
地震发生后一周内运来救灾物资一百五十吨
俄一架米一 26 重型直升运输机，，
在唐家山堰塞湖会战中起了重要作用。
俄、日、意、德、法、英和古巴等国派来十支医疗队，
为伤员治疗切肤之痛。
从五月十四日到五月二十九日，
三十三个国家送来了救灾物资三千八百六十多吨。
截止二〇〇八年九月二十五日，
国内外社会各界捐赠款物总计达到五百九十五亿元。
在人神共泣时刻，

全球人民心连心，

一场撼动了大半个中国的汶川大地震，
掩埋了许多生命，
震碎了许多家庭，
汶川映秀镇是这次地震的震中，
该镇一万三千多人，
遇难者大约八千六百名。
映秀镇小学倒塌了，
夺去了四百多师生的生命。
二十九岁的张米亚老师，
双臂紧紧护着两个孩子，
两个小学生得救了，
他却失去生命。
他平时最爱唱的歌词：
“摘下我的翅膀，
送给你飞翔。”
如今他用生命，
献给了他的学生。

北川是我国唯一的羌族自治县，
人们曾引以自豪的群山环抱的环境，
却毁了北川县城，
四周的高山在瞬间将北川埋在其中。
整个北川县城被埋在废墟下的人口过半，
触目惊心。
北川中学的学生正在上课，
许多学生在几秒种内结束了生命。
在二楼上课的曾长友老师，
用自己的身体顶住已经变形的门，
学生们平安离开。
他却献出了生命。

在一楼上课的张家聪老师，
本已跑了出去，
但看见呆若木鸡的学生，
他转回去把一个个学生往外拽，
十多个学生脱离了虎口，
他却埋在废墟中。
一对父母将自己的身躯拱起，
护着自己三岁女儿宋欣宜，
这对父母离开了人世，
小欣宜幸免于难，
可怜天下父母心。
六岁幼童任思雨，
双腿已被压得变形，
还唱着“两支老虎”给救援人员听。
三岁男童郎铮，
被救出时举起仅能活动的右手，
向解放军致敬。
八岁女孩王彬，
本已安全脱险，
但为救同伴，
却冲回废墟中，
结果永远失去了右臂，
成了残疾人。
北川农发行办公楼的废墟里，
郑广明的女友贺晨曦埋在其中，
他在废墟外守侯了一百零二个小时，
陪她说话，
鼓励女友战胜死神，
并发誓“假如你截掉四肢，
我也会和你结婚。”
这对废墟内外恋人，
灾难考验着爱情。

北京电视台特邀这对新人，
在北京举行特别的婚礼。
手牵手出现在北京鸟巢中。

都江堰聚源中学，
有九百多名师生埋在废墟中，
凄凉的呼救声刺穿人们的心肺，
家长们嚎啕大哭呼唤着自己孩子姓名。
警察和消防队员第一时间赶到现场，
在十二日午夜前救出了几十名学生，
也搜索出几十具遇难者的尸体，
辨清自己孩子遗体的家长，
抱着孩子老泪纵横。
三台起重机吊起重的混凝土楼板，
生命探测仪在四处探寻生命，
力争抢救更多的生灵。
向丽同学所在班有六十六人，
只有二十五人逃脱了死神。
汶川大地震发生的时间学生们正在上课，
他们坐在课桌旁，
以上课的姿势结束了生命。
一些老师悲壮献身。
奉献了灵魂工师的灵魂。
德阳东汽中学教师谭千秋，
他用身体护住四位学生，
自己献出了生命。
什邡红白镇中学教师张辉兵，
他用双手撑着教室门，
学生们得救了，
他却失去了生命。
什邡红白镇中学老师汤宏，
他的班级在一楼完全可以脱险，

他用身体护住几位孩子，
学生们得救了，
他却献出了二十来岁的青春。
巴中市通江县水安坝村小学教师苟晓超，
几次冲上楼去抢救学生，
当他第三次冲上楼去，
楼顶轰然塌下，
他倒在血泊中。
什邡龙岩小学教师向倩，
她牺牲时两只手臂呈拥抱姿势，
身躯下面是三名学生。
平武县南坝小学教师杜正香，
遇难时双手紧紧各拉着一个孩子，
她胸前还护着三个幼小的生命。
慈母、蜡烛紧密联着教师，
许多教师在地震中的表现，
惊天地，
泣鬼神。

母爱是人间最伟大的爱，
伟大的母爱触动人心。
一位母亲在生存的最后一刻，
她抱着自己的婴儿跪下，
用自己的身躯挡住倒塌的房屋，
掀衣喂奶，
在扒出时，
母亲跪着去世，
婴儿紧紧吸吮着奶头，
令在场人泪如泉涌。
另一位母亲在生命的最后一瞬，
以自己的身躯保全了自己的幼儿，
并用手机发出了最后一句短信，

“宝贝，你要知道妈妈永远爱你。”
这个即将踏进天堂门坎的母亲，
发出了阴阳两重天都永远响亮的最强音。
这种光芒四射的母爱。
托起了人类的永恒。

汶川大地震，
惨象触目惊心。
八万八千人瞬间离开了人世，
受伤者达到三十七万多人，
五百多万人无家可归，
直接经济损失八千五百亿元，
这场灾难是永远挥之不去的伤痛。

不要使地球回到地老天荒

我们有缘在地球上相逢，
沐浴着阳光的温馨，
熙熙攘攘，
芸芸众生。
肉体不可思议，
更难想象的是灵魂，
肉体和灵魂的结合，
使人成为万物之灵。

我们的生命多么脆弱，
天灾人祸横行。
地球与火星间有一个小行星带，
有七百多颗小行星杂乱无章的运行，
它们有时造访地球与大地亲吻。
较大小行星撞上陆地共有一百四十次，
有五次给地球带来极大的不幸，

澳大利亚和墨西哥的陨石坑，
是地球大灾难的见证。
最后一 次大灾难发生在六千五百万年，
一颗直径十多公里的小行星，
撞到墨西哥尤卡坦丰岛，
毁灭了恐龙。
动物都是自在灵物，
对天灾无所适从。
人是自为灵物
有能力关注天空，
一旦不速之客临近，
要以导弹相迎。
高度科学发展的人类，
将不会再让灾星降临。

南极臭氧保护层经过二十亿年才形成，
可是最近一个半世纪出现了一个大洞，
臭氧层遭破坏，
太阳紫外线袭击地球，
将海洋上层的微生物杀死，
使磷虾缺少食物，
影响企鹅生存，
最终影响人类自身。
臭氧层减少，
紫外线大增，
人类与动植物都遭厄运，
保护臭氧层是人类义不容辞的责任。

地球气侯的周期性变化，
生物将淹没到茫茫冰川中。
目前人们担心温室效应，
地球变暖喜忧参半，

它已经阻止了下一个冰川的进程。
地球两肺调节大气
海洋表层是调控中心。
控制地球变暖要有一个度，
既要阻止冰川如期到来，
也要防止海水大量淹没居民。

病毒病菌危害人民，
中世纪一场鼠疫，
杀死了欧洲四分之一居民，
一九一八年西班牙大流感，
夺走了四千万人生命。
非典和禽流感使人们胆战心惊，
人们提心吊胆，
不知未来还有什么可怕的变异病毒袭击我们。
人们应和死亡幽灵作顽强不懈的斗争。

现在动物加速灭亡，
归咎了人类活动，
地球陆地被人为改变，
减少了草原和森林，
众多动物失去了生存环境。
空气、水和土壤的污染，
捕捞技术更加先进，
也是动物减少的原因。
大自然存在着食物链，
每减少一个物种，
会影响相关物种的生存。
我们已经失去了澳大利亚一种奇特青蛙，
它用胃部繁殖，
幼蛙从口中出生。
非洲大猩猩仅剩几百只，

处于濒危之中。
今后几十年，
全世界四分之一的植物将要绝种。
《委内瑞拉动物红皮书》透露，
百分之三十二哺乳动物，
百分之六十的鸟类，
百分之二十二的爬行动物，
百分之六十六两栖类物种，
处于濒临灭绝中。
人类是有能力导致大量物种灭亡的本领，
保护生物是人类义不容辞的责任。
生物多样性是宝贵财富，
大自然创造的一些东西，
我们仍不能模仿，
扼杀了生命多样性，
将危害人类自身。

一九四五年八月，
美国在日本投下了两颗原子弹，
从此人们头上蒙上了可怕的阴影，
现在两万多枚核弹头，
高悬在人们的头顶。
俄罗斯的导弹可直达美国，
美国的核武器可打遍地球村。
打一场核战，
人类将自我毁灭，
将回到地老天荒的情景。
地球的生物圈将荡然无存。

有人问：
“人类能活过这个千年吗？”
也有人说：

“打一场核战人类就寿终正寝”。
第一颗原子弹的制造者对总统说：
“总统先生，
我手上有血。”
如果发生核战，
那些核武器的制造者，
恐怕找不到总统，
他们只有失去肉体的灵魂，
去讲给上帝听。
纵观世界，
畸变的社会，
贪婪的人心，
获得了层层盔甲，
掩盖着肉体和灵魂。
人类从动物中走来，
要洗刷兽性，
成为真正大写的人，
要有理智和爱心。
拥有核武器的国家元首，
当你想按核按扭时，
要理智，
别疯狂，
一步走错，
就会成为宇宙罪人。

人类应该认真对待当今社会的危情。
当今世界风起云涌，
很不安宁。
一个火星就可点燃世界火药桶。
地球上的绿色环保战士，
在积极拯救濒危物种，
受人尊敬。

但核战争造成地球生物圈的大灭绝，
将是永久性，
这一点应心知肚明。
全世界善良的人们，
一致行动起来，
保卫和平，
全面禁止核试验，
彻底销毁核武器，
使全球成为无核武器世界，
避免核战争。
要深挖洞、
广积粮，
建造地下万里长城，
为不劳民伤财，
这种工程应具备民用防卫双重功能。
在未来的世界大战争中，
谁更多地保存了人，
谁就能赢得乾坤。
有什么样的矛，
就会出现什么样的盾，
导弹核武器也有克星，
大量拥有这种“死光”，
把核武器的危害降到最低水平。
第二次世界大战后成立的联合国，
如何进一步发挥联合国在稳定世界中的作用？
欧洲经过两次世界大战的惨痛，
成立了欧盟，
这种形式可以借鉴，
去掉心魔做芳邻，
使人类生命之树万古长青。
让文明大火烧毁愚昧桎梏
真理的光辉照亮乾坤。

第四部分
同唱人间风流

同唱人间风流

你才情横溢，
风韵楚楚，
诗才令我倾慕。
我愿与你一起，
去大海冲浪，
上蓝天搏斗，
看潺潺流水，
到林间漫步，
听鸟鸣，
观蛇舞。
情人岛上纵情弹奏畅想曲
同唱人间风流。

共度好时光

我对你一往情深，
你对我似水柔肠。
如醉如痴，
梦幻悠长
润泽渴望的情怀，
共度好时光。

把心灵的琴弦交给对方，
弹奏生命的辉煌。
我们风雨同舟，
相拥着朝向前方，
记下生活的闪光点，
走进金色的殿堂。

肩挑理想希望

人生苦短，
岁月悠长，
要珍爱生命，
焕发青春力量。
七情六欲，
儿女情长，
绽放奇葩，
走进心灵殿堂。

书当快意
储积时光，
穷宇宙之理，
肩挑理想希望。

红玫瑰

绚丽多彩，
浓烈芳芬，
香腻馥郁’，
愈久愈浓，
留住春宵的幽梦，
陶醉着熟醉的心灵。

永生的心事

失去了的东西，
就让它过去，
你心事浩茫，
在柔柔白雾中搜寻。

生命的搜求，
永远交织着一幅幅彩色之梦。
感情的欢乐没有藩篱，
狂欢激情可超越时空，
震激灼热的灵魂。

涌动渴望的心灵

忘记过去的遗憾，
就会一片光明。
塞翁失马，
柳暗花明又一村。
流年似水，
蹉跎人生，
让甜美的梦，
涌动渴望的心灵。

把白日梦做得熟透

水样的柔软，
雾般的飘浮，
激荡着岁月如流。
默契的眼神，
不变的期望，
把白日梦做得熟透。

迎春花

新春尚未摆脱残冬，
你冒雪冲寒，
俯首笑迎春天。
你使我萌动着暖意，

燃起生活的梦幻，
化作漫天杏花烟雨，
飞到遥远的童年。

沧桑

人世沧桑，
世路茫茫，
涉过岁月暗川，
凝集成千辛万苦的冷霜。
惊回首，
沧桑铸就了自我，
凝聚无穷的力量。

冷风冷雨的吹打，
会变得更加坚强。
百年寒暑短，
诗书万古长。
让饱经风霜的额头，
堆满金色的理想。

灵感

你经常突发性光顾，
冲激和叩问灵魂，
给了我一双敏慧的眼睛，
使我看透变幻万千的大海和苍穹。
出形象，
出境界，
出性灵，
在未来的天空中写满意境。

体验

积蓄宝贵光阴，
焕发生命的激情，
体验随岁月而加深，
心底那匹野马在奔腾。
生命愈来愈赤裸裸物化，
很少有人关怀和叩问灵魂。
铜臭薰天，
钱能通神，
倾听嘈杂的人世，
要有自己的精气神。

晚春漫步

忘却无数落蕊和残红，
迎着晚春的残景，
拥抱的仍是春宵的轻梦。
油菜把大地染成金黄，
枇杷泛金。

醉心春的温柔，
向往夏的炽热，
晚春由姹紫嫣红走向神圣。
丢失青春，
换取成熟，
夕阳滴着血沉入大海，
蓝天更加妩媚动人。

诗人之爱

女人心如流云，
女诗人更有一番风韵，
诗人把爱恋当作创作，
焕发更多浪漫诗情。
将生命化为奇迹，
把身心熔铸诗中，
神秘之光，
闪烁着肉体和灵魂。

风

我是风，
带着一缕幽香，
泌入你的肌肤，
弥漫你的心灵。
溶溶月色，
柔柔轻风，
在杨柳绿，
河水清的三月，
织一片陶醉的温馨。

荣枯随缘而定

不经心地来，
就让它去得无影无踪。
森林没有向四季起誓，
荣枯随缘而定。
感情的弦永远有弹性，
海洋没有对沙滩承诺，

遇合尽兴。

故乡情

生命之舟划到遥远的异乡，
绵绵思绪悠长，
弥漫着浓浓的乡恋，
总是伫立在黄昏中眺望。
人生初度，
铭刻着童年时光，
故乡是一个巨大磁场。

言自己所言

坎坷的生活，
摸爬滚打，
使人丰满。
社会是一个大海，
浪花中激起灵感。
没有惊心动魄的生活，
就没有永恒的诗篇。
听懂那嘈杂背后的人世间，
感自己所感，
言自己所言。

清明感怀

柔柔春风，
拂过一片沉沉的坟茔，
那些累倒的身子，
带着爱与恨，
喜与忧，

长眠在冥府中。

在那醉人迷茫的春烟里，
纸钱飞舞，
鞭炮鸣空，
儿女们思念的泪水，
渗入黄土中。
父辈的音容笑貌，
儿女记忆犹新，
孙辈们模模糊糊，
再往下就无影无踪。

世上的过客
来也匆匆，
去也匆匆，
悠悠千载，
不知有多少人能雕铸生命永恒。

沧海横流

沧海横流，
多少沉船葬身其中。
要看到浪花飞溅，
更应关注暗流涌动。
灿烂星空
夜幕低重，
遥望苍穹，
闪烁交相辉映的繁星，
犹如一个丰富多彩的万花筒。
在那朦胧的迷雾后面，
深藏着博大精神，
光的翅翼在到处扑飞，

传递着宇宙深处声音。
科学是打开宇宙奥秘的金钥匙，
开启金色理想之门，
感知和解读宇宙的空灵。

弹起梦幻的琴弦

弹起梦幻的琴弦
红尘万丈，
世事纷繁，
人生苦短，
洒满哀怨和企盼。
时光无情，
要扬起爱的风帆。

理想和奋斗是人生的真谛，
面对惊心动魄的世界，
在血和泪中涌动自己的情感，
听懂那秘不可宣的语言，
弹起梦幻的琴弦。

我们要善待生命

日月经天，
江河行地，
四时代谢，
但宇宙却把神秘裹紧，
决不肯轻易示人。
异常珍贵的生命，
迷惘着芸芸众生。
千百年来，
都想穷究大千，

溯源追根。
人是宇宙的高级生灵，
生命应该神圣，
没有灵魂的肉体是行尸走肉，
没有肉体的灵魂是幽灵。
大自然给了我们生存空间，
我们要善待生命。

血液在涌动

沧海横流，
没有蓝色的海港，
它有着漫无边际的汹涌，
澎湃着惊涛骇浪。

人微言轻，
也系着人类存亡。
纵论古今事，
心灵看乾坤，
血液在涌动，
其势荡荡，
其波扬扬。

参观曲阜孔子故里有感

孔府孔廟孔林，
雄伟肃穆雍容恢宏。
历经两千多年的豪门贵族，
是世界绝无仅有的奇珍。

孔子生于公元前五百五十一年，
那时奴隶社会和封建社会，

两大板块相撞，
乌云翻滚。
在这大变革的年代，
儒墨道法各种学派，
百花齐放，
百家争鸣。
直到汉武帝刘彻，
罢黜百家，
独尊儒术，
孔儒终于登上了中国思想大一统。

孔子出身于一个没落贵族家庭，
殷商徽子后代，
三岁丧父，
十七岁丧母，
孤苦伶仃，
子入太廟每事问，
他有一种勤奋好学的精神，
创造的儒家理论博大精深。
春秋动荡，
孔子以为是天下无道，
礼坏乐崩，
妄图恢复西周初期的鼎盛。
在鲁国不受重用，
他五十三岁周游列国，
去寻找能任用自己的明君。
“如有知我者，
吾其为周乎”。
恢复周期的等级礼仪制度。
挽救当时的礼坏乐崩，

这个世上没人理解他，

疲于奔命，
惶惶如丧家之犬，
没有地方施展才能。
于是他专心诉诸笔端，
删《诗》、《书》，
定《礼》，《乐》，
作春秋，
授业传道，
讲学聚众，
三千徒弟子，
七十二贤人。
他主张有教无类，
因材施教，
言传身教并重。
孔子的思想奠定了封建统治的理论基础，
它的核心是“礼”和“仁”。
他大声疾呼，
“一旦克己复礼，
天下归仁焉”。
恢复君君臣臣，
提倡三纲五常，
集先贤之大成。
明教化，
顺阴阳，
助人君。
最适合封建专制统治的需要，
受到历代皇帝的垂青。
儒学是科举考试的必备教材，
欲登天子堂，
必须读孔经。
儒家名士也像孔子一样，
不懂耕稿，

四体不勤，
五谷不分，
多卷入功名利禄的网络中。

妇女是孔儒的最大受害者，
“女子无才便是德”，
女子要四德三从，
使妇女禁锢在封建牢笼中，
扼杀了半边天的创造才能。

江山易主，
权位转移，
无论谁君临中国，
而孔廟仍香火日盛。
孔儒是皇权统治的绝好武器，
皇帝都崇儒尊孔。
刘邦在争天下时曾溺儒冠，
坐天下后就成为中国历史上
第一个来到曲阜祭孔的帝君。
刘邦之后有十五位皇帝，
十七次紧步后尘，
还有一百九十六次皇帝派大臣致祭朝拜，
孔子死后如此显赫尊崇。
悠悠千载，
朝代更替，
一杯黄土，
萋萋青青，
在这静旎浓阴的森林里，
万世师表，
含笑春风。

在这二千一百多年的中国封建帝制里，

人人必学其道，
事事不易其宗，
孔儒思想的拘囚，
是中国封建社会长期凝滞的病根。
历史的长河不停地奔流，
世界处于永恒地发展中。
不要拘泥于古，
要兴利除弊，
道与世更。

曲阜周公庙

经天纬地称周公，
辅助武王灭纣君，
东征平定东方乱，
制礼作乐享太平。
子入太廟每事问，
《周礼》儒学为核心。
孔子梦周行周道，
儒教凝聚周公魂。

水泊梁山沉思

黄河决口泛滥造成八百里水泊，
贪官横行把百姓逼上梁山。
群雄啸聚，
除暴安良，
济贫杀官。
败高俅，
擒童贯，
波澜壮阔的农民起义，
动地惊天。

正当革命烈火熊熊燃烧时，
梁山全伙被招安，
变成了宋王朝一只鹰犬。
取田虎，
平王庆，
剿方腊，
扑灭了全国农民起义的烈焰。

狡兔死，
走狗烹，
梁山一百单八将，
命运悲惨，
宋江被御酒毒死，
不能瓦全。

关键在领导，
根本在路线。
水泊梁山血的教训，
梁山虎头峰的虎首高昂，
咆哮生风，
发出永久的悲叹。

有感宋真宗

修好一座庙，
胜养十万兵，
真宗赵恒，
在泰山留下两大建筑群，
山下岱庙，
山上碧霞祠，
在袅袅香火中，

一枕快慰的春梦。

真宗赵恒，
一听战争二字就胆战心惊。
宋在澶州打了胜仗，
反订了屈辱的“澶渊之盟”。
畏敌如鼠，
堂堂大国之君。

一国之主，
关系到国家命运。
不励精图治，
不富国强兵，
痴迷求神拜佛，
泱泱大宋，
难怪萎靡不振。

登岱顶有感

东枕沧海汹涌，
西眺大河飞旋，
岱顶矗立云霄，
辉映日月，
一座浩然气魄的神山。

鬼斧神工的雕塑绝技，
天下第一名山，
多少帝王封禅大典，
参拜地灵，
叩首皇天。
乞助上苍，
保佑永固皇权。

望着弥漫历史的烟波，
萦绕着厚重的兴叹。

蚊虫

你专门在黑暗中营生，
吸血是你的本性，
或嗡嗡叫冲锋陷阵，
或一声不响投机钻营。
你贪得无厌，
大腹便便仍不满足，
直吸得滚瓜溜圆，
血浆充斥每一个毛孔。
你急骤膨胀，
一晃三摇，
蠢蠢难动。

待天明，
怒目圆睁的人们，
一个巴掌，
你就葬身于被你吸吮的血泊中。

弥勒佛

咪眼看世界，
笑口对众生，
肚大可盛千斗怨，
不结冤仇不记恨，
息事宁人。
昏昏沉沉难辨天和地，
渺渺茫茫不知死和生，
得意是春风。

畸变的社会，
扭曲的人生，
世间有那多路不平，
谁去拯救糜烂的灵魂？

立志

立志乃是事业门，
才华应为成果根。
聪明反被聪明误，
勤可补拙贵在恒。
有为之人立长志，
平庸鼠辈多折腾。
痛苦磨练蓄智慧，
腾越升华在灵魂。

心愿

怀着憧憬追逝梦，
未泯童心逐春天。
无尽期待充心海，
自有情趣度百年。
贫寒荒野挥汗雨，
茫茫大海纵扬帆。
人生一世实难得，
织出彩虹耀人间。

过黄粱梦镇

天下第一美梦，
倾倒了多少人心，

人类天生爱做梦，
回味甜蜜的梦境，
企盼梦想成真。
梦灭梦园，
梦醉梦醒。

郑元盛卖官

权力变成商品，
五百元挂个号，
一千元报个道，
一万元戴个帽。
大搞权钱交易，
弄权纳贿，
金钱开道，
畸形的身躯，
苍白的灵魂，
在功名利禄的网络中逍遥。

灿灿的黄金，
触痛着滴血的心灵，
吏治腐败，
把国家的根基动摇。

石缝里的生命

峭壁悬崖，
一丛绿葱，
生命不可扼制，
石缝间倔强生命。

风没有把你送到良田沃野，

却把你送到了荒山枯岭。
你落地生根，
使高山有了灵气和神韵。

磨砺内心

敬畏生命，
磨砺内心。
胸中汹涌着万顷波涛，
洗刷象牙塔里的苍白，
让炙热的肉体熔合欢跃的灵魂，
炮烙的烈焰，
使人沸腾。

爱和恨

爱是温馨，
有情才有歌声。
在爱和恨中，
获得和失落，
让生命更加神圣。
恨是一把双刃剑，
它既刺痛人心，
又令生命激奋。
愤怒出诗人。

时间

你是一个织轴，
年复一年不停地运转，
强者的狞笑，
弱者的哀怨，

人世间的酸甜苦辣，
统统织进画卷。

时间是生命，
也是黄灿灿的金钱。
生命诚可贵，
金钱各抒见，
在生命和金钱的天平上，
谁重谁轻，
时间公正评判。

与诗友竹林采风

一片绿云，
镶在白河外滩中。
一群诗友，
徜徉曲径通幽，
寻觅诗魂。

肃肃翠竹，
腻香春粉，
寒来暑往，
负霜承露，
总是一片秋竹心。

高节直插云汉，
胸怀若谷坦荡心。
娟娟净，
幽幽香，
既兼善天下，
又独善其身。

造就自己的精气神

你不要惆怅，
也不要迷惘，
更不要羡慕依偎在父母脚下的庸人。
有的人显赫一时，
却成为历史匆匆过客，
有的人终生穷困潦倒，
却成为历史巨星。
精卫经过了死亡的恐怖，
获得了新生，
怒火万丈向大海冲锋。
生命就是拼搏，
走一条无法到达也无法终止的路，
在血和泪中磨练，
造就自己的精气神。

有缘留下的是扣人心弦的诗情

其波扬扬，
其势荡荡，
淹没一代又一代的过客行人。
人人都是社会大舞台的演员，
各个都想演出成功。

投入才有收获，
置一丛翠绿，
育一片赤诚，
有缘留下的是扣人心弦的诗情。

用诗行打动人们的心灵

倾吐哀曲，
心与心相碰，
我们在天地人间艰辛的寻梦。
宇宙令人神往，
世间五彩缤纷，
让我们共同把乾坤探究，
用诗行打动人们的心灵。

人生恨短思永恒

造化神奇唯生灵，
流年似水激荡人。
光怪陆离世上事，
梦幻迷蒙人间情。
时不我待踏风浪，
曲径通幽追流云。
激情燃烧大渴望，
人生恨短思永恒。

微笑面对乾坤

不要迎风流泪，
对月伤神，
弹起心灵的琴弦，
微笑面对乾坤。
为人处世常欢乐，
终生要有少年情，
陪伴时光走得更远，
要把宇宙看得更清。

生命信息可遥感

世路维艰多伤情，
盼生双翼飞瑶宫。
生命信息可遥感，
心心相映能沟通。
挚爱巧弹琴瑟和，
切磋技艺察古今。
倘若人生少缺憾，
捕捉瞬息闪光情。

谈笑论人生

皎皎明月夜，
沁人肺腑情。
目光射心电，
晶莹闪眸中。
头脑卷风暴，
霹雷炸长空。
醉眼看天地，
谈笑论人生。

春兰秋菊

沉甸甸的金秋送爽季节，
在甜蜜追思它走过的路。
百花吐蕊的阳春三月，
在遥想它的归宿。
春花秋菊，
它们在挚情拥抱着热烈的夏日，
又隔着隆冬牵肠挂肚。

却渴望把孤寂的早春，
装点得丰厚。
傲霜的秋菊，
溢香的春兰，
同享人间风流。

星星

你栖息在广漠的黑暗之中，
丝丝柔柔亮出宇宙空灵。
声光与电波齐飞，
射出秘不可宣的倾心。
大自然的神秘被层层紧裹，
星星与人在微妙交融。
人类挥着巨大的拳头，
对着苍穹。
被阴阳托起的故事，
在温情里诞生。

武汉琴台游

琴！琴！琴！
泪面向江城，
琴台垒千古，
幽幽寄思情。

琴！琴！琴！
万古奏妙音，
扬子抱汉水，
雪涛荡心声，
琴弦已断，
知音难寻。

恐惊水中神

悠悠见彼岸，
隐隐玫瑰红。
意欲趟涉去，
不知河深浅，
投石以问路，
恐惊水中神。

让帷帐落去

不要遮蔽，
我们的心灵。
让帷帐落去，
坦露胸腔燃烧着的心，
化去心头的疤痕。
染红天空，
直至燃尽生命。

飞来梦幻琴声

杨柳吐绿枝头，
飞来梦幻琴声。
幽幽歌一曲，
喷射心灵。
天赋神韵，
唤回童心，
我微笑着走进绿州，
留下情趣横溢的诗情。

使人沸腾

你默默静候白马王子，
我结束行囊去把白雪公主找寻。
在苍穹与云霞中汇聚，
暖流在灵魂深处柔动。
你拥有六种感觉，
我具有三只眼睛。
我们都有最痛苦的灵魂，
共同采集埋在泥土里的珍珠，
道尽人世沧桑，
荣枯无定，
使人燃烧，
使人沸腾。

涌动渴望

不要总是，
忆往事，
惜流芳，
常伴星光，
看到朝霞满窗。

苦乐年华，
风雨乾坤，
拆掉横亘心中的篱笆墙。
对有限人生的超越，
涌动渴望，
把诗情化作温柔而震撼的奇想。

领悟天地的恢宏

你的仙气从地下升起，
飘着烟雾般朦胧，
深藏愈久，
孕育愈明。

我们一起在拓展中醒悟自己，
真理的光辉拂去满身埃尘。
沉淀而飘忽的思绪，
领悟天地的恢宏。

惜别

别离的愁绪，
不解的情结，
化作珠雨纵横。
相视无言，
心灵撞击着心灵，
涟漪与浪花飞溅，
心灵之约冲动。

我们在做一个漫长而香甜的梦，
不知我们会不会，
做完梦的全程。

绿染万种感情

青山，碧海，皎月，繁星。
茫茫天地充满了灵性，
激荡着每个人的灵魂。

我们有幸来到这个世上，
不要失去赋予人类的本真。
面对飞旋的生活，
饱尝万千嶙峋，
与天地相通相融。
书写人间风流，
绿染万种感情。

迸发出惊心动魄的激情

少女情怀便是诗，
把世界装点得五彩缤纷。
仙气从地下升起，
到处是玫瑰色梦。

没有情，
便没有诗。
心底勒不住的那匹野马，
向着天堂飞奔。
那溢出的欢乐，
一直向着灵魂靠拢。
春水在阳光下欢笑，
迸发出惊心动魄的激情。

人过五十不算老

人过五十不算老，
不要气馁灰心。
陆逊十七掌帅印，
甘罗十二为上卿，
百里奚七十为相，

姜子牙八十才统兵。
英雄出少年，
也有大器晚成。

酿出清爽甘甜的香醇

人有七情六欲，
谁也无法摆脱爱和恨，
酸甜苦辣，
伴随人们走一生。
获得和失落，
全当作过眼烟云。

人世沧桑，
荣枯无定。
没有解不开的结，
没有载不动的恨。
要在贫瘠的土地上挥汗耕耘，
把血汗培进泥土，
酿出清爽甘甜的香醇。

人生旅途

人生旅途，
总想留住短暂的青春。
生命把鲜花洒满世界，
世界把艰辛还给生命。
人生就是一种感情牵挂，
把一个大写的自我找寻。

梵高

穷困潦倒，
孑然一生，
一杆画笔为伴，
泼墨泣鬼神。
生前平平庸庸，
死后赫赫扬名。
一串足迹闪光，
画作价值连城。
历史对他厚报，
时间十分公正。
渗透着个性和情感的心血，
终会成为晶莹闪亮的奇珍。

酒醉

酒醉出真言，
斗酒诗百篇。
把人生的扭曲和变形，
统统复原。

磨砺内心

磨砺内心，
蚕食自己的精气神。
在血和泪中磨练，
灵魂在痛苦中净化和上升。
岁月把血泪培进泥土，
灵气在心底涌动。
诗是岁月锤炼的结果，
我要把一颗心悬浮于彩云中。

游洛阳龙门

伊水中流伊阙丘，
艺术殿堂见石窟。
众神留恋风景地，
群仙羡慕青山头。
琳琅满目各姿态，
栩栩如生尽肃穆。
鲤跳龙门谈何易？
纵身欲跃先拜佛。

彭雪枫纪念馆

驰骋江淮战东洋，
破壁山河愤满腔。
挥戈横扫日伪匪，
勇斗黑暗迎曙光。
战功卓著彭雪枫，
壮志未酬身先亡。
鲜血浇灌自由树，
淮上哀音万古伤。

游普陀山不肯去观音院

海天之外景迷蒙，
观音不肯去东瀛。
菩萨还恋华夏地，
炎黄子孙更钟情。
血脉同宗文同源。
乡愁爆发似山洪。
悠长思绪绵长意，
万民倾心故土兴。

汤阳羑里城偈周文王

自古英雄多磨难，
幽禁羑里志更坚。
身陷囹圄演周易，
治国之道苦钻研。
刚柔相推变其中，
经天纬地羽丰满。
波涛汹涌卷商纣，
时移势易乾坤转。

鸡公山气压嵩衡

青分鄂豫，
气压嵩衡。
桐柏大别山在这里幽会，
南北气候在这里接吻。
云蒸雾绕，
林碧山青。
好一方人间净土，
无城市之噪杂，
无集贸之纤尘。
三十年前曾在这里激奋，
雄心依旧，
不知白发生。

游随州厉山

（神农颂）

你从深山走来，
结束了单一的狩猎时代，

熊熊烈火焚烧了荒原，
尖尖耒耜把大地开采。
创农耕，
植五谷，
疗民疾，
觅药材，
驯百兽，
作编织，
制琴弦，
作买卖。
“炎”学是神农业绩的整个内涵 ，
“神农是炎帝功高的全部所在。
你身后一串闪光的足迹，
点燃华夏灵魂的火焰，
开创新时代。

澳门回归有感

零丁洋曾悲愤呐喊，
妈祖又经受切肤之痛，
莲花宝地，
濠江之滨，
记录着中华民族的兴衰辱荣。
坚船利炮打开了闭关锁国大门，
遭受无情的掠夺和蹂躏。

走过漫漫长路，
抚平了百年伤痕，
殖民帷幕的最终落下，
彻底洗雪埃尘，
一九九九年十二月二十日，
整个华夏儿女，

一片欢腾，
欢庆澳门回到祖国大家庭。

登泰山

踏着奇绝的峰峦，
听着飞湍的流泉，
看着古松争奇，
迎着风雪变幻，
一路登攀，
爬上拔地通天的泰山。

群山拱岱，
众岭若丘，
天柱峰挺立，
呈现气势磅礴的威严，
在迢迢天庭漫步，
情趣横溢，
翻起层层波澜。

鲁地感言

北依岱岳，
南望凫峰，
这块宝地人杰地灵。
神农曾都于此，
太昊在这里经营，
周公受封于鲁，
左丘明，孔子和鲁班，
是灿烂的群星。

元圣周公的封地，

为什么一直孱弱？
面对风起云涌的乾坤，
鲁君不思进取，
在诸侯争霸中，
胆颤心惊。
鲁国是典型的礼仪之邦，
子孙严守先祖的训令，
“好胜者必遇其敌，
强梁者不得其终”。
“金人铭”牢记心中。
低眉折腰，
面对弱肉强吞。

鲁君不励精图治，
陪臣执国政，
季孙，孟孙和叔孙，
三家大夫与鲁君抗衡，
致使社稷丘虚，
涂炭生灵，
国力衰竭，
残梦陆沉。

鲁灭于楚，
政绩卓著的周公，
九泉之下，
可否安寝？

寻墨翟

墨子今何在？
遍寻鲁国城，
墨与儒并称显学，

在战国影响很深。

墨子出身贫贱，
立身工农之中，
量腹而食，
度身而衣，
主张“兼爱”“非攻”“尚贤”“尚同”。
曾步行十日十夜，
去楚都止楚攻宋。
兼相爱，
交相利，
积极发展生产，
强调“节用”“节葬”，
限制奢华浪费行动。
他反对贵族世袭特权，
官无常贵，
民无终贱，
主张选贤任能。
他认为寿夭，治乱，安危，
不由天命，
而是人力决定。

墨家精于制器，
勇于救国，
赴汤蹈火，
死不旋踵。

春秋战国，
诸子百家的激越思想，
牵动着神经。
墨子，
我听到流荡在你体魄中音韵。

千古一帝

（登琅琊台怀古）

远眺重洋，
其势荡荡，
胸中汹涌着万顷巨浪。

横扫六合，
席卷八荒，
六王毕，
四海一，
实现了秦王朝千秋伟业，
秦始皇全身闪烁着灵光。

领悟宇宙

领悟宇宙，
品味人生，
饱赏万千嶙峋风光，
驰骋想象的翅膀。
人生苦短，
飞流时光，
我在寻求无尽奥秘的钥匙，
打开金色的宇宙殿堂。

邯郸学步

邯郸步姿美，
羡慕寿陵人。
步姿没学会，

反失其故行。
盲目崇拜者，
生硬学别人。
学步桥上站，
思绪乱哄哄。

赵括

身经百战廉将军，
能攻善守抗秦兵。
纸上谈兵赵公子，
夸夸其谈败长平。
四十万人遭坑杀，
危若累卵邯郸城，
选贤任能重实才，
哗众取宠留祸根。

将相和

家和万事兴，
国和享太平。
相如拜上卿，
廉颇心不平，
总想羞辱之，
相处水火中。
小巷两相遇，
相如国为重，
不计私恩怨，
退避邻巷中。
虞卿中调解，
廉颇梦方醒，
负荆去请罪，

决心要改正。
将相重归好，
团结值万金。
文有蔺相如，
武有廉将军，
齐心保赵国，
强秦不敢侵。

李牧

李牧德才兼备，
是国家的栋梁。
在那大动荡年代，
他独运神思，
支撑着抗秦卫国的屏障。

李牧没有死在敌人之手，
却死于自己的主子赵王。
死后三个月，
赵王就成了阶下囚，
西掳去咸阳。

我愿将满腔忧愤，
诉之于上苍，
用人之道关成败。
广宇之下，
使人心事浩茫。

邯郸怀古

太行辅邯郸，
直面强秦战犹酣。

"临亡存赵",
演出了一幕幕威武雄壮的悲剧,
奏响了一曲曲荡气回肠的歌旋。
在这血染的战阵里,
岁月把血泪培进泥土,
仍有强烈的震撼。

赵武灵王,
不拘祖制,
穿胡服,
习骑射,
励精图治,
使赵由弱变强,
扩大了疆域,
令世人刮目相看。

赵国不乏名将,
赵奢善理朝政,
精于用兵,
廉颇能攻善守,
勇猛果敢,
蔺相如以柔克刚,
能言善辩,
李牧将军支撑着抗秦救国的危局,
智勇双全。

赵武灵王的改革后继无君,
纸上谈兵的赵括使赵国命悬一线,
雄心壮志的廉颇报国无门,
悲惨晚年,
赵王迁,
素无利,

信谗言，
错杀忠良将李牧，
自己成了亡国之君，
断送了江山。

物换星移，
群雄逐鹿，
从五湖四海，
扩大到四大洋七大洲之间。
赵国拼死抗秦，
金戈铁马仍在太行山中回旋。

月季花

生命永远充满新鲜血浆，
在追求中奔忙。
艳丽妖媚，
扑鼻芳香，
四季吐艳，
敢与百花争短长，
富有空泛的热烈，
激情永远震荡。

无花果

不显山露水，
隐藏着一簇淡红，
没有绚丽色彩，
没有四溢的芬芳，
默默奉献，
令人神思入云。

咏桂

不与群芳争春艳，
蓄足能量盛夏间。
万花凋谢空稀少，
一支独放仲秋园。
空灵隐秀绿叶下，
暗香袭人醉心田。
不求华表博浮世，
香沁肺腑慰人间。

玉簪花

王母玉簪落人间，
装点江山更耐看。
花茎亭亭凝皎玉，
雅杰娇莹姿娟娟。
香不外溢紧锁爱，
深沉不尽待知颜。
悄悄耳语赤城对，
柔情蜜意心底间。

空谷幽兰

空谷幽兰，
白云渺渺，
地绿天蓝，
幽似梦幻，
景似云烟。

空谷幽兰，

不为身居山野而失端正，
不因雪霜凌厉而失去君子的容颜。
不为旷野而不芳，
不因清寒而自贱。
永远汲取大山的灵气，
伴着松涛的交响，
把芬芳洒满山川。

红玫瑰

绚丽多彩，
浓烈芳芬，
香腻馥郁'
愈久愈浓，
留住春宵的幽梦，
陶醉着熟醉的心灵。

涌动渴望的心灵

忘记过去的遗憾，
就会一片光明。
塞翁失马，
柳暗花明又一村。
流年似水，
蹉跎人生，
让甜美的梦，
涌动渴望的心灵。

喜迎新千年

世纪之交，
千年之吻，

我们送走了二十世纪最后一抹夕阳，
迎来了新千年第一个黎明。
为新千年祝福，
愿人类永久和平。

情悠悠，
思悠悠，
踏上金色的旅程。

激发灵感的幻想

晶莹玉润，
焕发灵光，
激发灵感的幻想。
情趣横溢，
走进一片闪亮的殿堂。

四月

四月，
灿烂而温馨，
圣洁的玫瑰红，
交织着蔚蓝色的梦。
赢得新的契机，
更加水乳交融，
鲜果挂满枝头，
苍天不负有心人。、

奉献

滚滚红尘，
风雨浮沉，

期望热切殷实的梦。
希望是黑夜里的北极星，
力量是理想的保证，
锤炼智慧，
奉献一生。

选择漂泊

有一个家园，
不一定享受宁静。
有一种寄托，
就会安身立命。
我是溪流，
你是浮萍，
我们相拥着漂泊前行。

唤醒沉睡的梦

你是丛林小径旁的刺玫瑰，
散发着淡雅芳芬，
阵阵幽幽馨香，
唤醒沉睡的梦。
荒郊野岭，
独领风韵，
溢出欢乐，
化成殷实的心灵。

麦收时节

你植根于深秋，
享受过严冬的浩荡，
沐浴初夏的暖阳，

把大地染成一片金黄。
收割机在田野奔忙，
小孩子在地头欢唱，
袅袅炊烟在苍穹与彩云汇聚，
一抹晚霞笑伴夕阳。

侧身听潮音

大海深万丈，
险象多环生。
惊涛骇浪里，
侧耳听潮音。

金菊慰人心

秋风扫落叶，
百花皆凋凌，
霜刀杀风景，
金菊慰人心。

莫学苦行憎

春雷惊蛰，
万象更新，
百鸟鸣春，
我们曾陶醉于大好春色中。

人生苦短，
红尘滚滚，
不要寄希望于来世，
莫学苦行僧。

唤醒沉睡的灵魂

阳春三月，
万紫千红，
我们曾一同踏青，
享受春的温馨。
最大莫过于心死，
失去应有的精气神。
点燃心中烈焰，
唤醒沉睡的灵魂。

我们有缘相逢在地球上

我们有缘相逢在地球上，
沐浴温暖阳光，
感知宇宙的空灵，
对大千世界神情激荡。

世界已畸变成这个模样，
有人家产数百亿，
有人断炊断粮，
一掷千金的吆喝声，
掩盖着啼饥号寒的惨象，
饿殍尸骨堆积成金壁辉煌。

数千年来不断征战疆场，
金戈铁马踏上异乡。
今天的导弹核武器，
可打地球任何地方，
消灭对方也消灭自己，
我们的星球会回到宇宙洪荒。

今世界有三千多个民族，
我们的皮肤为黑白黄。
四海之内皆兄弟，
不要动不动就兵戈相见，
要拆掉横亘的篱笆墙。
充满感情色彩的友谊，
让悦耳欢歌同声吟唱。

别让吹牛者得牛

吹牛者得牛，
效仿几多吹鼓手，
华而不实摆花架，
邀宠实为名利禄。
吹破牛皮，
损国坑人害自己，
怨声载道骂不休。

古有齐威王，
不偏听偏信，
明查暗访看政绩，
万民倾心即墨受封赏，
阿大夫和吹鼓手，
不得牛来反断头。
强齐于天下，
声威震诸侯。

磨砺心中的斩邪刀

磨砺心中的断邪刀
向着苍白孱弱的灵魂，
拂去谬误的尘埃，

为着人间彩虹，
滋润心灵，
震撼人们的精神。

外来和尚好念经

外来和尚好念经，
本地和尚踏征程。
身边佛徒远去了，
才知他会念真经。
心诚则灵求仙道，
花拳绣腿求升迁
且莫装点赶时兴。
才高八斗有个性，
士为知己愿献身。

花拳绣腿求升程

四体不勤无硬功，
水平不够茅台瓶，
遮张哄烯金壁外，
金玉在外败絮中。
两只眼睛直望上，
花拳绣腿求升程，
观千剑而后识器，
操千曲而后晓声，
治国选才是根本，
成败得失联国运。

殚精竭虑浮名中

一书成就五教授，

成果一项惠诸君，
不懂 AB 考英语，
难识图纸当高工。
纸糊桂冠自拔高，
殚精竭虑浮名中，
躬亲操持耕耘苦，
功夫不如孔方兄。

警惕太空中的野鬼游魂

在太阳系稳定的天体之外，
流浪着野鬼游魂。
地球周围就有两千多个近地小行星，
正沿着与地球交叉的轨道运行。
小行星不时与地球擦肩而过，
绷紧了多少人的神经。
我们所处的位置多么脆弱，
要记取恐龙的厄运。
人具有超越性特征，
能主宰自己的命运。
建立空中警戒系统，
要有化险为夷的本领。

做人的分水岭

动物的行为出自本能，
人是万物之灵，
但变态的人生，
使人的灵魂好出窍，
不仅见了金钱，
见了美女和权利，
魂不守舍去打拼。

人世间的煊赫，
往往产生于罪恶之中。

人是天之骄子，
具有思维和理性，
也愿意自我牺牲。
是沿着奉献大道，
还是走着索取的小径，
是做人的分水岭。

去追求澄明朗照的明天

志士仁人，
惩恶扬善，
去追求澄明朗照的明天。
不要在昏沉中虚掷春秋，
不要在香风中留恋忘返，
不要被名缠利锁定格在肮脏的空间。

世界经济一体化潮流滚滚向前，
全球已浓缩成一个村落，
一切都在变。
顺应时势，
运筹帷幄，
志当存高远。

在天地人间寻梦

倾注心血精魂，
在天地人间寻梦。
捕捉隐密的凝珠，
光华照梦境。

寻找玄机和底蕴

深邃的宇宙，
芸芸众生，
造化神奇，
天赋神韵。
激荡着我的情，
诱惑着我的梦，
去寻找最隐密的玄机和底蕴。

智慧的晨光照射征程

色彩鲜艳的摩登，
只有外表，
没有灵魂。
简单拿来，
却没有自己的个性。

世界正处于大变革时代，
触及着滴血的心灵。
我们的心房要有很大容量，
涌动着挚爱的激情。
写出一生心史，
智慧的晨光照射征程。

圆好新千年的梦

世纪钟声，
在全世界轰鸣，
人类在狂欢，
整个地球沸腾。

送走了 二十世纪最后一抹夕阳，
迎来了新世纪的黎明。

过去千年人类饱尝了风风雨雨，
欧洲人经历了，
黑暗时代，
文艺复兴，
工业革命，
解放了生产力，
资本主义首先在欧洲盛行。
殖民者在世界各地掠夺，
坚船利炮打开了闭关锁国的大门。
贪者的狂笑，^
弱者的呻吟，
出现了日不落的国家，
两大板块在全球碰撞抗争。

在新千年曙光升起之时，
欢跃的人们，
向新千年致礼，
希望新千年朝霞满天，
愿人类充满爱心。
和平和发展是世界两大主题，
但地球一直笼罩着战争阴云，
落后就要挨打，
这是痛苦中得出的结论。
新千年的圣火已经点燃，
要高瞻远瞩，
圆好新千年的梦。

赠李娜

（报上登李娜消息偶感）

遁入空门，
修身养性，
天门山不知是否清净？

浩瀚无垠的宇宙，
漂浮无数星辰，
太空中充满基本粒子，
整个宇宙被质能充盈，
不知何处有极乐世界的宫廷？

物质进化，
万物死生，
人是高级的物质形式，
思维是物质最高形式的运动，
不知是否有脱离肉体的灵魂？

你的歌喉，
倾倒无数听众。
“青藏高原”至今仍回荡在脑海中，
挺立潮头，
搏击于大海，
才是真正的英雄。

艺术和科学是孪生兄弟

艺术和科学是孪生兄弟，
艺术为科学讴歌，
科学为艺术打开金色之门，
共同开发了启蒙运动。
环球，
处处流荡着科学和艺术的灵气和神韵。

期望着收获熟透了的心灵

你迸发出幽幽兰馨，
震撼着我的神经，
把秋的梦幻搓揉，
溢香的小河在翻腾。
我们去林间弹唱，
在蓝色的土壤里播种，
期望着收获熟透了的心灵。

迸发出圣洁的激情

迎着飞雪，
穿过阴森的隧道，
为圆一个至情至性的梦。
精神抖擞，
唤回童心，
暖流在心灵深处涌动，
让喋血的玫瑰，
迸发出圣洁的激情。

鲜花馈赠有心人

谁也无法选择出生，
切不可怨天尤人，
生活的闪光点就潜藏在平淡之中。
谁都想走风和日丽的坦道，
但人生多变幻，
风雨伴征程。
谁都钟爱机遇，
但它来去无踪。

要拾掇停当，
结束好行囊，
随时迎接机遇叩响扉门。
命运决非冥冥中注定，
鲜花馈赠有心人，
注入一份汗水，
就多一份收成。

生命信息可遥感

世路维艰多伤情，
盼生双翼飞瑶宫。
生命信息可遥感，
心心相映能沟通。
挚爱巧弹琴瑟和，
切磋技艺察古今。
倘若人生少缺憾，
捕捉瞬息闪光情。

遥寄

千里搭长棚，
筵尽席自散。
吃果易忘树，
饮水难思源。
世态存炎凉，
人情有冷暖。
我欲乘风去，
恩怨散人间。

去追求完整的人生

我心上呈现你的面孔，

晶体里闪烁着你的眼神，
血液里流淌着你的细胞，
肉体里铸进了你的灵魂。
赤诚相对，
互相包容，
让真情萦绕在梦里，
去追求完整的人生。

翻腾着无尽的苦辣酸甜

谁都希望一颗熟透了的心灵，
相伴走过人生的每一个雨季。
沧海中是没有避风的港湾，
到达理想的彼岸，
是需要奋力打拼。
在坎坷的道路上颠簸，
颤动的渴望，
翻腾着无尽的苦辣酸甜。

人人都应献出真诚

宁可天下人负我，
宁可我负天下人，
是两种处世理论。
扭曲的社会，
变态的人生，
身体被层层盔甲包裹，
掩盖着躯体，
也掩盖着灵魂。
哀莫大于心死，
诚信是做人的根本，
摩熨耳目，

以助真气，
人人都应献出真诚。

观武当金童玉女峰

你们来自，
金壁辉煌的灵霄宝殿。
只因偷情，
被玉帝贬到老林深山。
久久凝视，
如梦如幻。
梦难成，
心难收，
你们翘首相望，
在等待着山崩地裂那一天。
柔暖的山风，
吹媚了你们的心田，
暖流在心灵深处柔柔浮动，
爱波把你们围成了一个同心圆。

化作五彩云

白河入三镇，
滚滚江涛声。
悠悠缠绵意，
化作五彩云。

江水已没鹦鹉洲

白河情丝入汉流，
汹涌波涛惊楚吴。
满腹心思谁人知，

江水已没鹦鹉洲。

宜兴碧鲜庵思梁祝

梁祝悲剧泣鬼神，
多少亡灵热恋中。
举锹怒泻天河水，
愿有情人尽纵情。

一路狂奔到终程

芸芸众生觅知音，
千种风韵万般情。
寻找梦幻追星月，
一路狂奔到终程。

一道到大海采珠

你从梦中走来，
送给我一朵圣洁的玫瑰，
和一个金色的提兜。
你对我说：
“要有一个与人民一同搏动的心，
情感是艺术的生命。
大海孕育着人类的性灵”。
还邀我一同到大海采珠。

仍需荡漾真情

灿灿的黄金，
可把生命变成畸形。
能使人尽可夫，

立现三春的娇容。

爱恋是人生最美好的真情，
仍需要心灵沟通。
要摘下圣洁的玫瑰，
仍需要荡漾真情。

爱情鸟

问世间情为何物？
坠入情网，
如痴如醉，
就会不顾一切的冲撞。

聪明俏丽的蔺慧，
在一年内父兄双亡，
她高考高于分数线两分，
却没有中榜，
不幸的她到福州打工，
历经沧桑。
蔺慧是江南小有名气的女诗人，
她的诗作频频出现在报刊上。

气质独特的蔺慧，
在舞厅被一香港老板看中，
一九九六年冬她做了这位老板的包娘。
柔情万种的蔺慧，
物质享受升入了天堂。
物欲丰富，
精神空荡。
蔺慧时常对着孤灯冥想，
有时也看看文章，

有一篇“爱情鸟”使她心潮激荡。
作者是河南军人何利，
于是蔺慧寄去了夹有千纸鹤的书信，
向何利倾诉衷肠。
何利也回信把蔺慧的文采赞扬。
在半年多的时间内，
蔺慧为何利写日记四大本，
寄去千纸鹤的书信五十六封，
闪烁着爱的光芒。

盼之愈切则操之愈急，
一九九七年四月，
蔺慧专程来河南把何利探望，
并一同到关林，
少林寺等地游逛。
痴情难收，
蔺慧回程只南下武汉，
就半路杀个回马枪。
一进门，
蔺慧就急不可待地搂着何利，
要和何利结婚，
爱火激烈燃烧在心房。
何利告诉蔺慧，
“我已和刘莹结婚，
已有妻房”。
这时蔺慧非要何利离婚，
她要与何利一同走进爱情的圣堂。
蔺慧回到福州，
望着幽幽的灯光，
对着镜子孤绝的呐喊，
在爱和恨的折磨中又热又狂。

一九九七年八月二十九日，
刘莹来河南部队探亲，
蔺慧三番五次打电话，
要刘莹出让东床。
一计不成又使一计，
蔺慧电告刘莹，
她已经怀了何利的孩子，
她和何利才是真正的鸳鸯成双，
蔺慧不顾一切地向何利冲刺，
其他一切都黯然无光。
万念俱灰的刘莹，
愤慨地离开了人世。
她的娘家人到何家大吵大闹，
久病的何父气急之下见了阎王。
何利回家料理丧事，
岳父家人拳打脚踢，
自己割断动脉也命赴黄汤。

本想得到心爱的白马王子，
鸡飞蛋打空一场。
蔺慧静静地追忆过去，
纵有倾河注海泪，
无处诉肝肠。
忏悔不已的她，
直奔河北大名县，
来到何利的家乡，
为三位亡灵奔丧。
并亲自为他们竖起墓碑，
“爱情鸟”三个大字端端正正地，
刻在何利的墓碑上。

蔺慧在忏悔中度日如年，

以泪洗面，
满怀忧伤。
一九九七年九月二十九日，
蔺慧服毒自尽，
在爱情鸟的旋涡里殉情身亡。

在冥冥的太空里，
三只爱情鸟，
两前一后，
向着泸沽湖畔飞翔。

献上一片赤诚

目光射出心电，
闪出倾心。
一样的执着，
一样的激情，
一样的价值观念，
一样的热血沸腾。
敞开心扉，
献上一片赤诚。

我们不愿作凡夫俗子，
要报国济世，
将生命熔铸诗中。
冷静的头脑，
观察忙乱的世界。
刹那的启示，
顿悟的精神，
将生命化为奇迹，
讴歌阵阵。

在激流中激起智慧闪电

你对我说，
“待心康体健时，
我们将踏上一朵轻云，
去寻找更加晴朗的天”。

我们要珍惜每一个今天。
你不要在郁闷中虚掷春秋，
不要老是满腔幽怨。
让我们去艰辛的寻梦，
把失落抛向兰天。
让我们一道到大海采珠，
一同走向绿野芳原。
在人生探索中醇就精华，
在急流中激起智慧闪电。

浇一路甘甜

你说有了我，
你将以白天鹅的风采遨游蓝天。

你的琴声拨动了我的心弦，
我们展翅翱翔，
追风逐电，
棱角闪着灵光，
专心致远，
向银河中心飞去，
洒一路芬芳，
浇一路甘甜。

梦幻成真趣

豪言壮语在，
离离润心田。
理想牵你我，
共谱春秋篇。
真诚去播种，
热情勤浇灌。
诗书传千古，
温暖人世间。
智慧闪光芒，
无穷乐其间，
梦幻成真趣，
相恋到百年。

情郁于中

眼眸溢着异彩，
情郁于中，
如一簇红火点燃心中的温情。

感情的牵挂，
腾越了升华的灵魂，
经久不散的爱的芬芳，
如片片红云散满天空。

拨动奇思异想的心弦

一双晶莹的眼睛，
深藏超脱尘世的梦幻。
叩向灵魂。

曾经爱过也是缘。
岁月把血泪倾注海天，
深沉不尽，
拨动奇思异想的心弦。
问苍天，
可有再生缘。

燕南飞

秋风起，
燕南飞，
翻滚着离愁别绪。

想当初，
春风千里，
切切之情，
绵绵厚意。

待来年，
春回大地，
再回归故里，
同饮春光明媚。

渴望回到桃花盛开的季节

小雨点伴着飞雪，
苍天在诉说一个情结，
风雨人生路，
洒满了酸甜苦涩。

穿过九曲十八弯，
经过生离死别，

渴望回到桃花盛开的季节。

永久的伤痛

我愿釋你的重负，
陪伴你走进那迷人的天空，
却留下了永久的伤痛。
繁星在天边好奇的眨眼，
刻骨相思，
那不解的缘分。

顽石

你说你是顽石，
却放射着五彩的光芒。
秀逸不凡，
如玉温润，
如花芬芳。

你说你是顽石，
却闪烁着红玉的灵光，
风姿绰约，
建造梦幻的殿堂。

顽石，红玉，
同是大自然的造化，
让人们饱赏瑰丽的风光，
沁人肌肤，
弥漫心房。

双眸

你的双眸流光异彩，

流荡体魄中的音韵。
眼睛是心灵的窗户，
不知她闪烁的是，
孩子的天真，
还是成熟者的心灵？

一朵红杜鹃

一朵红杜鹃，
开在我心田。
沁入肌肤，
泛起诗情一片。

一朵红杜鹃，
开在我心田。
融进我情感的海洋，
使我回到梦幻的童年。

请拿出你的通行证

你的心底暗藏着许多褶儿，
能听懂秘不可宣的声音，
秘密被层层紧裹，
决不肯轻易示人。
青春的门槛外面，
是一个情态万千的世界，
在惊心动魄的人生路上，
请拿出你的通行证。

哀莫大于心死

你为什么停止缔造异想天开的梦境，

封堵欲望四起的心潮，
偏离伟大的航线。
你从狂犬吠贱中走过，
也像候鸟迁徙。
曾在大海中冲浪，
凝集出许多心灵感叹。

哀莫大于心死，
志当存高远
运用你的第六感觉，
感自己所感，
言自己所言。

我渴望一生追求

我渴望一生追求，
我永远需要激情，
我希望内心深处闪烁着火花，
我企盼怀着更多的憧憬。
让生活永远是奔腾的江河，
让情感的提岸决崩，
在惊心动魄中，
升华自己的灵魂。

镜中自己

镜中自己
你与我，
相对无言中。
虚与实，
形与影，
在诉说着人生航程。

风吹浪打，
把肝肠搅动。
你告诉我，
脸上写满皱纹，
心灵还没干涸，
应艰辛寻梦。

拥抱春天

我热恋风柔雨润的阳春，
她给我活力和灵感。
我喜欢金色的秋，
她给我硕果串串。
我拼命挽留成熟的秋季，
又狂热拥抱妩媚的春天。

洛阳金谷园清凉台

石崇与人斗富，
铁砸珊瑚树，
以腊代薪，
以椒涂屋，
美娇千余，
挥霍淫逸无度。

车载斗量钱财，
全为身外之物。
多藏厚亡，
落得暴尸街头，
爱妾绿珠坠楼。

新郑望母台

母亲弟弟谋内乱，
刀光剑影为争权。
登台远眺望城颖，
隐隐亲情难割断。
颍考叔出好计谋，
不到黄泉也相见。
宫帷多少情与恨，
登上土台仰望天。

镇平菩提寺

浓荫蔽天掩古刹，
青翠欲滴乐仙家。
扣之金声奇石碑，
院中暖石熔雪花。
似枯非枯黄叶簇，
不可捉摸结果夹。
迎风待月桥上站，
情丝缕缕溅水花。

故宫珍妃井

大厦将倾，
支持变法维新，
才情横溢珍妃，
没有写成辉煌，
却留下千古遗恨。

难免侮辱，

了结慈禧心头大恨，
珍纪井上，
飘荡者冤屈的阴魂。

游颐和园长廊

迤逦绵延昆明湖，
游人长廊共瞩目，
八千多幅风物画，
俯瞰凝视论春秋。
醉眼朦胧看世相，
匠心独运书风流。
大千世界风云涌，
华夏子孙巧运筹。

舟山群岛行

微波荡漾耸群峰，
无数翠珠散海中。
云集船儿追鱼浪，
海浪阵阵伴歌声。
波涛交响蓝色梦，
拥抱大海聚性灵。
风起云涌看世界，
济世救民菩萨心。

观苏州灵岩山西施馆娃宫有感

莲花池旁相对笑，
琴台歌舞伴月玩。
馆娃宫里戏西施，
寻欢作乐失江山。

晋祠难老泉

古树参天抱晋源，
痛饮素净难老泉。
不随寒暑争落涨，
永恒生命难老泉。

唐碑亭

晋阳起兵先祈祷，
金戈铁马战中原。
赫赫大唐贞观治，
世民立碑还心愿。
朝代更替人向背，
时势造就英雄汉。
君权神授涂色彩，
得人心者得江山。

圣母殿

雍容华贵显邑姜，
俊俏侍女立两旁。
太公之女武王后，
儿子继位周成王。
国君口中无戏言，
桐叶封弟晋水旁。
国运六百三分晋，
魏赵韩国列七强。

飘飘似仙神

山下热浪袭人，

山上清凉如春。
玉宇琼阁，
奇花异卉，
令人心旷怡神。
琼楼藏青翠，
红绿相辉映。
置身云中公园，
犹如临仙境。
悠悠缆车里，
飘飘似仙神。

观颐楼有感

鳞次栉比尽洋楼，
十里风飘九国旗。
高傲洋人惹人恼，
建造颐楼比高低。
鹤立鸡群是气派，
中国照样受人欺。
三座大山压头上，
根本症结在独立。

泰山观日出

群情激荡日观峰，
奔涌如涛玫瑰红。
娇翠欲滴半露面，
缤纷似锦天地中。
甜蜜斜阳出沧海，
霞光万通遍地金。
沐浴辉光成一色，
闪烁天地透心灵。

鲁壁藏书有感

秦扫六合成一统，
焚书坑儒镇乾坤。
不识孔子真面目，
巩固皇权念真经。
文博孔鲋气郁结，
辅助陈涉反强秦。
鲁壁藏书避秦火，
金石丝竹千古鸣。

悲孔继涑

紫薇星暗降新龙，
巫师卜算在山东。
孔继涑祸从天降，
禁闭凄惨后半生。
死后铁链锁棺材，
唯恐阴魂搅帝君。

北风

盛夏北风却暑气，
隆冬北风增严寒，
一岁数度北风至，
几多愁绪几多欢。

蝉

潜地数载聚灵性，
天赋神韵情郁中。

声嘶力竭鸣不已，
悠长思绪洒长空。

感悟多彩人生

你在快乐园里，
体验了人类独有特征。
生命神奇而又美丽。
不可捉摸而又异常珍贵，
人是宇宙物质运动的最高形式，
思维是最高形式的物质运动。
宇宙中只要有了智慧人类才有意义，
人能能动地改造客观世界，
感知乾坤，
挥洒晶莹汗珠，
感悟多彩人生。

人来到世上第一个声音是哇哇啼哭，
走时却留恋红尘。
前天我为一个亲人送终，
他临走时，
滴下了两滴眼泪，
脸上流露着哭容。

都不在万紫千红中斗俏

你花容月貌，
身段匀称苗条，
不要过份瘦身减肥，
攀比小蛮腰。
傲霜的秋菊，
凌雪的腊梅，

都不在万紫千红中斗俏。

未来掌握在自已手中

没有显赫的身世，
生活于平民家庭，
你不要自怨自艾，
人不能选择自已的出身。
尊贵家庭易出花花公子，
许多名人来自穷苦家庭。
深山出俊鸟，
恶水藏蛟龙。
心中要有梦，
未来掌握在自已手中。

谋事在人

人世间是个大舞台，
人人都想演出成功。
千里之行，
始于足下，
演技靠摸爬滚打炼成，
呕心沥血，
天道酬勤，
谋事在人，
成功在恒心。

玫瑰花蕾

黄莺枝头鸣唱，
春燕逐春风，
一朵娇艳欲滴的玫瑰花蕾，

映入眼睑中。
柔柔清香，
灿烂笑容，
集爱与美于一身，
既溶进爱神的血液，
又是美神的化身。
含苞欲放，
赠我芳芬情。

几回魂梦与君同

柳丝依依，
绿草盈盈，
一只可爱的小精灵，
来到我奔涌的流波中。
相思不可寄，
深藏寸心中，
几回魂梦与君同。

梦与真情共鸣

脚踏美丽地球，
头顶广袤星空，
心中装着梦，
向最高境界冲锋。
感情丰富的诗人，
要激情永远燃烧，
感荡心灵，
梦与真情共鸣。

与时代的脉博一起跳动

一位美丽的智慧女神，

携带五弦琴，
飘然来临，
向我倾注青春的血液，
焕发激越的灵魂。

远山起伏，
大地延伸，
在风雨征程中挽手同行，
一起到大海捞珠，
一同到沙里掏金，
与时代的脉博一起跳动。

激荡时代最强音

风雨如晦，
鹤鸣沉沉。
一位倩丽的和平女神，
手捧仙鸽，
披着早霞云裳，
邀我同行。

驾红霞，
乘赤云，
我们登上九重，
面对风起云涌的世界，
一把核剑在人们头顶翻滚，
牵动着人们的神经，
我们声嘶力竭地呐喊，
激荡时代最强音。

犹如大江奔腾

春天刚刚萌动，

一位如花似玉的情感女神，
乘着黄鹤
翩翩降临，
温情脉脉，
似水柔情。

女神顾我笑，
挽我手臂同行。
热浪顿时翻滚，
增添神游美梦，
化作奇妙诗句，
犹如大江奔腾。

关注人世红尘

一位娇娆的灵感女神，
张开翡翠色翅膀，
拥抱我的灵魂，
用温情的甘露，
浇灌我渴望的心灵。

芳草初绿，
桃花泛红，
我们乘鸾鸟直上霄汉，
在灵霄宝殿上，
关注人世红尘。

七仙女

人有七情六欲，
神通人性。
七仙女站在南天门上，

欣赏人间风景。
看到董永卖身葬父，
心灵感动，
风清明月夜，
狂跳思凡心。
毅然下凡会董永，
帮董永还清债务，
同回寒窑中，
恩爱缠绵，
享受爱的颠峰。

嫦娥心

择月球仙居，
没携心上人。
月宫荒漠地，
孤寂夜夜心。
悔恨偷灵药，
变幻了时空。
遥望凡尘世，
细胞在颤动。
随着明月辉，
暗送秋波恨。

牛郎织女

牛郎织女在天庭偷情，
王母娘娘把牛郎贬下凡尘，
罚织女不停织锦，
愁肠寸断，
天地相隔有情人。
在老牛的指点下，

成全了牛郎织女的美满婚姻。
多情的雨丝,
滋润了缠绵的心灵。

王母勃然大怒,
派天兵天将把织女押回天宫,
牛郎挑着一双儿女,
拼命追赶,
眼看就要追上,
王母拔出金簪一挥,
划出一道天河,
阻断了他俩的相逢,
牛郎织女隔河哭喊,
顿足捶胸。

可恨的天河,
我要举锹怒泻天河水,
愿有情人尽纵情。

合欢花

一树绿叶翠红,
似腼腆少女羞出的红润,
令人悦目心动。
合欢花是舜帝与二位妃子交会的精灵,
是爱情的象征。
夕阳西下,
羽状复叶慢慢靠拢,
共奏同心曲,
妙趣盈满胸。

郁金香

三位勇士送给一个花季少女三件礼物，
王冠宝剑和黄金。
花神将它化为郁金香，
亭亭玉立，
挺拔隽永，
它是高贵爱情的象征。

月色溶溶，
柔柔春风，
胸中荡漾郁金香的花容，
激荡温馨。

柏拉图式爱情

柏拉图式爱情，
是理想，
是精神，
奢望心灵沟通，
祈求留下美好的永恒。
梦中情人很浪漫，
精神恋爱也温馨。

百合花

一百位王子平叛有功，
上苍奖赏他们的喜雨化作百合仙君。
高雅纯洁，
雅致尊容，
百年好合，

是爱情的象征。

在心田上种上一株百合花，
安顿身体和灵魂，
静静地与百合对话，
启示理想的幽静。

红豆

一位姑娘思念远征边塞的情人，
泪水流干后，
血泪一滴一滴地落入泥土中，
长成红豆树林，
红豆是由鲜血伴着思念凝成。
红豆鲜红的光泽，
激动着许多滚烫的心灵，
相思不可寄，
尽沉红豆中。

蔷薇花

天目山下，
蔷薇姑娘与阿康相爱情深，
为反抗皇帝选蔷薇进宫，
双双跳下悬岩，
以死抗争。
姑娘长出蔷薇花，
阿康变成花刺，
为护花而生。

山岚雾霭，
飘渺朦胧，

青葱欲滴的绿丛间，
摇曳着蔷薇，
满枝灿烂，
香味很浓，
给予人们对爱情的憧憬。

康乃馨

圣母玛利亚看到儿子耶稣受刑，
滴下的泪水长成康乃馨
花朵雍容富丽，
香气郁浓，
它是母亲的象征。
每年的母亲节，
儿女们向母亲献上康乃馨，
表示对母亲的崇敬。
天下最伟大的爱是母爱，
具有无私的深情。
我向母亲献上一支永不凋谢的康乃馨，
陪伴她到永恒。

三月三日情人节

少数民族自由奔放，
三月三日寻找心上人，
自由浪漫，
呈恋人的情韵。
青年男女，
对歌定情，
浅唱低吟。
在爱情树下编织美丽花环，
咏玫瑰情诗，

两列爱波叠加成一座波峰。

大理蝴蝶泉

苍山下，
雯姑和霞郎已定终身，
但恶霸虞王将雯姑抢回家中。
霞郎救出雯姑，
虞王带人穷追，
他们跑到泉边，
已筋疲力尽，
危急中双双跳入潭中。
次日乡亲们没有打捞到他俩的尸体，
深潭中却翻起了巨大气泡，
飞出了一对彩蝶，
柔情蜜意缠绕，
交会心灵。

每年三月三日，
成千上万蝴蝶
在泉上围绕一对大蝴蝶漫天舞动，
花丛中，
树荫下，
男女青年以歌传情：
“大理三月好风光，
蝴蝶泉上好梳妆，
有心採花不怕刺，
苍山脚下找金花，
金花是阿妹。”
“蝴蝶泉水清又清，
丢个石头试水深。”
用动听歌声寻找意中人。

摩梭人的阿注走婚

泸沽湖畔的阿注走婚，
男不娶妻
女不嫁人，
彼此不是夫妻，
以阿注相称。
这种婚姻关系很不稳定，
来去自由，
易合易分。
阿注婚姻的唯一基础是情爱，
不受年龄和辈份限制，
浪漫温馨。
摩梭人的走婚，
是原始社会婚姻的遗存，
女子因为生育而神圣，
子女属于母亲，
具有母亲的血统，
群婚、杂婚是原始社会婚姻的特征。

志当存高远

每个人都对故乡情有独钟，
留有童年的记忆，
成长的脚印，
承载透明的童贞。
故乡的情结，
是一团化不开的浓情。

志当存高远，
人生贵追求，

人生是一个圆，
有的人一辈子走不出这个圆圈，
但圆上每一点都有一条切线，
可以腾冲。
一个人不能永远泡在故乡的温馨中，
绕檐雀难成时代伟人。
立志是事业之门，
成就是艰苦的旅程，
划起生命之舟，
向最高境界冲锋，
就一定能到达花果满地的彼岸，
有志者事竟成！

黄果树瀑布

山岚叠翠，
崖壁秀雄，
鸟语花香，
欣欣向荣，
好一派人间仙境。

上有天鼓开道，
下有七彩虹恭迎，
妩媚窈窕的仙女，
身着百褶白裙，
从九重天上降临，
沉醉的山谷乐声齐鸣。

萧史弄玉

凤凰台上，
萧笙声中，

用柔情滋润对方心灵。
萧史吹箫，
似凤鸣，
弄玉笙声，
美妙动听，
萧笙合奏，
阵阵袅袅仙乐声，
飘向蔚兰天空，
引来了金龙和紫凤，
萧史乘龙，
弄玉跨凤，
双双腾空而起，
飞向神奇天宫。
红颜永驻，
笑看喧嚣的烟火红尘。

撒满天空

淌过天河，
到达彼岸，
满眼花果蟠桃林。
垂涎欲滴，
饥渴难忍。
王母娘娘摘下一个鲜嫩蟠桃，
微笑着递我手中，
我细爵慢咽，
品出三味人生
亲吻丹霞白云，
超人的智慧之光，
霞虹般撒满天空，

逆境使人奋进

穿过骄阳似火的沙漠，
趟过满是荊棘的丛林，
品味着生于优患内函，
锻打着滴血的心灵。
逆境使人奋进，
心灵有莹光四射，
聆听远古涛声，
瑶池笙歌，
依稀可闻！

笑对人生

头痛烦心，
五味杂陈，
不如意事儿十八九，
痛苦磨炼人的灵魂。
昂起头，
挺起胸，
永不言败，
活出自我，
笑对人生。

手

眼是心灵窗户，
手是感情前奏，
轻轻抚摸，
温馨涌上心头。
《诗经。邶风》曰：

“死生契淘，
与子相悦，
执子之手，
与子偕老。”
在敢恨敢爱的人世间，
牵手共渡。

柳

柔柔迎风而舞，
天生丽质婷婷，
残冬与梅同迎春，
深秋同菊共金风。
折柳为赠寄相思，
眉眼盈盈。

海棠

点点深红，
片片霞云，
妩媚娇艳少女，
踏着轻盈舞步，
一片春心付东风。
海棠无香，
暗藏深情，
粉艳绝伦动人。
海棠春睡，
心醉神迷唐玄宗。

天台神游

刘晨阮肇采药天台山，

迷而不返。
在云雾缭绕中，
遇见美貌天仙，
似曾相识，
喜结良缘，
琵琶弦上说相思，
绛罗帐中话缠绵。
山中虽好
也心思故园，
回到家乡，
人事皆非，
世間已逾千年。
欲回仙山，
旧梦重圆，
落花流水春去也，
重寻仙路难上难。

人生在世

人生在世，
十年顽童天真，
暮岁与死神抗争。
青壮时代，
时而艳阳高照，
时而电闪雷鸣，
在摸爬滚打中前行。
春天有雨花开早，
秋后无霜叶落迟，
这是人人都企盼的福分。

司马相如与卓文君

一曲《风求凰》，

在琴弦上跳动，
卓文君被琴声倾倒，
怦怦心动，
双双私奔。
卓文君抛下锦衣玉食，
来到家徒四壁中，
享受七弦神韵，
司马相如的琴声，
如大鹏展翅临风，
夫妇俩沉醉在柔情蜜意中。

李之仪与杨姝

爱情是甘霖，
能使枯木逢春。
爱情是疗伤灵药，
可治愈滴血的心灵。
李之仪垂暮之年，
亡妻丧子，
罢官除名，
心如死灰，
痛不欲生。

年轻貌美的杨姝，
弹着《履霜操》，
走进李之仪的心中。
他们超越世俗羁绊，
陷入老少恋的狂热中，
一双纤纤玉手，
抠走了李之仪心中的阴影，
白发红颜，
心心相印，

诗酒当歌，
逍遥似仙人。

注：李之仪是北宋词人

梁祝

三年同窗，
不识英台女儿身。
十八里相送，
听不懂英台吐心声。
错失良机，
美满婚姻成泡影，
相思成疾，
梁山伯以身殉情。

噩耗如天雷轰顶，
祝英台誓以身殉。
天公作美，
晴天霹雳，
瞬时炸开山伯墓，
英台跃入墓中，
化成一对彩蝶，
相互依绕翩翩花丛，
万世千生爱深深。

大理三道茶

洱海游船畅游在碧波荡漾中，
我陶醉于银苍玉洱的迷人风景，
欣赏白族姑娘的美妙歌声，
品味她们献出的三道茶，

一苦二甜三回味，
象征人的一生。

人生就是五味瓶，
时而晴空万里，
时而乌云翻滚，
时而走投无路，
时而柳暗花明又一村，
抹不去狂风暴雨的记忆，
摸爬滚打的情景刻骨铭心。

大理古城

大理古城是我国西南边陲的一颗明珠，
东临碧波荡漾的洱海，
西倚青翠苍峰，
洱海月映苍山雪，
上关花迎下关风，
具有迷人灵性。
大理古城是南诏大理五百年故都，
具有深厚的文化底蕴，
一篇篇历史掌故，
一则则动人神话，
徜徉吟唱，
升华心灵。

崇圣寺三塔

西有苍山拱卫，
東有洱海献情，
三塔成鼎足之势，
高耸入云，

崇圣寺处于青山绿水环抱中，
它是大理古城的象征。
大理有佛国之称，
家家户户都有佛堂，
有九位皇帝逊位，
来到崇圣寺修行。
慈悲为怀，
普渡众生，
富国強兵是靠人还是靠神？

云南石林

云南石林
被誉为天下第一奇观，
群峰壁垒，
突拔峥嵘。
带着奇思妙想，
会产生千奇百怪的风景。

大石林壮观伟雄，
剑峰池处于大石林的最幽深处，
池水清澈，
一把宝剑插入池中，
无欲则刚，
壁立千仞。
小石林剔透玲珑，
犹如阿诗玛，
站在玉乌池的正前方，
含情脉脉注视着大右林，
跷首企望阿黑哥，
象征着自由坚贞的爱情。
大小石林周围，

满山遍野怪石奇峰，
威武雄壮，
犹如百万雄兵。

羡慕年轻

一个如花似玉的小天使，
自称老人，
搅动了一个真正老者的心，
羡慕年轻。
年轻人如透明剔透的水晶，
天真无邪，
火样热情，
穿云破雾，
去追寻心中的梦。

年轻真好

年轻真好
经常回味有紫罗兰潇洒的童贞，
做着返老还童的美梦，
渴望吸纳年青的血液，
永驻童心，
要晚霞灿烂胜过黎明。

春笋

春风尚未融尽残冬，
笋芽就悄悄地在地下发萌，
雨后春笋，
像一把把利剑，
挺拔在万竿绿丛中。

虚心属秉性，
高节贵终生，
经霜雪而不凋，
历四时而常青，
贞心自乐，
守候高雅脱俗的灵魂。

忘忧草

翠叶萋萋，
淡淡芳芬，
它可以疗忧，
能化解伤痕累累的心灵。
笑一笑少一少，
愁一愁白了头，
风雨人生路，
把忘忧草种植在心中，
快活逍遥，
永葆乐观向上的精神。

孔雀

后庭孔雀常开屏，
舞步轻盈相爱深，
而今飞到东南隅，
共赏明月幽梦中。

石砾中的青草

春风没有把你送进千里沃原，
却把你吹到乱石瓦砾中，
你落地生根，

以不可抗拒的力量，
掀翻阻挡你前进的石块，
自强不息，
奋发上进，
使荒原绿草茵茵，
给大地增添许多精气神。

红梅

疏影横斜，
暗香浮动，
披着月光，
和着春风，
抚笛吹奏心曲，
玉人浅唱低吟。

人道是，
昭君月夜归魂，
化为幽独红梅，
邀来同醉，
抚平北去孤愤。

宝玉市場

宝石市场乱烘烘，
价值融在人气中。
流水光阴匆匆过，
后世认宝不认人。

和氏璧二首

（一）

拿着璞玉去献君，
自讨没趣遭辱刑。
卞和本是琢玉手，
何不自剖献奇珍。

（二）

两次献宝均受刑，
肉眼凡胎不识珍，
倘若卞和无慧眼，
圭璧仍在顽石中。

志存高远

为人立在天地中，
志存高远当自奋。
手持九尺青龙剑，
不斩楼兰心不平。

荡舟莲湖

垂柳拂堤，
莲花掩映，
碧荷盖绿水，
清香袭人。
乘着酒兴，
荡舟莲湖，
在碧波中闹红。

白云空中驻足，
鱼儿翘首相迎，
红萼点头微笑，
蜻蜓舞动花丛，
放开歌喉吐心声，
芙蓉仙子舞东风，
同醉莲湖中。

中秋感言

月到中秋分外明，
洒满人间爱和恨。
沸腾生活携雷电，
兴发感动唱潮声。

感悟生命

人，
神奇而美丽，
异常珍贵而又捉摸不定，
拥有生命是最大的幸运，
要善待和珍爱生命。
父母把我们引到世上，
共撑一片蓝天，
沐浴雨露春风，
相遇相识，
相爱相恨。
天下没有不散的宴席，
到曲终谢幕时，
你是否无愧人生？

人生瞬息万变，

捉摸不定，
时而阳光灿烂，
时而乌云翻滚，
不自重者取辱，
不自足者博闻，
智者顺时而谋，
愚者逆时而动。

生命是一个过程，
在追求中前进，
追求目标炯异，
结果不同，
生命给了人们太多的感动！
生命来去匆匆，
川流不息的人流走过这个世界，
有的人如流星短暂而闪光，
有的人如炸雷惊天地动，
有的人生命灿烂，
有的人无息无声，
有的人活着在人们的心中已经死去
有的人死去却永远活在人们的心中。
人流如潮，
浪花飞溅着流向无穷。

爱情充实了人生

动物的爱是传宗接代的本能，
具有思维的人才有爱情，
人有七情六欲，
对爱情的渴望是人类的天性。
爱情自古就是一道倩丽的风景，
一个微笑的眼神，

一个热吻，
都会弥漫全身，
燃烧整个身心。
哪有少女不怀春?
哪有男儿不钟情?
相遇心动，
相恋暖心，
爱情升华了情感，
真爱是多么幸运，
爱过才知情重，
醉过方知酒浓，
两颗爱心聆听，
穿透生命，
心心相印，
一加一大于二，
每个成功男人的背后，
都有一个伟大的女性。

人生是一場旅行

人生是一場旅行，
既在乎目的地，
更应关注沿途风景，
以及欣赏风景的心情。
在旅途中，
有许多朋友结伴而行，
有些熟面孔淡出视线，
又有些新交进入自己的世界中，
悲欢离合是红尘，
坎坎坷坷度人生。

千里之行，

始于足下。
人生旅途不会一帆风顺，
时而阳光灿烂，
时而乌云翻滚，
时而山河阻隔，
时而荊棘丛生。
要遇水跋涉，
遇山攀登，
即使被狂风暴雨吹倒，
也要在泥泞中匍匐前进，
在逆境中决不放弃，
风雨过后见彩缸。

人生是舞台

人生是舞台，
每个人都抱着一架生命之琴，
戏装掩着肉体，
也掩着灵魂。
最动听的不一定优美，
最优美的不一定动听。
人生大戏没有彩排，
时刻都在进行现場直播，
川流不息的人流先后登场，
贪者的狂笑，
掩盖着弱者的呻吟，
浪花飞溅着向前翻滚。

人生是一本书

人生本身就是单程旅行，
每个人都在写一本书，

这些书无一雷同，
有的游戏人生，
有的得意忘形，
有的红尘万丈，
有的梦死醉生，
有的精彩，
有的平庸，
有的绮靡，
有的恢宏。
书品在于人品，
风格即人，
讲风骨，
重节操，
透视他们所处时代的变幻风云。
有许多书像泡沫随波而散，
有些书像万古不息的波涛激荡着人们的心灵。

幸福与苦难的人生

人生总是苦乐同行，
悲喜交加，
欢乐的背后有串串痛苦的历程，
幸福是灵魂的吟唱，
苦难是肢体的呻吟。
每个人都希望幸福，
幸福是一种心情。
不如意事十八九，
没有一个不经受苦难的人。
痛苦是一种磨炼，
铸造坚强的灵魂，

吃得苦中苦，

方为人上人。
人生总是处于悲欢离合中，
幸福和苦难构成了一个完整的人生。
要成就一番事业，
得先劳其筋骨，
面对苦难要振作精神。
即使天不厚我，
也要与命运抗争。

金钱与人生

人是英雄钱是胆，
金钱串着每一个人，
衣食住行都离不开钱，
它是世俗之神。
有钱能使鬼推磨，
钱能通神。
但钱也不是万能，
钱可以买到红粉佳人，
但买不到心。
钱可以买到谄媚，
但买不到尊敬。
钱可以买到权势，
但买不到威信。
钱可以买到驱壳，
但买不到灵魂。

一个人不是因为亿万富翁才伟大，
而真正伟大是精神富有的人。
钱生不带来，
死不带走。
君子爱财，

取之有道。
不惜一切去追求金钱，
金钱就会变成危险的陷阱，
贪欲是万恶之源，
侵蚀人们的灵魂，
钻进钱眼里，
埋进钱堆里，
将被扫进历史的垃圾坑。

人生五味杂陈

人生跌宕起伏，
酸甜苦辣，
五味杂陈，
伴随人生历程。
生活就是五味瓶，
磨炼人们的灵魂。
人生没有坦途，
要用自己最乐观情绪面对，
吃得苦中苦，
方为人上人，
淡泊明志，
心中装着北斗星。

成功与失败

成功与失败总是相伴而行，
人生旅程，
有失败，
有成功，
就是多彩人生。
理想加勤奋是成功的秘诀，

路掌握在自己手中，
成败在人性。
弱者对失败丧失信心，
一蹶不振将陷入更大迷蒙。
失败是成功之母，
强者在失败后爬起来振作精神，
昂起头，
挺起胸
踏着失败，
走向成功。

正直与诚信

诚信是创业之基，
正直是立命之本。
言必行，
行必果，
它体现个人品行。
精诚所至，
金石为开。
小人之交，
尔虞我诈，
君子之交，
一言九鼎，
处世炯异，
命运不同，
巧诈不如拙诚。
为人要浩然正气，
仰不愧对天，
俯不愧对地，
乘诚信之舟，
划正直之桨，

在人海中扬帆前行。

感悟乐观

乐观是心胸豁达的心境，
如同玫瑰，
热恋时见花，
失恋时见刺，
悲观者总是看到恢暗，
乐观者总是看到光明。
人拥有生命是最大的幸运，
做务实乐天派，
活出自我，
笑对人生。
谁拥有乐观，
谁就拥有艰难中敢于拼搏精神，
谁拥有乐观，
谁就拥有透视人生的眼睛。
永不言败，
满怀信心去争取成功。

感悟平凡

浩渺世界，
平凡是生活本色，
在平凡的海洋里孕育着伟大，
时时溅起浪花飞腾。
平凡是生命的基调，
基本群众像原野小草，
给喧嚣的世界添绿，
是一番独特风景。
平凡不等于平庸，

人活着都在塑造自我，
脱离现实的桎梏，
需要有一种精神，
用血汗浇灌平凡而伟大的灵魂。

心态

心态决定命运，
物随心转，
相由心生，
心态就是人生真正的主人。
心态控制个人行动，
成败就在于心态不同。
积极的心态始终保持一颗本真心，
充满自信，
能在狂风暴雨中看到彩虹。
消极的心态在负累中不能自拔，
束缚心灵，
陷入泥坑。
是生命驾驭人，
还是人驾驭生命？
心态决定谁是坐骑，
谁是骑神。

人生境界

人生境界是感知客观世界的心境，
由经历和悟性决定，
心灵境界是人生境界的底蕴。
“看山是山，看水是水。”
这种境界是自然属性。
“看山不是山，看水不是水。”

被尔虞我诈惊魂。“
看山还是山，看水还是水，”
是成熟智者重归本真。
人生最高境界是心灵契合，
要拔涉攀登，
领悟人生真谛，
超然无极之境。

人的气质

气质是人的内在修养外在体现，
反映风度特征，
三分靠遗传基因，
七分靠打拼。
不同气质的人拥有不同特点
沉稳细心胆识大度诚信。
一个人气质也不是一成不变，
不断自我培养，
修身养性，
环境对气质具有重要性。
气质改变人生，
是魅力源泉，
是成功资本。
要把握自己气质的闪光点，
迸发灿烂火星。

气质美女

令人賞心悦目的女人，
不仅玉貌花容。
更重要的是气质，
才情出众，

暗香浮动。
单纯为更具有吸引力，
修炼成花香沁身，
东施效颦。
花美在外，
人美在心，
浓妆艳抹抹不出气质，
珠光宝气闪不出美人。
气质型美女，
依气质使人欣赏，
靠内涵光彩照人，
抬手投足都流溢着耐人寻味的风韵。

自信

命运的主宰是自信，
自信是对自己能力的肯定，
是取得成功的保証。
自信不等于自大，
自信具有主见性，
自大排斥他人。
自信反面是自卑，
自卑沮丧消沉，
自信催人奋进。
自信者化腐朽为神奇，
大大激发潜能。
人生是帆船，
自信是顺风，
在惊涛骇浪中奋勇前行。

人生缘分

相识是缘，

相知是分，
缘分就是命运。
世上有太多的缘分，
有人志同道合，
共同跨进事业大门。
爱情是典型缘分，
一缕目光，
便牵出动人心弦的恋情。
在茫茫人海中，
有人一见钟情
犹如三生石上的约定。
有缘千里十来相会，
无缘对面不相认。
缘浅缘深，
缘来缘尽。
缘分就是人世间穿針引线的幽灵。

心动不如行动

万事开始在于心动，
成败在于行动，
幸运总伴随着有实际行动的人。
幻想和理想总在心里激动，
有人三天打鱼两天晒网，
做事缺乏耐心。
实干家言必行，
行必果，
锲而不舍，
梦想成真。
天才是百分之一的灵感，
加百分之九十九的汗水，
汗水就是行动，

行动既有扫天下的宏图伟业，
又要有扫一室的实干精神。

高调做事低调做人

高调做事低调做人是处世圣经，
做人既要嫌逊，
又要有高度敬业精神。
恃才傲物，
独断专行，
往往不得善终。
深藏不露是智谋，
凡事三思而行，
淡泊致远，
沉默是金。
退一步海阔天空，
忍一时风平浪静，
在低调中修炼自己，
始终要有高度责任心，
保持向上的激情，
不显山露水，
跨进成功之门。

人生如水

人生于世，
上帝给每人一杯水，
让品味多彩人生。
上善若水，
善利万物而不争。
微则无声，
巨则汹涌。

奔流到海是追求，
避高趋下是谦逊，
海纳百川是大度，
滴水石穿是锲而不舍精神。
水把落魄者推向希望或悲观的高峰，
成败在心境。
人生如水，
越淡越浓。
智者乐水，
滋润心灵，
顺势而进，
谁与争锋？

人生若只如初见

人生若只如初见，
何来秋风悲画扇。
初见时那一抹心动，
留下甜蜜的惊艳。
人有悲欢离合，
缘聚缘散，
多少最初的甜蜜，
垂泪于心田。
每个人都有许多初见的残念，
背负遗憾，
心藏从前，
常在心海翻波助澜，
让忧伤的美丽诉说昨日的依恋。
为人要拿得起，
放得下，
背负曾经的沧海，
奔向阳光灿烂。

无欲则刚

海纳百川有容乃大，
壁立千刃无欲则刚，
胸怀大度，
能在障眼的迷雾中辩明方向。
人有七情六欲，
君子爱财，
取之有道，
但不能有贪腐欲望，
把手中的权力兑现成利润，
欲壑难填，
终被纵欲理葬。
人若无欲品自高，
两袖清风，
保持心中一方净土，
永驻锋芒。